U0478902

有一种力量,叫文学;
有一种美好,叫回忆;
有一种感动,叫青春;
有一种生命,在鲁院!

鲁迅文学院「百草园」书系

日常生活

夏鲁平 ◎ 著

生活，就是故事接着故事，问题接着问题。有悲有喜，也有些许希望和感动。

RICHANG SHENGHUO

江西高校出版社

图书在版编目（CIP）数据

日常生活/夏鲁平著.—南昌：江西高校出版社，2017.4
（鲁迅文学院"百草园"书系）
ISBN 978-7-5493-5677-5

Ⅰ.①日… Ⅱ.①夏… Ⅲ.①短篇小说—小说集—中国—当代 Ⅳ.①I247.7

中国版本图书馆CIP数据核字(2017)第158247号

出 版 发 行	江西高校出版社
社　　　址	江西省南昌市洪都北大道96号
总编室电话	（0791）88504319
销 售 电 话	（0791）88595089
网　　　址	www.juacp.com
印　　　刷	北京一鑫印务有限责任公司
经　　　销	全国新华书店
开　　　本	700mm×1000mm　1/16
印　　　张	14
字　　　数	174千字
版　　　次	2017年4月第1版 2020年7月第2次印刷
书　　　号	ISBN 978-7-5493-5677-5
定　　　价	38.00元

赣版权登字-07-2017-768

版权所有　侵权必究

图书若有印装问题，请随时向本社印制部（0791-88513257）退换

目录 Contents

新　居…………………………………… 1
去铁岭…………………………………… 11
小　赖…………………………………… 18
一件粉红色羊绒大衣…………………… 22
高　武…………………………………… 33
楼上那人是老外………………………… 42
净水器…………………………………… 51
突发事件………………………………… 61
日常生活………………………………… 72
冬　捕…………………………………… 87
敬老院的春天…………………………… 97
恐　慌…………………………………… 114
狗儿子…………………………………… 125
清清饮马河……………………………… 136
单　位…………………………………… 175
土　鳖…………………………………… 185
找魂儿…………………………………… 198

新　居

　　林之谦在开门。门是防盗门。也许门锁生了锈，两把钥匙插进门锁里怎么也打不开。他拔出钥匙，准备调换一下，重新插进门锁，就听见背后有人上楼的声音。

　　林之谦转过头，那人走到他背后。林之谦停下手中扭动的钥匙，向那人不好意思地点点头，意思是说，邻居了啊！那人本想直接往楼上走，看林之谦跟他点头，便放慢了脚步莫名其妙看林之谦，看防盗门上的钥匙，没再等林之谦说什么，又大踏步地蹿到楼上。林之谦木讷地低头看手中的钥匙，看门锁眼儿，发呆的工夫说不准脸一赤一白的。想那人真他妈的傲，跟他打个招呼，连句屁嗑儿都没有。

　　本来，林之谦可以不打招呼。可刚得到房子那股兴奋劲儿还没过去，而且这是他踏进这栋楼里遇见的第一位邻居，也就很兴奋地跟那人打起招呼。那人住在林之谦家的楼上。还没听见他掏钥匙声，楼上防盗门哗啦啦响了几下，像故意给林之谦听的，吱地开了。林之谦用膝盖使劲儿顶着门，继续拧动钥匙。今天上午，林之谦口若悬河有滋有味地讲《新会计制度》，讲着讲着，他发现学生溜号儿了，他们的目光都不自觉地溜向教室的门。林之谦顺着学生视线转过头，他看见收发室老太太的脸贴在门玻璃上，那双眼睛正使劲儿发出让他出来的信号。林之谦跳下讲台，大步走了出去。一般情况，上课时间收发室老太太不给找人。老太太来趴他们教室的门，肯定有非常非常要紧的事。林之谦使劲儿地搓着手掌上的粉笔末子，正为扔下一教室学生而局促不安时，收发室老太太说："你爱人王秀打来电话，有非常非常要紧的事让你马上去接。"林之谦一溜儿小跑来到收发室，电话那边媳妇王秀说，房屋开发公司发钥匙了，她亲眼看见早晨有人领回了钥匙。媳妇王秀让他上完课马上去房屋开发公司。

对新房子的渴求，林之谦和媳妇王秀的心情一脉相承。集资款交了一年，他和媳妇盼了一年，自从楼房打桩，他和媳妇王秀不知跑去看了多少遍，每次回来媳妇王秀总说这房子盖得太慢了。他们担心房屋开发公司不能按期履行合同耽误他们分房时间。公司要是不按期交工，咱们就撺合大伙告他们。媳妇很那么回事地说："告？上哪告？"林之谦对媳妇王秀的异想天开，总是憋不住火气。火气消了之后，他们又在一起想象他们的房间布局。媳妇王秀说："反正咱们家两间都是朝阳，一大一小，这回女儿小雨可以自己住一个房间了。"房子盖到三楼时，媳妇王秀几乎每天都要去一趟工地，因为三楼属于他们集资的楼层。回来时，媳妇又要述说他们单元没见形状的房间布局。看媳妇那副乐得几乎有些轻佻的模样，林之谦不再说什么。结婚这么多年，林之谦尝尽了搬家之苦，搬来搬去最后不得不委身于老丈人家。那些结婚时的漂亮家具都在东搬西挪中没了踪影。眼下对林之谦一家来说，只剩下几件衣服几条铺盖和一台松下彩电。况且老丈人家也不宽绰，两间屋倒给林之谦一间，主要是老丈母娘心疼自己闺女王秀，才让他们搬进来。这几年，林之谦的难处不用说，每月还要定期交三百元伙食费。现在房子总算到手了，他们恨不能明天就搬过来。在这之前，林之谦和媳妇王秀商量了一下，由于集资，家底儿都掏光了，还欠了不少亲戚家的账，这次也不想攀比搞什么装潢。不搞装潢，屋子自然没什么可收拾的，尽快搬来就是了。另外，林之谦心里还有一笔小账，如果近几天从老丈人家搬出去，可以赖下这个月三百元伙食费。当然，不给这个月伙食费，老丈人丈母娘也不能说什么。关键是三百元钱对他们来说太重要了，它可以添补不少锅碗瓢盆。

也许第一次开这种防盗门不习惯，林之谦在门外拨弄了半个小时，门还没打开。楼上那人已经关上门开始噔噔下楼了。要是平时，林之谦会求那人帮帮忙儿，可现在想起那人心就别扭。说也巧，那人刚走到跟前，林之谦一发狠，来了牛劲儿，钥匙在门锁里悠地转动开了。打开门，林之谦一脚踏进屋里，门很响亮地关上了。

楼上那人名叫高强，某物贸公司经理。这是林之谦家搬来后在房屋开发公司房屋登记册上特意看见的。

说不准楼上那位是个坷垃经理，要不，怎么跟我们一样挤在一个楼里。媳妇王秀听了林之谦上次难以名状的尴尬，说了这番话。媳妇王秀说话时嘴角翘得老高，纯属一副盛气凌人傲视一切的架势。

星期天，林之谦和媳妇王秀把房间里里外外打扫个干净，上街买了一张双人床和一张单人床，订做了一套书橱兼衣柜，忙三火四中，媳妇王秀没忘了选两个精美窗帘和一套不锈钢餐具，家就算搬进来了。媳妇王秀的确比林之谦有审美眼光，屋里一切经她手一摆弄，比林之谦想象得漂亮。现在林之谦反倒因拥有这么好的房间没很好装潢而感到有一点愧疚。是呀，有了新房子再困难也得咬咬牙装潢一下，不然，在朋友同事那儿也没面子。媳妇王秀想得要比林之谦实际，她说："这比过去强多了，咱们应该横不攀竖不比老老实实看自己。"黑夜里，媳妇王秀又说："等咱们还完了欠款，也把屋子装潢装潢。"林之谦知道媳妇王秀并不甘心，只是生活磨得她越来越实际。

后来的日子绝不像林之谦和媳妇王秀想象得这么舒服，因为他们是最早搬进来的住户。最早搬进来的住户就要承受其他住户没黑没白的叮叮咣咣不停地折腾。媳妇王秀对此烦躁不安，有那么几次她半夜里从床上猛地弹起大叫：这又是谁家，又是谁家，你看几点了，还在凿什么，你们以为这楼里就你们一家呐！很快，这种噪音在他们家房顶响起。一大早，楼上那位高强高经理拿着手机在楼下趾高气扬地大喊大叫，好像让全楼人都知道他高强有那破玩意儿在对什么人发号施令。别说，高强一大早的确没白喊，不大一会儿工夫，一汽车木料被一群一溜儿小跑的搬运工抬到了楼上。木料往地上放时，那声音好像不是在放，而是使劲儿往下摔，砸得林之谦家房顶震天响。媳妇王秀说："真不像话，你们对高经理有意见，也别拿我们家撒气！"林之谦也跟着重复一句，"真不像话！"媳妇王秀说："我上楼找他们说说！"林之谦一把扯住媳妇王秀说："今天第一节我还有课呐，没时间跟他们这样。"

接着电锯刺耳声骤然响起。好在白天媳妇王秀上班，女儿小雨上学，林之谦有事没事地整天坐在教研室里。看来楼上高强的确有钱，集了资，还能大搞装潢，这一点不服不行。人家要装潢，你总不能阻拦，现在林之谦一家只好委屈一下了。

头几天楼上高强还挺自觉，晚上下班6点多钟，刺耳的电锯声没有了。可是后来，电锯声一点点延长了，弄得林之谦家的电视屏幕上人影乱晃。媳妇王秀气得干脆关掉电视，拼命捂耳朵，那电锯声好像要撕开林之谦一家人的神经，简直忍无可忍了。媳妇王秀恨不得上楼砸门，林之谦说："凭什么上楼，敲暖气管子，给他点回声！"别说，此招果然灵验，暖气管子敲了一阵，楼上电锯声没有了。

媳妇王秀说："楼上那家还真不是东西！"林之谦说："如果这样，咱们真得找他说说，你看楼上下水道直往外淌水！"林之谦晚上进厨房做饭时才发现楼上下水道往外淌水的。这回媳妇王秀真的上楼了。林之谦边做饭边听外面媳妇王秀上楼的动静。不一会儿，高强跟下楼来。高强穿戴整齐，腋下夹着公文包，也许他准备下楼，顺便看看下水道泄漏情况。高强进屋时看也没看一眼林之谦家地面，穿着皮鞋径直踏了进来。媳妇王秀颇感不快，早晨王秀费了好半天劲儿才把屋里地面擦干净。这太瞧不起人了，有什么了不起的，不就是个坷垃经理吗？等高强下楼钻进一辆红捷达轿车，车向前一蹿的时候，媳妇王秀心里的那股火也跟着上来了。你看看，水漏成这样，他连一句人话都没有，还居然穿着双破皮鞋进屋来了，谁给他养成的脾气，真是门缝里看人！林之谦说："不管他怎么想的，有些话早晚要跟他说。"

对于林之谦两口子的不满，高强不是没有察觉。在他看来楼下一家太小肚鸡肠，再看那男的脖子下面的领带，松松垮垮挂在皱皱巴巴支棱八翘的衬衣领上，简直是一位滑稽演员。刚搬来当天，这家竟把一口灰尘密布的水缸摆在门口走廊，一看就知道想通过那口水缸来占领走廊有利位置。不知啥时他家走廊门上边的灯泡也悄无声息地没了，晚上走廊里黑得伸手都摸不着对方的鼻子，也不知天黑时他两口子怎么摸着上下楼的？有一次他跟娇妻李小娜上楼，好玄撞在那口大水缸上。

楼下表示不满的举动，无非体现在暖气管子上。每次娇妻李小娜听到暖气管子剧烈敲响，忙跑进屋里对看电视的高强说，"准是咱家下水道又出毛病了，你看看咋办？"高强眼睛盯着电视说："咋办？有能耐找开发公司去，咱们有什么办法！"娇妻李小娜说，"你听楼下还敲呢！"高强说："你也跟着敲，回敬他几下。"

下水道并不是常漏水。有几次高强家下水道堵了，娇妻李小娜慌忙往外淘水，担心暖气管子又被敲响，可等了好半天，也没听见楼下抗议声。暖气管子没响，说明下水道没往外淌水，娇妻李小娜白跟着担心了。咱们得跟他们说说，长期下去总不是办法儿。娇妻李小娜寻思起这事又对高强说："楼下也是，有什么事两家在一起说说，什么事都解决了，他们就知道敲暖气管子。"其实高强觉得有些话说了都还不如不说，或许越说越说不明白。

高强是下班时和林之谦打个照面的。那天高强在单位坐着没事，也就提前回家了。早回家的另一个原因是外面下小雨，他开着车特意去接娇妻李小娜。高强上楼时正赶上林之谦关上门要下楼。林之谦看见高强，腰杆一下子直起来，那脖子下面领带系得像红领巾。高强觉得好笑，他看林之谦，林之谦也看他。高强最初看见林之谦时，总觉得这个人有些怪，怪在哪里，他也说不清楚。现在他明白了，这个人怪在脖子上，林之谦脖子要比别人长出二寸。高强本想跟他说说下水道的事，可一看林之谦那副样子就懒得张嘴。

高强停下脚步，原地蹭了几下鞋底下的泥。林之谦看出那是一双很像样儿的皮鞋。泥正好落在水缸旁边。看着没有，就他脚高贵。林之谦挺起脖子看高强，那意思是问，你的脚痒了吧！高强全然没有理会林之谦眼光，竟两三步蹿上了楼。

这小子太那个了。林之谦想叫住高强，他心里的火已经腾腾地升到了嗓子眼儿。这时高强到了楼上，林之谦晚上还急于给一大群学生讲《新会计制度》，也就勉强地咽了两下嗓子，走下楼。

高强打开房门，想起李小娜，心就往下沉。他从包里掏出手机，想给几个哥儿们打传呼，晚上喝点酒闹腾闹腾。但又想，喝酒也是个负担，还是不喝为好。这样，他又关掉了手机。下雨天，李小娜不在单位，她能上哪去呢？他的脑子仍为刚才去李小娜单位扑了空而心神不定。他忽然感到这些日子什么事都不顺心，什么人都在跟他玩圈子。刚刚离婚不久的高强娶了一位比自己小十多岁的娇妻，可以说心满意足，可是近日他总觉得李小娜有些心猿意马。虽然他有很多把柄在她手中握着，但是半年来，他晚上不再像过去那样与朋友搓麻将喝酒什么的。他开始学会老老实实上班，按时按点下班，有什么应酬，唤一声部下，很少抛头露面。哎，这回心该静下来了吧，可偏偏没了那事又来了这事，要是过去，楼下这户人家，他早会给他点态度，可现在的高强毕竟不是过去的高强了。

他告诉自己，对于楼下这户人家，能忍则忍。

晚上，林之谦跟媳妇王秀讲楼上高强往他家门口蹭泥的事，讲得很生气。媳妇王秀劈头竟是一句："那你咋不让他舔了！"

林之谦不再吱声。媳妇王秀这么一说，他反倒泄了气，到厨房找块抹布沾了豆油，打开房门，往防盗门锁里挤几滴。家搬来这么多天，门虽然天天能打开，可门锁里还是生了不少锈，今天终于有心情到厨房沾几滴豆油抹在门锁眼里。林之谦掏出腰间的钥匙，把门关上，钥匙插进门锁眼里，拧动几下，门很顺畅地打开了。现在他对防盗门的脾气了如指掌，他可以随心所欲地把门关上，然后用钥匙打开，再关上，再打开，最后把钥匙认认真真揣进兜。他觉得无论如何钥匙绝不能离开身，不然有天大的本事也打不开这道防盗门。其实，第一次开这道防盗门时，那别扭也不能全怪防盗门，主要是他当时太激动，对这防盗门太生疏，因而才使他拙手笨脚。媳妇王秀开始和女儿小雨一起复习功课，林之谦修完防盗门一时没事可做，他又不能打开电视，生怕分散小雨注意力。明天早晨第一节还有课，干脆上床准备睡觉。迷迷糊糊中，他听见媳妇王秀气冲冲的张罗着找拖布。林之谦现在一点也不想搭理媳妇王秀，眯着眼睛不作任何反应。

也许是拖布找到了。媳妇王秀回到女儿房间。不一会儿，林之谦听见拖布把儿向上"咚咚咚"砸房顶。

林之谦翻身下床，光着脚直奔女儿小雨房间。

应该说，现在正是夜深人静，媳妇王秀知道林之谦上床躺下了，她准备领女儿小雨做完最后一道题也回房间睡觉。谁知楼上出现了跑步机声，"哗哗哗"没完没了。王秀有些心烦，女儿小雨在跟前，王秀不能说什么，她装着没事似的跟小雨做题，楼上响声却灌满了她的耳朵，她看看暖气，却发现，屋里居然没有贯穿楼上的暖气管子。寻来寻去媳妇王秀到卫生间找来拖布，挥起拖布把儿愤怒向上砸去。

这一宿，媳妇王秀没睡好觉。早晨起来早早做好饭，便在门前徘徊。今天她准备晚到单位一会儿，要给楼上高强家点难堪。她的耳朵时刻注意着楼上的门声，好了，楼上的门终于响了，有高跟鞋下楼声，王秀猛地打开门，她想看看楼上小媳妇究竟是什么货色。

王秀看着李小娜一步一个台阶如履薄冰似的小心翼翼走下楼。李小娜似乎意识到王秀的忽然出现，脸偏向一旁。王秀感到李小娜有点像刚出校门的大学生，心理猛然占了上风。当她刚要张嘴时，那李小娜已经走了下去，媳妇王秀抓起门口一把笤帚，狠劲儿地向走廊扫。

李小娜很安静地蹲在家里。因为这几天单位正搞医疗制度改革，人际关系处在新的分化组合，她想躲躲风头待在家里听听音乐，打打毛衣什么的，等高强快下班时，再到厨房做一手精心准备的饭菜。李小娜上班不上班对高强来说并不重要，说得更实际些，李小娜在家比上班更叫高强安心。李小娜毕竟比自己小十多岁，在单位里谁知她过去的男朋友会不会找她，找她又会不会去酒店，去完酒店又会不会发生别的什么事（有时高强痛恨自己为什么偏偏在酒店结识李小娜而不是在别的什么场合。自从他最后一次告别那位曾与李小娜缠绵悱恻三个月之久的愣头青进血般仇视的目光，心里总是存有芥蒂，也就从那时起他决心要很少跟人过不去）……现在高强没事的时候时常往家里打个电话，通报一下业务情况或者询问家里需要添置点什么。有时高强就想，这问候多少掺进许多虚假分。想到这，高强会独自地笑一下。高强整天想什么李小娜当然不会知道，每次接到电话，她都很感动，感动之后又对高强千叮咛万嘱咐，那一番呵护疼爱让高强心里酸溜溜的。酸溜溜的同时，高强心里又会漾起一股满足。

李小娜到厨房打开水龙头，发现没水。几天来，水龙头时常断水，断水时间并不固定。等到下班做饭时间，水会准时来的。白天水龙头没有水，减少了李小娜不少劳动。她不需要一遍又一遍擦地，不需要没完没了地洗洗涮涮，只等来水，抓紧那一会儿时间把一大堆活干完。更使李小娜安心的是，自从那天早晨看见楼下女人敌视的目光后，楼下再没敲暖气管子。

李小娜打开水龙头，并没有关上，这样来水的时候可以知道。李小娜进屋东瞅西瞧没事可做，打开音响，跟着唱"真的好想你，我在夜里呼唤黎明……"水也就来了。水来了，李小娜不知道。等李小娜发现时，水流了一阵就没了。

高强下班回到家，李小娜还没做饭。

高强安慰了几句，打算领她到外面吃。他们走过二楼到达一楼，听见楼下几户人家哗哗啦啦用水，看来水来了。李小娜扯着高强上楼，打开房门，拧开水龙头，水管没水。

这真邪了门儿。

高强决定到林之谦家看个明白。来到林之谦家门前，"咚咚咚"敲开门，高强对站在门前的林之谦说："你家有没有水？"他一眼看见林之谦家厨房水管上新安装了一个崭新的水龙头。

事已至此，谁也没想到后来会出现那么严重的后果。可是如果当初不是林之谦说了那句不该说的话，也不会出现那么严重的后果。就在高强踏进屋里的时候，林之谦说了那句不该说的话。

"你这号人就欠修理……"话还没说完，高强的拳头已抡在了林之谦左眼眶上。

冲突就在这刹那间爆发了。

林之谦昏昏沉沉躺在医院病床上。医生刚刚给他做完CT，结果还没出来。他抬手摸摸缠满纱布的脑袋，忽然觉得胳膊要比身上任何部位都疼。这回他不能为学生讲《新会计制度》，不能每天回家熟练地开那道防盗门的门锁。他只能无可奈何地躺在病床上忍受伤痛的折磨。

护士来换药。冰凉的器械触在每一处伤口，都使他产生难以忍受的痛苦。

按理说，仗是不该打成这个样子的。可当时媳妇王秀见高强闯进屋来，火腾地上来了。本以为媳妇王秀会占上风。哪知道高强好像有一肚子气都要撒在他家里。仗是非打不可了。现在林之谦没心思考虑这仗打得值不值。

媳妇王秀走进病房。她求人写来诉状，坐在林之谦床边念给林之谦听。林之谦一句也听不进去。媳妇王秀只好放下手中诉状说："这里大概意思是：第一，几个月来我们受尽了漏水之苦而得不到解决才安水龙头。第二，安水龙头并不是为了控制楼上高强一家用水，而是包括他们自己家在内三四家用水，这主要考虑到上班时间避免全楼发水。第三，高强一家仗势欺人，实在可恶可恨，要求赔偿全部医疗费及林之谦一家人精神损失费。"

媳妇王秀见林之谦脸上没有一点表情，就说："这两天小雨送到她姥姥家去了，高强那两口子两天一点动静也没有，昨天晚上，那两口子突然打了起来，那女的就知道哭，大概涉及到咱家的事。"

我想过几天咱们干脆搬家。林之谦盯着媳妇王秀的脸说："我一想起咱房子心就别扭。"

"往哪搬？"

"最好搬回你妈家那儿暂住几天。"

媳妇王秀抬手愤怒地把诉状摔在林之谦身上。她见林之谦没有丝毫反应，又抓起诉状正要往地上狠狠摔时，忽见林之谦双腿剧烈抖动，同时那串防盗门钥匙从被里滑落出来，响亮地掉在地上。

媳妇王秀惊恐万状地趴在林之谦脸上问："你怎么了你怎么了？"

林之谦平和地说:"护士!"

媳妇王秀:"护士怎么了"

林之谦说:"我想起来了,刚才那护士就是咱们楼上高强的媳妇……"

媳妇王秀:"那又怎么样"

林之谦说:"不怎么样,床头柜那堆水果就是她刚放下的。"

去铁岭

我必须在当天晚上赶到铁岭市。在这之前，我跟铁岭的网友通了电话，他对我的时间安排多少产生忧虑，担心我在天黑后仍赶不到铁岭市。我告诉他没问题，火车票已经买好了。网友说，"既然如此，到时间他去接站。"按当时的推算，还有足够的时间赶往火车站，我正好利用这段空闲处理一下手头急着处理的事。处理完手头的事情，看了一眼表，离开车时间还有四十五分钟，我可以提前十分钟到达车站。问题就出在我这份从容上，当我坐着出租车到市中心，发现前面堵车，我不以为然地把头伸出窗外向前看了看，点上一支烟，开始耐心等待。冰雪路面光滑如镜，各种车辆小心翼翼向前移动。后面的车排满了长队，而我们的车一点儿也没有再向前移动的迹象。时间分分秒秒过去，让车调转车头已经不可能了，我只好就此下车。我重新叫了辆出租车，告诉司机加快速度去火车站。车刚驶入另一条马路，发现前面仍然堵车，我不敢再犹豫，指挥司机试试另一个路口。我对堵车的严重性实在估计不足，我心急地盯着不停向前跑动的表针，想不出更好的办法。离开车时间只有十分钟了，无论如何十分钟之内我也赶不到车站。在我改变主意的时候扭头看了司机一眼说："算了，火车肯定赶不上了，改去长途汽车站。"这位司机始终不说话，见我看了他一眼，便有了友好的表示。他说："现在汽车恐怕不安全吧！"我说："没什么不安全。"他说："听说前几天开往四平的一辆小客车发生一起抢劫案，一个当兵的三千块转业费被洗劫一空。"

不管这位司机是否好意,他的谈话让我不快。我现在要乘坐长途汽车去铁岭,中途也肯定经过四平,我的心情被这层阴影笼罩着,有些呼吸不畅。我没有必要跟他讲我要去的地方是铁岭,中间路过四平,不然他不知又会说什么。时间尚早,也许我在天黑之前会赶到铁岭市,再赶往火车站,与接站的网友会面。现在没有任何力量能够阻止踏上通往铁岭的长途汽车,而且汽车肯定要比火车提前几个小时到达。

想一想,人没准就会遇上什么事。一个偶然的机会我跟几个朋友闯进网吧,后来我遇到了名叫"果果"的网友,就像遇到了倒霉事,时常被他败坏的情绪纠缠着。有几次我拒绝接收他的来信,但我发现越是拒绝,越是在把他推向绝望的境地。昨天他打来电话,让我必须在今晚九点之前赶到铁岭市,不然他就会永远地跟我断绝联系。我感到事情的严重,我不希望网友的意外与我有关。今天我必须在九点之前赶到铁岭市。

来到长途汽车站,买票上车,不久车就开动了。我开始打量四周的环境,有人还在不停地调整行李架上的物品,没有任何迹象表明这辆车上潜伏着不法分子。我眼睛时常落在穿着时髦的年轻女子身上,她的一举一动都使人耐看。我想要是她的同座健谈,撩起这女子的兴趣,旅途决不会寂寞,也许会感到时间过得很快。但这种情况很危险,如果有一方是骗子,另一方就要遭殃,如果两人都是骗子,结局肯定要超出人们的想象。正当我在这女子身上驰骋想象的时候,她的同座站起身,开始四下张望,我的注意力转到他身上,看来他有些无聊了,张望了一圈又坐下。大家在旅途中打起瞌睡,我丝毫没有睡意,邻座的老伙计不一会儿便鼾声响起,我真担心他不通畅的喉咙会把他憋死过去。车一颠簸,他醒了,张开大手胡乱地抓了一把嘴角的涎液,瞅瞅窗外问:"到哪儿了。"我说:"刚过四平。"他就又安心地睡去。长途汽车不像我想象的那么节省时间,为了躲避收费和警察盘查,有两次绕道行驶,快到铁岭市,天也就黑下来。窗外几点橘黄的神秘的灯光从几座平房里闪现出来,让人睡意蒙眬。汽车减速行驶,到了铁岭市边儿停下来,售票员提醒我下车。打开车门,四周空旷，寒气袭身，看来汽车不打算进市内，而由此直奔沈阳。我提出不满，那位时髦女子的同座也提着包下来，接着我的话说："算了，他们每次都这样。"车门关上了，售票员从窗里探出头，态度蛮好地说："正好你俩是个伴儿，打个出租车一块进市内吧！"

我在路边停了一下，四周广阔田野的风扎得我脚跟好像要丧失根基，远处有几个黑黢黢孤零零的苞米秸垛，更加重了我心里的恐惧。我第一次来铁岭，必须和那陌生男人结伴而行。于是我主动表示友好，问："你是本市吗？"

他说："从小长在铁岭，你是来铁岭出差？"看来他很愿意我跟他搭话。

我说："算出差吧，要到铁岭见一位朋友。"

"从四平上的车？"他马上对我做出判断。

我说："我们一同在长春上的车。"我断定他在车上四处张望时没注意到我。

他不再说话，逐渐加快了脚步。

我问："从这里到市区还有多远？"

他说："挺远呢，还得走一段才能有出租车。"他有意跟我拉开距离。

我自觉地放慢了步伐，但我发现那男人不想把我们的距离拉得太远。也许刚才的话引起了他的戒备。从口音上听出他的确是本地人，我的戒备要高于他，而且我的身上背着一只连自己都觉得扎眼的皮包，如果他对我产生歹心，吃亏的是我。不管怎么说，从行进的位置上我占优势，他在前面，如果他想做出某种动作，我有充分的时间做出反应。也许他感觉我们之间的位置给他增添了很多不安全因素，他走路时常半侧着身，好像随时准备回头。我想减轻他精神负担的办法就是应该进一步拉大行走距离。路面黑得深不可测，远处有一簇灯光闪闪烁烁。在这黑夜的郊外，一个人行走是件可怕的事，不然他完全可以凭借熟悉的马路不顾前后一直往前走。这时，我忽然感觉从一开始我就犯了一个错误，就是我一直跟他在一条线上行走，这样行走的方式有碍他观察我的视线，于是，我边走边穿到马路的另一侧。这一点似乎被我猜中，他不再计较我们之间的距离。为了彻底消除他对我的顾虑，在我们接近平行的时候，我决定超过他，我逐渐加大步伐，没有跟他说些什么，我像熟路人似的直奔那灯光走去。同时我发现马路另一侧的他开始紧跟在后面。后来，我们来到一簇灯光跟前。这里是个汽车收费站，出了收费站，前面是个岔路，我停下，茫然四顾，希望能从什么地方开来一辆出租车。那男人赶上来，在另一个岔路口停下。看来这地方是等出租车的最佳地点了。

　　我看看表，我们大概走了三十分钟的路程。我的网友现在也许正站在车站出口，手举着《现代心理学》杂志焦急地张望每位出站台的人。再隔十多分钟，出站的人流散去，他是否还在那里等我？我希望那趟火车晚点，节省我网友焦急等待的时间。顺便说一下，以前我每次打开电脑与这位网友交流，总被网友辛辣犀利的文笔所吸引，我对他来说是个陌生人，他把很多想法都告诉我。作为《现代心理学》的主编，那时正在搞市民心态调查，他的一些想法，能够为我提供一个实例，这也是我不能摆脱他的另一个原因。尽管他的来信会把我的情绪搞得一团糟，但我还耐着性子倾听他的述说。他说他几年前通过考试从彼机关来到此机关。其实他在彼机关很受领导赏识，而且面临着被提拔，正当领导无期限地考验他的时候，赶上此机关招收公务员，为了证实一下自己的能力，也为了敲一下领导，他偷偷报名考上了。他调走的前两天，领导找他谈了话，再三挽留，并承诺马上提拔。尽管如此，他还是来到了此机关，不久他的工作能力展现出来，同样得到领导的赏识，但接踵而来的是同科室人的嫉恨和围攻，他发现脚跟未稳显露锋芒为时过早，就夹起尾巴做人。他爱人是一个中学的物理老师，整天早出晚归，后来被提拔为副校长，他就对爱人表示怀疑，他甚至觉得爱人副校长的官职不是走好道来的。爱人的变化，对他的精神产生很大压力，他意志消沉，不愿跟任何人说话，他只想干好工作，在很短的时间内得到提拔，改善目前的处境。你知道吧，我的要求并不高，只提一个副科长管两三个人就行，可我这点要求都实现不了，我还能干什么？要知道这样，我还不如在彼机关，要是在彼机关，也许早成为副科长了。他的来信时常有这样的话语，我感觉他正一天天走向绝望,他说他们科室的人总用一种古怪的眼神窥视他,风言冷语地讥笑他,他忍受不了,就不再与他们说话,他越是这样,他们就越拿他取笑,甚至往他茶杯里弹烟灰。他愤怒极了,奋力反抗,他们就说他有精神病。他说,"我知道我的脑袋清醒得很,我没病,可他们都像看一个精神病人一样看我,我只有用沉默来对付他们,可他们整天窃窃私语,内容大多与我有关。我看他们那样头脑就发胀,我没病,他们硬说我有病,我现在也搞不清自己是不是有病了。"

那男人不愧是本地人,他占据的位置比我有利,一辆出租车从远处的岔路驶来,缓缓地在他身边停下。那男人上了车,"嘭"的一声关上车门,声音沉闷而悠远。我心一下冷了下来,惟一的出租车被他搭乘了,在这偏僻的地方能不能迎来第二辆出租车还是未知数。我的网友也许正心急如焚……车驶出一百多米,忽然停下来,又重新转回车头向我这边驶来,我变得异常警觉,而且镇定自若,迎着刺眼的灯光傲然站立。出租车在我跟前停下来,那男人打开车门说:"这地方一时半会儿来不了车,咱们一起走吧!"

我问:"你到市里吗?"

那男人说:"我到×××下车。"

那男人说的地点我不知道,也记不住。我推断那大概是市中心什么大厦。我点头说:"谢谢。"便上了车。

出租车向市内飞奔,马路上空旷无人,那男人与司机有一搭无一搭地谈论南联盟最新情况。我竟看不出他们是老相识,还是萍水相逢。狭小的空间,远比路上危险了,如果两人忽生歹心合谋对我下手,我无计可施。幸好此时我坐在车后,看着他们的后脑勺随车摇摇晃晃,他们每个动作都在我的视野中完成。比方那男人翻兜掏烟,比方司机抬手抓耳朵。我默不作声地看着他们,无心加入他们的谈话当中。后来我对那男人说:"等你到地点,咱们一起下车。"提出这样的想法,有两层意思:第一,我与那男人萍水相逢,既然两人同乘一趟车,一同下车,车费平摊,免遭挨宰;第二,给司机一个错觉,我与那男人是同路人。那男人听出我的疑虑,只含糊其辞地说了一句

"没关系"，又对出租车司机说："他是外地人，第一次来铁岭。"我的头嗡的一下变得无比警觉。我可以把这句话理解成他向司机传达某种不祥的信号！

我不希望出现什么闪失。现在我的网友在车站肯定心急如焚，可我们又无法取得联系。他如果等不到我，会不会绝望地离开车站？是的，在晚上九点之前我无论如何要见到他。现在我不能不说，我的行为已偏离了我的选题。我为了拯救一位素不相识的人来到铁岭，我不知道我的来到会起多大作用，但至少可以阻止他走入绝境。在这之前，我为了搞清他的处境，特意跟他通了几次电话，我感觉他的精神或多或少出现点问题。问题的根源就是那职位上，假如他的上司真给他一个副科长，他的精神很快就会恢复，但事实上，那个副科长位置不会这么轻易地给他。他说他今晚九点之前一定要见到我，不然他就永远地与我断绝联系。我觉得这是一个不祥的信号，我怕他出现异常行为。

前面一辆自行车摇摇摆摆行驶在马路当中，出租车不得不放慢速度，紧按喇叭，到了跟前，猛然急刹车，司机把头伸出窗外冲那骑车人破口大骂。骑车人好像喝了很多酒，不灵便地退回马路边，也大声骂起来。车驶进一幢幢楼房之间，随意可见零星的行人。我心释然，我心里盘算起一上车就开始盘算的事情，这辆车没有计程表，走了这么长的一段路不知要多少钱，而我一直不见那男人与司机讨价还价。莫非那男人把最麻烦的事留给我处理？我再次提醒那男人："等你到地点，咱们一起下车。"

那男人说："我在前面下车，你到哪儿？"

我说："火车站。"

那男人说："你没必要下车，再往左拐两个路口就是了。"

听他的口气，火车站离这儿不远，我没必要在这里强行下车。

司机看出我的顾虑，说："放心，我一定把你送到车站。"

那男人下了车，我们轻描淡写地互道再见。那男人一点也没有和我商量车费的事。我想他能把我带到市内我就很感激了，没必要在这方面与他计较，只是希望司机少宰我几十元车费。

出租车继续往前行驶，我无心与司机搭话。凭经验，这一路我们需要 15 至 20 元的车费，如果司机向我要 30 元，虽然挨宰，我也不必跟他磨嘴。如果司机向我要 80 或 100 多元，那就要理论理论。车拐过两个路口，不久就到了火车站，停下车，我口气不软不硬地问："多少钱？"

司机转过头说："下车吧，他已经付完了。"

"谁交的？"

"刚才你那位下车的朋友。"

我拎起皮包，心好像一下子转不过弯儿来。那男人什么时候把钱交给了司机？那男人为什么不把交钱的事推给我？这些的确让我一时转不过弯儿来。

很远处，我看见一个人双手举一本《现代心理学》杂志执著地站在车站出口，我直奔那人，那人放下手里杂志，愣愣看着我，然后大步流星向我跑来。

他说："终于把你等来了，我就觉得你不会不来。"

我说："让你着急了。"

他说："这样很好，我已经想通了，你不来我也不会主动跟你断绝联系。"

我说："我很感动。"他说："看样子你比我心事还重。"

我说："与心情有关，我们走吧。"

那一路，我们都很感动。

小　赖

小赖所在的单位是这个城市比较扎眼的机关。小赖出入机关大门，总会看见街上蹬自行车的人不住地看他们单位的大牌子，看小赖。小赖不以为然，他知道有很多人羡慕像他这样坐机关的，丰衣足食，旱涝保收，用小赖的话来说，"这是个撑不着饿不死人的地方，没啥让人羡慕。"

小赖现在是机关业务大咖，独当一面，政策法规倒背如流烂熟于心，领导向上级汇报工作，总要向小赖索取各种数据，几次三番加以核对，方可得出正确结论。可以说，哪处有小赖，哪处的处长就不用过多地操心，就可以潇潇洒洒出色地完成工作。领导的青睐，自然增添了小赖的自信，现在小赖的脖子也比过去高出了两公分，有时下班前10分钟领导为了联系群众，到各处室看看，唠点闲嗑，小赖还能插上几句话。小赖是机关的老科员了，跟领导说句话，开个玩笑，很正常，当然小赖开玩笑很会把握分寸，既要让领导开心，又不要伤害同志，为此小赖人际关系非常好，平时在走廊见到其他处的同事，不管职务大小，他都笑哈哈地打个招呼，不咸不淡地幽默一下。年底机关民主考评政绩，小赖得到大家的普遍好评，理所当然地晋升为副处级调研员。

小赖刚上班那阵儿，可不是这样，他像一只羊羔掉进了大宫殿，倍感压抑。父母都是地地道道的农民，他被分配到这样的机关，完全是他个人努力的结果，在校期间，小赖是学经济的，他跟辅导员关系不错，每年寒假回来，都给辅导员背半面袋子豆包，辅导员跟系主任关系不错，舍不得吃，又把这半面袋子豆包直接背到系主任家里。这样，小赖通过辅导员，跟系主任建立了关系，后来寒假回来，他就背两个半面袋子豆包，送给辅导员和系主任。毕业分配，辅导员和系主任力荐，小赖就来到了这个机关。机关和学校的情况不大一样，很多想法在机关都不切实际，他拼命改变自己，但时常露出马脚，小赖是个很顾家的人，这不免引起同屋里的人善意的笑声。小赖心里很难受，这笑声虽然不含有别的用意，但至少把他看成另一类人，一个农村来的土包子。小赖想，在机关要有发展，必须有一个很硬的靠山，也就在这时，他选择了郝处长，郝处长在机关颇有年头，属于资深年高那一类处长，小赖第一次接触郝处长便有一种高山仰止的感觉，特别是开会时，郝处长讲话总带有一种手势，小赖觉得那手势的确给郝处长增添了不少的风度，小赖曾经暗中学过那手势——把掌从脸部一侧向外劈出，劈得要有力，而且在空中达到一定位置收回来，划个圆弧，再重新劈。小赖照着镜子实践无数次，但怎么也劈不出郝处长那样的风度来。也就是那手势，小赖非常敬仰郝处长，并不惜一切代价要靠近郝处长，那时郝处长爱抽一种叫"良友"牌子的香烟，小赖上烟摊上买了两条送给郝处长，郝处长非常吃惊地问："你刚上班，怎么买这个？"小赖说："我不是花钱买的，是别人送给我爸，我爸不会抽烟就让我拿来了。"郝处长问："你爸在家做什么？"小赖说："乡里当书记。"郝处长"嗯"了一声就心安理得地把烟放进了抽屉。小赖想，"当初他要不这么撒谎，郝处长绝不会很痛快地把烟收下，而且绝不会这么重视他。"

　　小赖转身刚要走出郝处长办公室的时候，郝处长从椅子上站了起来，伸手在小赖肩膀上拍了拍，这一点小赖是没想到的，那手的分量强劲有力，好像是鼓励、是鞭策，又好像是说，"哥们儿好好干吧，没说的。"总之，那一拍，差点把小赖激动的眼泪拍下来。小赖知道郝处长不会轻易拍一个人的肩膀的，这一拍，皆在不言中。

　　郝处长的确是对下属很负责的处长，小赖的科员职级不到一年就评上了，比他先来的同志还早半年。小赖的"良友"烟，供应一年就有点支撑不住了，他在这个城市里吃住要花钱，父母又是老实巴交的农民，他们虽然不向小赖要钱，但小赖知道每年春天买种子的钱他还要往家寄的。郝处长显然不是爱小的人，小赖断绝了"良友"——烟，他也并没有怎么样，依然语重心长地拍拍小赖的肩。这时小赖多么希望郝处长多拍拍他的肩，郝处长每一拍，就是对他最大的安慰和信任。郝处长拍肩是另一种手势，和讲话时的手势一样充满着力量和美感，同样是他风度的一次展现。

小赖没想到郝处长正值事业辉煌时期激流勇退了，那是社会上第一次下海浪潮席卷大地的时候，郝处长信誓旦旦地搞起了投机倒把的行当。郝处长就这么下海了，有好长一段时间，小赖觉得后背肩膀空空荡荡地不踏实，他不能没有郝处长那坚实地一拍。

新来的处长比郝处长年轻，是个矮胖子，干起工作来雷厉风行，他讲话没有更多的手势，只是两只手放在肚子跟前，不停地轮换着挠手背。开始时，小赖以为这位处长患有什么皮肤病，经过一段时间观察，小赖看见新处长手背白胖细嫩，根本没什么毛病，而且也不见挠动过的手背留下什么疤痕。新处长没有拍过一次小赖的肩膀，但他同样很欣赏小赖。小赖很快适应了新处长的处事方式，工作起来如鱼得水。

这些都是十几年前的事了，现在小赖娶妻生子，在机关打下牢固的根基，虽然迎来送往好几任处长，每一任处长，小赖都不同程度地在他们身上学会了一些处理问题的方式方法，把各种关系搞得八面玲珑，成了十足的机关油子。每遇到问题，他不急不忙，无论办什么事，小赖都要矜持一些，要朋友感到他的分量。

现在小赖早已忘记了郝处长那种手势，他平时大会小会上的发言，也无形中有了自己的手势，当然这种手势不是刻意学来的，而是多年工作养成的习惯，好像没有手势，他就不能很好地表达所要表达的意思，没想过自己的手势是否还有潇洒的成分。

有时工作之余，小赖还要打听一些有关郝处长的消息，听说郝处长这几年除了不倒卖人口、军火和白面儿外，什么都倒腾。小赖还听说郝处长有意要回机关，但机关已不能接收他了，看来郝处长在外面混得很不理想。有几次，小赖接到郝处长给他偷偷打来的电话，托他办一些小事，小赖自然给办了，郝处长毕竟对自己有恩，而且他能为郝处长办事，也感到自己这几年没白挣扎，就感到自己很自豪。小赖想，"他好几年没见着郝处长了。"

郝处长下海后，仍然住在机关宿舍，有事没事小赖都想不起来去看看郝处长。机关调过几次房，处长们都搬到更新更大的楼里去了，郝处长已无法享受处长的待遇，年底单位再次调房，小赖的房子调到郝处长家的楼上。那天小赖去看房子，下楼时遇上了郝处长，小赖自然要跟郝处长寒暄几句。从气色上看，郝处长已经失去了原有的风度，就像现在街头随处可见的普通人一样。小赖亲切地握着郝处长的手，这里面有关怀、有安慰，但他更多地表达一层意思是，"不管你如今处境怎样，你依然是我心中高山仰止的好处长。"

后来小赖觉得没什么话可说了，他们就分手了，小赖转身下楼，郝处长忽然从背后拍了拍他的肩膀："好好干吧，你很有发展前途！"

小赖不觉有点愣住了，十多年来，还没人拍过他的肩膀。回到家里，他使劲用拳头敲了敲被郝处长拍过的肩膀，觉得很不自在，妻子问他肩膀怎么了，他就又用拳头敲了敲。妻子说："可能着了风寒，"便扯开他的衣领，在他的肩膀上叩上了三个玻璃瓶火罐，晚上睡觉时仍不见好转。妻子躺在床上快要睡着时，小赖翻了个身，后来就听见小赖叹了一口气："我的肩膀怎么能随便说拍就拍呢！"

一件粉红色羊绒大衣

听说我们处里要来一位女同事,大家好像早就盼望着有这么一位同事来到办公室,不免神情亢奋。苏小眉走进我们办公室时,我正趴在办公桌上为局长的一篇发言稿满纸改正。处长说:"认识一下吧,这位是咱们处新来的同志,叫苏小眉,负责打字工作,以后王秘书写稿不用愁了,苏小眉每分钟能敲180个字。"

我抬头看,想不到苏小眉长得这么美。赶紧站起身,也许屁股用力过猛,椅子腿儿在水磨石地面划出刺耳的尖声。

"王秘书你好,请多多指教!"苏小眉身穿粉红色羊绒大衣,落落大方气度非凡。我被她那模样搞得有点语无伦次。

握过手,处长说:"王秘书是咱们处的骨干。"处长不加掩饰的话语,让我心慌,我不自觉地瞥了一眼老李。果然,本来一直起身站着的老李一屁股坐到自己的椅子上,扯过烫手的水杯,伸长脖子"哧哧溜溜"响亮地喝个没完,随后拿起一张报纸抖了几下,专心致志埋头看了起来。

处长一心想提拔我,我知道。可他当着苏小眉的面让老李吃醋,我有点儿不是滋味儿。

愣头愣脑的小杨笑呵呵进来算是缓冲了短时间的尴尬。小杨说话必言足球,每天都宣布甲A足球联赛最新战况,为此,处长没少批评他,处长说在办公室里不要谈与工作无关的事情。处长也是足球迷,批评完小杨,便把小杨叫处长办公室,单独听小杨一顿热火朝天讲解。小杨的讲解漫无边际，他会从足球讲到饮食结构，又会从饮食结构讲到民族精神讲到世纪末情绪……

苏小眉的眼睛好像一下能捏出水儿。我感觉那水汪汪的眼睛总是光芒四射看着我面部哪个部位。我最怕女人盯我扁平得没一点儿个性的鼻子。这种鼻子让我自卑。它标志一个人官运。我的鼻子绝不是什么吉祥征兆。好在苏小眉并没有盯住我鼻子，这就好。苏小眉说话时，我竟不自觉欣赏她不断扇动的薄薄双唇和双唇里时隐时现洁白好看的牙齿。

从嘴唇上可以看出，苏小眉绝非等闲之辈。她在任何场合都不可能被忽视。

这样说，我们处也并没有因苏小眉来到而出现什么改变。我们每个人都在按部就班地做着每天应该做的事情。有一天，处长严肃地叫我到他办公室去。处长让我坐在斜对他办公桌的沙发里，然后起身重新关了一下门。

处长说："你帮我回忆一下，2月5日办公室里有没有外人来？"

我预感事情非同小可。我努力进行了一下回忆，在心里确定之后说："没有。"

处长说："你再帮我回忆一下，那天下班，谁最后离开办公室？"

我说："我最后走的，而且是按时走的。"

处长说："你走时看没看见衣架上挂着一件粉红色羊绒大衣？"

"没注意。"我终于明白处长问话的含意。我有些心神不宁，问："羊绒大衣怎么了？"

处长说："2月5日，苏小眉的羊绒大衣在办公室里丢失，丢得很奇怪。这事你知道就行了，先不要声张。"

我首先澄清自己，此事与我无关。我不至于贫困到在办公室里偷一位女同志大衣的地步。话又说回来，既然处长把消息透露给我，足以证明处长对我人格的肯定。其实，苏小眉刚来那天，我就发现她身上那件羊绒大衣很贵重，只因她刚来，我不便流露过多溢美之词。不然，她会觉得这里男同事太轻佻。我要从内心表白，我从没对那件羊绒大衣动过心思。

我的心思整天放在办公桌上,我渴望我的办公桌变成像处长办公桌那样阔气。要知道,办公桌一旦像处长那样阔气,也就意味着我职位的升迁。只有职位升迁到一定地步,才有资格拥有那么阔气的办公桌。

虽然处长为我使了不少劲儿,但我看不出能使办公桌改变的一点苗头。现在我心里好像有一种难以名状的焦躁尴尬,不管怎样,表面上还要装得镇定自若泰然处之。感谢上帝,此事要是从脸上流露出来,不但老李看我的热闹,别人也会认为我太急功近利,太肤浅,说不准,老李狗急跳墙公开蹦出来跟我作对,那样,我的优势将大大减弱。

我的办公桌宽不到一米,是一头沉的那种,桌腿让我修过两次,办公桌下面的柜门时常关不严。我总是不厌其烦地折叠半张报纸夹在柜门上才不至于使小门四敞大开。这回你知道,我办公桌是80年代初期最常见的办公设施,它古老得让我心酸。多年来,桌面木纹深深嵌入了只有用洗衣粉和面碱才能擦拭掉的油腻。但我从没擦过,油腻是我资历的象征,是无声语言,它向全办公室里的人证明,他们再干几年也赶不上我办公桌油腻的深度。

办公桌的改变不仅意味着我命运的改变,同时也意味着我全家人地位的改变。如果就我个人而言无足轻重。不然我不会挖空心思处心积虑考虑这些事情。要知道,对我的事情,我老婆比我急,她鼓动我首先跟处长搞好关系,然后想办法接触上层领导。她跟我们处长打了多次麻将,关系处得比我还铁,处长对我个人成长问题格外关心,不能说没有我老婆的作用。我老婆原来在一家企业当会计,如今下岗在家无所事事,情绪不好,就冲我出气。也难怪,如果我职位有了重要变化,我老婆不至于跟我发火,那时只要我操起电话向某个人暗示一下,就会有人乐此不疲地为我跑腿,我老婆就会有一个非常体面的工作,在工作上她会时常提起她体面的丈夫。但现在她不能,归根结底是因为我的办公桌用了十多年也没有新的改变。还有我的儿子,他在读初三,马上面临中考。考不上重点高中就意味着考不上大学,我要拿出一万八千块钱供他读书。想一想,一万八千块钱不是个小数目,这还是去年的价格，听说今年全省第一重点高中要价二万四，这不是要我命吗？如果我办公桌突然发生了变化，这些钱对我来说就算不了什么，我不会为此心疼得龇牙咧嘴，说不定有人主动找上门来，帮我免掉这笔费用。

诸位千万不要鄙视我对办公桌的理解。我这么看重我的办公桌，说明我决不会因小失大，更何况因一件女人穿过的羊绒大衣。

不过几天，新来的苏小眉就和办公室的同志打成一片。有时她会恰到好处地跟大家开几句并不过格的玩笑，大家听了，都有些心驰神往。苏小眉玩笑没有多少幽默感，她只是通过玩笑能够跟大家更随和一些。这么说，并不是我有什么成见，相反，我挺喜欢听苏小眉这种玩笑。

我怎么也不能把羊绒大衣事件与苏小眉联系起来。她像早已把自己置之度外，全然不顾初来乍到给她带来的不愉快。我发现老李总是用狡黠的眼神窥视我。当我的眼神一旦跟他对接，他的眼神马上游离开去并端起茶杯加以掩饰。更可笑的是，小杨突然变得缩头缩脑，不苟言谈，跟我说话敬而远之。很显然，大衣事件虽然秘而不宣，但大家都已知道了。

我心里时常发虚。老李和小杨怪异行为是否把怀疑的对象落在我身上？几年来，为了充分证明我认真负责的工作态度，为了能改变我的办公桌，我始终坚持早来和晚走。2月5日的确是我最后一个离开了办公室，临走前我还留神看了一眼办公室窗子和各处电源。这也说明，我作案的机会比别人更多。我想找处长进一步阐述我的行为和人格，转念一想，这种阐述恰恰会暴露出了自己的心虚。2月5日我在做什么？上午跑了两趟厕所，中午去了邮局，下午又去了一趟厕所。三点多钟我下楼到收发室取了报纸，回来时办公室里空无一人，我把报纸放在桌上，我看见衣架那件粉红色羊绒大衣，那是时下最流行的面料，我忍不住扯起大衣袖子，想看一看它为什么备受青睐。我的动作免不了有些猥琐。要知道，办公室忽然增添了女性色彩的确惹人注目。我的手扯着衣袖想进一步看个究竟，这时办公室的门响了，老李两手插兜，百无聊赖地进来。我对自己的行为不好意思，但老李并没发现或者并不在意我的动作，他懒散地推门进来，一扭身，用肩膀把门关上，诡秘地说："别的处室都说，是处长亲自把苏小眉调进来的。"老李无非提示我，苏小眉是处长的心腹或情人什么的。不管怎样，我对老李的话没做任何表态。千万别表态，如果一表态，明天处长就会知道，无端的闲言碎语最能引发领导对你的不满，这是我在处室工作多年得出的宝贵经验之一。2月5日其他时间我都坐在办公室里反复修改领导发言稿，我兢兢业业恪守职责，我无法忍受他们对我的怀疑。

　　冷静思索一下，这种事情外来人盗窃的可能性极小，那么内部人又是谁呢？小杨刚来不到一年，对他的品行我不想谈论。老李虽然谨小慎微，却爱占小便宜，如果这事出现在他身上，我一点都不感到惊讶，关键是，几年来，老李总是很好地把握自己，他除了占些小便宜，太大的出格事还没有发生过。

　　看来，事情非常诡异，它使我的行为变得越来越不自然。

　　老李在办公室里可谓资深年高。早在我们处长还没当处长时，他对处长的宝座就跃跃欲试。老李失败的原因也许他至今也不明白，那就是他太爱占小便宜。老李爱占小便宜，并不是他生活怎么困难，他的工资在单位也算可以，但他总改不了占小便宜的毛病。有时我想，老李爱占小便宜是与生俱来的，不占小便宜心理就不平衡，所以他意识不到爱占小便宜成了他发展途中最大障碍。单位每次分鸡蛋，大家忙三火四查数分堆，老李便溜到一边冷眼观察鸡蛋的大小，最后分完堆让大家随便挑选时，他会毫不犹豫直奔早已看好的那堆鸡蛋。假使最后剩下一个鸡蛋无法分配，老李会毫不客气地把那个鸡蛋捡到自己的堆里，赤裸裸不遮人耳目，完全丧失了机关人员的含蓄与虚伪。然而他自己感觉非常良好，对副处长的职位充满无限幻想，自认为是最有资格的人选。自从小杨来到我们办公室，他一刻也没放松对小杨拉拢，像这样爱占小便宜的人三天两头领小杨上酒店或把小杨叫到家里喝酒眼睛竟然眨都不眨，真叫我匪夷所思。时间长了，小杨也不拿老李当外人，哥们长哥们短叫着。遇到老李这样的知己，无形中显露出年轻人的轻狂。这是难免的幼稚病。我恰如其分地利用小杨的幼稚为老李不知不觉设置了一个又一个圈套。有那么几次，老李神不知鬼不觉地跳了进去，苦不堪言时，我说了几句不疼不痒的同情话，老李竟感激涕零。我时常为自己高超圈套很是得意。

现在老李和小杨最初的单纯关系已土崩瓦解。也许小杨看出点什么端倪，便与老李若即若离。小杨怎么样对我无足轻重，我必须跟苏小眉搞好关系，这不仅因为苏小眉将成为办公室不可忽视的人物，更重要的是，我正为升迁而努力工作和活动，这种关键时刻，你打死我，我也不会干那些鸡鸣狗盗之事，更不会为了一件羊绒大衣丧失我的升迁机会和人格。

接触苏小眉我有得天独厚的条件。我写的领导发言稿要交给苏小眉打字。我故意在那篇发言稿上写出几处病句和几个潦草得连自己也分辨不出的字，这样，我可以长时间坐在苏小眉跟前。苏小眉打字速度的确很快，她时常对我写的发言稿病句置疑片刻又很快修改过来，这时我表现出对她佩服得五体投地，我觉得苏小眉绝不是那种街上随处可见的平庸女子。

在对待苏小眉问题上，老李如热锅上的蚂蚁只能望尘莫及。小杨对苏小眉的表现则是一种青年人单纯的躁动。我非常坦然，我自然地坐在了苏小眉和她的电脑旁，时常跟她说几句有边儿没边儿的玩笑，她会停下不断敲打键盘的手指，然后用食指顶住鼻尖强忍笑声。我发现苏小眉侧面脸型让人赏心悦目。

近些日子我写材料异常迅速。苏小眉很愿意为我效劳，每次我把改好的材料交给她，她总是精神抖擞地说："跟我来吧。"我就会满足地坐在她身旁，看她灵巧的手指不停跳跃，心情就格外好。毫无炫耀地说，我们在一起好像无话不谈。从她那一捏就会出水的眼睛里，我感觉她对我印象不坏，有一次闲谈中，她还把像我这样写材料的人称作才子。她说她非常钦佩写材料的人，并且说她父亲就写了一辈子材料，她说她父亲年轻时只是一个普通工人，就因为在报纸上发表了几篇小消息和通讯之类的稿件，被调到了厂办公室当秘书，后来当上了办公室主任，又从办公室主任当上了副厂长、厂长，而且颇受全厂上下职工拥戴。他之所以颇受职工的拥戴，因为他从不假公济私、巧取豪夺，从不多贪多占是一个方面，另一个方面全厂上下都认为他有才。她说她父亲读了很多书，她非常崇拜她父亲。

她把一个搞文字材料的人看得那么崇高，而且还用她父亲做比较，我感到汗颜。假使有一天我当上了某种要职，我不敢保证我儿子也会如此看待他的父亲。现在我不好意思谈起这份差事，她就认为我谦虚，便更加饶有兴趣给我看她的几个笔记本。笔记本上都是她早年写的诗，诗密密麻麻一首连着一首。我除了感觉每一首诗的语言独特之外，实在领会不了其中的意境，但我假装非常欣赏她的诗，很认真地说："好诗，好诗，写得很有味道，你才是个才女呢！"她听我夸她是才女，脸就红起来。我发现她脸红更美。人都喜欢恭维的，这也是我在工作和待人处事中获得的宝贵经验之一。她能把她的诗给我看说明我们之间充满了信任和好感。我还有一种感觉，假使我来一次冲动把她揽在怀里她也不会拒绝或给我难堪，或许我们之间关系会向前发展。

我害怕出现这样的结局，我现在非同寻常，我要很好地把握自己然后使办公桌有个彻底的改变，办公桌改变后再进一步发展关系也不迟，但现在要谨慎再谨慎。如果处长以为我与苏小眉有点那个，我改变办公桌的目的也会彻底没戏。为"美人"失去江山不值得。要知道，我们目前的状况很难不让人说三道四，我开始有意识地与苏小眉保持距离，除了打印材料，我尽量回避。我努力克制自己，最终我发现，越是克制，我越是鬼使神差地坐在苏小眉跟前。女人是魔鬼。

就在这时，有一件事使我万分恐惧和惊讶。自从我让苏小眉帮我打印那份领导发言稿，我好像忙得好些日子没打开我桌子那一头沉的柜门了。现在无意中打开柜门，我发现柜里面放着一件粉红色羊绒大衣，就是苏小眉丢失的那件。我吓得连忙关上了柜门。我想站起身看看老李和小杨是否注意我，可我坐在椅子上怎么也站不起身。我那一头沉的小柜像一枚定时炸弹，它随时可以引爆，把我炸得身败名裂。

我努力稳定情绪。我脑子里想着几种对策，手开始轻微颤抖。我对此做不出任何反应。

我膝盖用力把办公桌下面柜门顶死，我只能这样做。如果有一天动用公安人员来破案，他们从我办公桌下面柜里找出这件羊绒大衣，只要查一下指纹，问题就会昭然若揭。那时他们或许表扬我较好地保护了作案现场。但这种可能性极小，处长决不会为一件羊绒大衣惊动公安人员。

我万念俱灰。我唯一能做的就是把柜门关得严严实实。我害怕那件羊绒大衣忽然不听话地从柜里滚落出来。那样，即使我浑身是嘴也讲不清楚。

是谁这样居心叵测想陷害我？这一招真损，我的着眼点马上落在老李身上。因为他认为我是他的升迁的第一号对手，是他前进中的绊脚石，只要他把我搞垮，他的座次就可以向前挪动一步，更靠近副处长那个宝座了。实际上，羊绒大衣丢失之后，他的情绪就不对头，他一刻也没停止对我的窥视。这样想来，2月5日那天我掉以轻心了，也许他懒散地走进办公室看见我那猥琐的动作时，才萌发了陷害我的动机。他只是用懒散来掩盖自己，让我最终放松了对他的警惕，使他有机可乘。但是，世上没有不透风的墙，难道他没想过这事一旦败露他同样会被搞得狼狈不堪？

从另一角度讲，谨小慎微的老李也许干不出这种事情。他除了爱占小便宜，绝不铤而走险。干这种事情需要胆大心细，需要有孤注一掷的心理准备。老李不具备这样的素质。

我还记得那次处长找我谈话时，他的面部表情极为严肃。从他的举止言谈中我敢肯定他一点也没怀疑我。据我了解，他除了找我说了那件事情，没再找任何人谈话。但不久那事情却像长了翅膀的昆虫在每个人的耳朵旁嗡嗡传开了。事情怪就怪在，处长为什么会偏偏找我一个人谈话而不找其他人。他这个人工于心计，难以捉摸，是不是有意给我设置一个圈套？要知道我们处这个副处长位置始终空缺不能说跟处长没关系。从处长角度上来看，如果我们处有了一个副处长，处长的权力无形中被削弱。处长肯定不甘心让我跟他平分秋色。凭我的工作能力，一旦当上副处长，就会对他构成某种威胁。处长说提拔我，也许是他的权宜之计。我老婆陪他玩过那么多次麻将，已经输给处长五千多元了，想必他也明白这输钱的意思，他不得不这么说，他想空口卖个人情也得这么说。说归说,只要我身败名裂,他就会达到永远压制我的目的。处长这个宝座他可以稳稳当当坐下去,他还可以找出一千条理由抵制外派人员。

我不敢相信处长心胸会狭隘到这种程度,但我不能不这么想,而且我还想到了小杨。我的猜测是有根据的,小杨这几天在办公室里一直缩头缩脑,说不定就是他把羊绒大衣偷偷塞进我办公桌下面的柜里。他早就注意到我和苏小眉的关系有些特殊,特殊关系目前不会抹杀我的任何形象,他只是因为嫉妒才干出这种不得体的事。

晚上回家,老婆看我心事重重,以为机遇终于到了,而我跟她故作深沉。当我把羊绒大衣事件告诉她时,她竟说了一句:"这是有人故意所为!"谁敢说我老婆说得没有道理?

不管怎样,我想白天或下班找机会把羊绒大衣转移到老李和小杨那里。我曾有几次偷偷打开老李和小杨办公桌下面的小柜,他们的小柜都被一堆没用的文件和纸张塞得满满的,老李的小柜里居然有会议室里的四个茶杯,那可是真正的景德镇的青花瓷器。我无从下手了。我不敢轻举妄动,说不定我在办公室的身影都受到严密监视。我发现自己已经成了贼,我每次心理活动都充满了贼性。

我是一个时时想奔突的贼!

我整日备受煎熬度过了许多日子。我办公桌柜门一直被我关得严丝合缝。我还在柜门上暗暗做了标记,看看是否有人来动这件大衣。我始终不敢再打开柜门看一眼那件粉红色羊绒大衣。

现在我要做的,就是漫不经心扯来个椅子坐在苏小眉跟前若无其事海阔天空神侃。苏小眉似乎很喜欢我这副神情恍惚的样子,不论多忙,她的手都会从键盘上停下来,目光专注看着我,不时发出一阵阵让人心爽的笑声。如今没有了任何非分之想我还在乎什么?我肆无忌惮跟苏小眉说笑,因为苏小眉是唯一相信我的人,她让我宽慰,只有这时我才感觉自己像个正常的人。

我很少回到自己的座位。我对办公桌产生了莫名其妙的恐惧。苏小眉近几天在我的挑逗下变得神采飞扬,我居然闻到她的身上一天换一种香水,也就是说,她一周之内身上换了五种品牌的香水,其中有一种香水是我老婆出外打麻将时常用的那种。

下午，我买了一把锁。十多年来，我办公桌下的小柜从没上过锁，今天我决定把柜门锁上，把我心里所有的慌乱都锁进小柜里。

星期一早晨上班，处长叫我马上写一份材料送局长审阅，整个上午我都趴在办公桌上写那份倒霉的材料。中午下班前，苏小眉好像按捺不住自己了，悄悄走到我背后很随意地拍了一下我肩膀说："快中午了，还写个没完。"我从桌上抬起头，我忽然看见苏小眉身上居然又披着一件粉红色的羊绒大衣。

我心如擂鼓。苏小眉身上的确披着一件粉红色羊绒大衣，跟她丢失的那件款式一模一样。

我不习惯看苏小眉穿那件粉红色羊绒大衣在办公室里走来走去。虽然这件大衣在她身上依然是那么飘逸，但我极不自然。我想说："你没有必要这样，你那件大衣就在我办公桌下面小柜里。"可我无论如何不能这么说。我尽量回避苏小眉，她身上的大衣无形中对我产生了不小的压力。第二天，我心乱如麻，决定给处长打个电话，说在家写那份给局长审阅的材料。按理说，这份材料并不长，只要把问题说清说透就行，可就这一千多字的小稿却让我煞费心思。我好像心神不宁六神无主，苏小眉身上的大衣，时常在我眼前飘忽闪现，挥之不去。我耗费了三天时间才完成这份材料。第三天下午我如释重负，准备干点什么，想来想去决定到市场买菜。市场上挤满了推自行车下班的人流，夹杂在喧闹的人群中，我恍若隔世。我有意无意与小贩讨价还价，精心挑选老婆或儿子爱吃的蔬菜，也就在这时我看见老李。老李每天下班必到市场买菜，但我没想到今天就这么巧合碰见了老李。我看见老李的时候，老李也看见了我，我们彼此都回避对方的目光，结果却都没避开。我们毕竟是同事，有必要打个招呼。后来老李冲我笑笑，那笑很干涩。我们就这样走开了。

第四天上班，我没找苏小眉打印材料，这份材料我在家工工整整抄写一遍，可以直接交给处长，如果处长想打字，他交给苏小眉就是了。下午，处长说："局长对这份材料比较满意，不做多大改动。"

事情就这样过去了。

到年底，局里传出消息，机关人员将做大幅度调整，并提拔一批新的中层领导干部，人们不免蠢蠢欲动。我剑拔弩张满怀希望，结果我发现所有的努力是多么徒劳。

在对我考评时，我因三天在家写了一千多字材料并且上街溜达，被视为"消极怠工"在局领导班子里进行多次讨论。我知道我的票数不会太多，老李在这个问题上决不会善罢甘休的。苏小眉的确不可忽视，她调到人人都羡慕的部门——人事处。

第二年春天，处长调离我们处。新来的处长第一项工作就是带领大家打扫卫生，翻箱倒柜把没用的书籍和报纸卖给收废纸的。我收拾完桌面报纸，我忽然想起办公桌下面小柜，我好像有很长时间没想小柜里面的东西了。我趁老李小杨不在屋，悄悄打开小柜上的锁头，柜门敞开后，有几只飞虫从柜里灵巧钻出来。我伸手去摸那件粉红色羊绒大衣，居然没有摸到，我立刻搬开椅子，蹲在桌子小柜旁，往里看，没有什么粉红色羊绒大衣，里面堆的都是些用不着的破书旧杂志。奇怪？我惊讶之极，站起身感到很茫然，我现在真的拿不准过去小柜里究竟有没有那件粉红色羊绒大衣。

下午，苏小眉来了，她告诉我，她们人事处一位主任科员调我们处当副处长，然后她又对我说，她已经不写诗了，准备写小说。

高　武

　　我始终认为,我与高武相识是从那天开始的,在那天之前他给我的面孔还非常陌生。那天我们单位分大米(我们单位每年秋天都分大米,我们没有零星买大米的习惯,即使单身也是如此)。高武极热情地帮助那位女同事,把一百斤一袋的大米从一楼扛到六楼。最后轮到扛自己那份大米的时候,他坚持不住了,求我帮着把大米抬到他单身宿舍楼上。我们抬一层楼,要气喘吁吁歇一会儿,他说,两人抬,要比一个人抬还要费劲儿。看那意思,他好像还要一个人把大米扛上去。我是个没力气的人,不然我也会学着他的样子一个人把大米扛到楼上。就这样,我们抬的时候都闷着劲儿,一步一个台阶地往上挪,脖筋绷得根根直立。歇下来的时候,就唠嗑。

　　高武如此逞能,并不是他多么怜香惜玉。他是我们机关新来的同事,他想通过诚实的劳动赢得大家的好感。高武刚来我们单位的时候,并不是我们喜欢接近的人,他的人品我们还不知道,我们只能从感官上来判断他这个人,他是个高颧骨,厚嘴唇,板牙外露的人,这种人给人的印象比较木讷,据说还容易折寿,但我们都没那么想,即便我们不喜欢的人,也不希望他什么不幸。也许他知道自己的劣势,总是主动找机会与人长谈,谈过之后,大家对他的印象多少有点转变。大家都说高武是个不错的人。他的学历在我们单位也是最高的,想一想,一个单位能有几个像高武这样一个硕士呢?我们不再躲着他了。

高武的单身宿舍也在六楼，当我们挪到四楼的时候，休息的时间要比刚才更长了。他喘气时脖子不住压向脖腔，肩膀向上一喘一喘的。他说他小时候扛这点大米能跑好几个来回。他不是在吹牛，他是农村长大的孩子，扛这几袋大米不费吹灰之力。当我们把大米抬到五楼的时候，他差不多讲完了从农村到城市的奋斗史，不管我愿不愿意听，他都在不停地讲，讲得很兴奋。我就感觉他对我很友好，我们之间的距离好像拉得很近。

　　抬完大米，他偷偷告诉我说："他有心脏病。我说，你也不要有什么心理负担，平时多注意一下。"他的精神状态的确不如头几天了。我们回到了办公室，大家累得七倒八歪，高武又对我说："平时我心跳都在五十几下，这几天竟跳到七十多。"这时有人接过话茬说："七十下不很正常吗？说明你的病好了。"

　　多少年过去了，我总觉得高武的死肯定跟那次扛大米有关，但我无法听到他对自己的死有任何评价，我只能靠自己单方面回想打开记忆之门。办公室里只有我们两个人的时候，他心事重重地跟我说："我后背这几天怎么疼得这么厉害？"我说："你还应该到医院看看，只有看看才对自己放心。"高武点点头，就神出鬼没地忙着他该忙的事了。过了两天，他又凑到我跟前说："我感觉身体越来越不太好了，我应该到医院看看。"我问："这几天你没去医院呐？"他说："一忙乎就忙忘了。"我说："你如果不愿意去，我可以陪你。"他在我身边绕来绕去的样子肯定有话要跟我说，但他最终没有说出来。后来他走出办公室，很长时间，又回来了，屁股还没在自己的座位上坐稳，就凑到我跟前说："你能不能借给我五十块钱？"我说："这事，你咋不直说？"他显得非常不好意思，进一步解释说："今天中午我的一个同学要来，我得请人家吃饭，可我兜里却……"我打开钱包抽出五十块钱交给他，问够吗？他说小吃小吃，够了。我知道高武比我们困难，他从小学开始读书一直读到硕士，身边不会有多少积蓄，据说他读硕士之前，当过两年教师，那也不是给他带来很多收入的职业。记得他来我们单位头一天，还是一身学生打扮，当时他自己也觉得不对劲儿，很快进商店买了一套崭新西装穿在身上，人也换了个样。我们都知道他的妻儿还在乡下,他每个星期都往家里跑,花去了不少路费。自从上个月月底他从家里回来,至今他没回去过。那几天我看见他总爱穿高领衬衫,不经意间,发现了他的脖子上留下很长一条血道道,我看着他的小秘密,总憋不住想笑,我想他乡下的媳妇准是把他挠伤心了。

下午,高武把钱还给了我。他说他这五十块钱没花出去,中午吃饭时,他的同学抢先买了单。我说:"这钱你先用吧,什么时候手头宽裕时再还给我。"他说:"不用不用。"执意把钱还给我。

我成了高武身边最亲近的人,他似乎无话不跟我说。他虽然很愿意找机会与人长谈,但仍然是个孤独的人,他说他来到机关是个错误,如果不来机关,他的生活要比现在好一些。本来大学本科毕业时他是学理科,考研时他却学了文科,如果当初他继续学理科,搞点电子技术,他的境况肯定比现在强,这是错误一;可他不该犯第二次错误来机关,一个月就这点死工资。高武面部挂满了沮丧与无奈。我想劝劝他,又不知怎么劝才好,我们都面对相同的境遇,我不可能三言两语就把他从那种情绪中拉回来。整个下午,高武闷闷不乐,我觉得他长期带着这种情绪工作,肯定没有好处,下班时,我说:"我请你喝点酒吧!"我的做法可以理解成拉拢一位不明真相的新同志,但我们单位并不复杂,我们没有阴谋诡计可搞,我们只需要对方支撑下来为自己谋点小利益而已。他迟疑着说:"其实我应该请你,我们真应该在一起喝点。"我说:"今天我请你。"我们来到单位后院儿一家狗肉馆,要了一盘狗肉,一盘桔梗菜,一瓶啤酒,他就说啥也不让我再点菜了。我们边吃边唠着没用的话题,高武脸上始终笑着,笑得像个八九岁的孩子。他说:"你说怪不怪,现在我怎么觉得身体比白天好多了。"我说这就好。我们因找不到共同感兴趣的话题,谈话时断时续。沉默了一会,他忽然抬起头问:"你知道,我现在最想干的事情是什么吗?"我问:"挣钱?"他说:"对,挣钱!我们不能没有钱。"我漫不经心问:"你有门路吗?"他就故意矜持了一下,好像下了很大决心似的说:"我过去教过一个学生,他父亲能搞到木材,他手里现在有一千立方米白松,如果我需要,他肯定先给我。"这话给了我不小的刺激，我的精神为之一振，说："我能找到用户，他们正需要木材。"高武把一直七扭八歪的腰板猛地直了起来，激动得直用手掌搓餐桌，搓出一小堆油泥来。他说："你马上问问，如果这事能行，每立方米按20%提成，我们就可以挣两万多块钱，咱俩一个人就能分一万！"他有些坐不住凳子了，他让我再问一下，要快，不然这生意就让别人抢去了。

那是上世纪90年代初期，我们这个城市什么商品都那么紧俏，从镶花痰盂到印喜字的脸盆，从冰箱到彩电都得求人来买，买来了又不能白买，总要打点中间人。我们办公室那位神通广大的女同事不知求谁买回一台彩电，显摆了好一阵，可过不几天又不得不把彩电退回去。她抬着彩电没等走进商店，就被一个急着结婚用的人截走了，她告诉那人影相不清晰那人说没关系没关系，是彩电有影就行。为此，她还挣了那人二百块钱。我们不能不承认，那时谁的门路广，谁就占有了财富。于是许多人都在找门挖洞做这种空手套白狼的买卖，我们把这种行为叫作"对缝"。那时人们一见面就问："你能搞到木材吗？你能搞到水泥吗？你能搞到塑料管搞到坐便器吗？"我们每个人都想对缝，都想在对缝中获利，大部分人饭也吃了酒也喝了，却是竹篮子打水一场空，白白折腾了一回。现在回想一下，其实社会上很少有那么多缝轮到我们去对。木材使我们展开了话题，我们都为这个话题激动不已。在这之前，有一个好朋友向我打听能否搞到木材，当时我含糊其辞地应付过去，我没想到我会搞到什么木材，平时我以为自己什么事也干不了，没发现我竟有这份能耐，我决定马上给那位朋友打电话。我一边翻着电话号码本一边来到狗肉馆吧台找电话。我打通了朋友家的电话。我问他现在还需不需要木材，是白松。那位朋友说："当然需要。"我说："只要你需要，三两天就给你信儿。"放下电话，高武狠劲儿地握住我的手说："这钱我们挣定了。"我感觉他的手有点温热有点潮湿有点抖动。我们走出狗肉馆，高武说他马上找他的学生。

我们办公室在单位里处在不轻也不重的位置上，我与高武，还有那位女同事只要每个月向领导交几份调研文章，就算出色完成工作。因而我们难免心存旁骛，我与高武对缝的事也顺理成章。第二天上班，我们仍沉浸在心照不宣的喜悦之中，高武来到办公室打了几个电话，看来事情还没着落，急得他出出进进不停地在办公室里转悠。我知道他想什么，他要出去找他的学生，但他是新来的同志，找不到合适的借口，不便走出这座办公楼，最后还是我提醒了他，我说今天是星期五，是我们机关男同志洗澡的日子，早晨来了通知，单位烧水的锅炉坏了，可能洗不上澡了，我们只好自讨方便了。他听了我的话心领神会，他说他上午出去洗澡，就出去了。我似乎也跟他着急，想想吧，这天是星期五，如果找不到他的学生，剩下的两天休息日就更难找到了，我们的事情就要拖到下个星期一，而这两天不一定有什么岔头冒出来。高武终于出去了，我期待他带来好消息。我想不到高武这样热衷对缝，他是个做事专一的人，现在他的脑里除了那一千立方米白松，可能什么都没有了。中午吃饭之前，他满头湿乎乎地回来，他好像告诉所有的人，他的确到外面洗了澡。他不会忽略这个小小的细节，他肯定是从他学生那儿回来，又急急忙忙钻进了公共浴池。他虚张声势地给我们讲了一个怪现象。他问："咱们单位有叫张义的副处长？"我们说："没这个人。"他说："我觉得不对劲儿呢。"我们问："怎么了？"他说刚才在外面洗澡时，发现有个四十多岁的人总尾随他，后来他进了桑拿室，那人也进来了，蹲在他对面自言自语叨咕什么。当时桑拿浴室里只有他们两个人，他没理会那人，那人问他用不用再加温，他说可以。他们就搭上话了，他们唠桑拿室的温度，唠浴池里的设施，那人说他平时尽在单位里洗澡，今天单位的浴池坏了才出来，没等他打听那人什么单位，那人就主动告诉他了，那人居然跟他在一个单位，他怎么从来没看过这个人？他问那人名字，那人说叫张义，弓长"张"，义务的"义"，还是一名副处长。那人又问他在哪个单位。他想那人在我的单位，又不认识他，只好胡编了一个。从桑拿室出来，那人提议相互搓澡，他同意了，不一会儿那人拿起了派头，指手画脚的，渐渐他有了怀疑，那人话里话外总是炫耀他在单位如何如何有权，自己怎么了不起。他边搓边想，这样的人身上怎么会有那么多的泥污，咱们单位工作环境不至于这样，何况咱们单位一个星期开一次浴池呢。他说真想戳穿谎言，但还是给那人留了面子。我始终搞不明白，这个人为什么撒这个谎呢？大家忽然感到高武讲的那个人挺可笑，便问那人长相，高武竟说不出那人的明显特征，但再见面时他肯定能认识。那位女同事说："那个人是不是想跟你对缝？"高武说："我能跟他对什么缝？他打着咱们单位的招牌就能对缝吗？"大家又嚷嚷开了："你看这个人像干什么的？"高武说："都脱得溜光我怎么看出他是干什么的。"这时有人判断出来了，说："大家不要把这个人想得太复杂了，那人一定感到咱们单位是个无上光荣的单位，他想打出这个招牌，无非是让你高看他一眼，和你一起相互搓澡，只可惜他把自己的职位说得小了点，他应该说自己是处长或局长什么的。"高武说："那个张义还说，有事尽管找他。"

那位女同事说："你应该告诉那人，你就是那个单位的，看看会出现什么结果。"大家一阵哄笑，嘻嘻哈哈散去，我听出，高武其实是在向大家说明他为什么洗了这么长时间的澡。高武悄声凑到我跟前说，今天他找了一个上午也没找到他的学生，估计咱们的事就得下星期一能办了。我问："下个星期你能有把握找到他们吗？"高武斩钉截铁地说："肯定能！"

星期六我们都在家休息，高武急火火打来电话，说他提前找到了他的学生，而且得到他学生的肯定答复，他准备晚上找时间见见他的学生。我"嗯嗯"答应着，心想高武对缝有点走火入魔了。我问："这个星期你怎么还不回家？"他说："还是办要紧的事吧。"我估计他仍在跟媳妇怄气，只是不便跟我说罢了。我搞不明白高武究竟有多大气好几个星期不回家？据说他的媳妇在乡下没工作，一个人带着孩子，很不容易。他是有文化的人，什么事都能看得开，没必要几个星期不回家。高武明白了我话里的意思，便说："不是我不想回家，我实在脱不开身，这几天我连医院都没时间去，哪有时间回家！"

高武又心事重重了，好半天也不愿意放下电话，他说："我想告诉你一件事，这事你也许已经知道了。"我问："什么事让你这样吞吞吐吐?"他说:"这事你真的没听说吗?"我问:"到底什么事?"他说:"其实这事你应该知道的,我以为你早就知道了呢,就是我媳妇的事,上星期领导要给他们娘俩办调转手续。"我说:"这是件好事。"他说:"我想让你帮我拿个主意,你说我是不是应该上领导家看看,带点礼品什么的?"我说:"既然领导主动帮你,你也没必要送什么礼。"他说:"我总觉得不送礼,对不起领导。你知道我现在马上有一大笔钱了,我起码拿出三分之一去看领导,我不能不去看看领导。"我说:"到领导家看看,总比不去强。"他说:"我去领导家,领导会不会烦呐!"我说:"怕领导烦,你就别去,这些事我也说不好,你还是自己拿主意掂量着办吧。"

他说:"我还想告诉你一件事,我还有一件比这更大的买卖需要咱俩来做,我们先集中精力做这件事,做完这件事我们再想那件事,那件事做成了估计我们每个人能得五万。"他说:"我还想告诉你,等咱俩做完这两笔买卖,我就什么也不想了,我就集中精力读博士,不然我会觉得生活没意思,反正我这辈子要跟学历拼到底了。"

放下电话,我给朋友又打去电话,告诉他高武已经获得了他学生的答复,现在我们已经达到了有必要使供需双方见面的时候了,下一步,就是我们在一起签合同发货了。我的朋友也为这件事高兴,他反复叮嘱我:"越到关键时候,越容易出差,你要高武一定盯住他的学生。"我说:"看样子高武那边肯定出不了什么问题。"

这天晚上,我耐心等着高武的电话,只要高武打来电话,我们就要做成一笔买卖了。

高武死于星期一上午8点。

我是星期一早晨上班不久听到他的死讯的。据他同宿舍的人讲,高武星期六晚上十点多才回到宿舍,他和以前教过的学生喝了酒,回来说后背疼,有人找来风湿膏给他贴上了,十点半高武上床,翻了几个身就睡着了。他们宿舍住了四个人,都是单位里住独身的,他们估计高武对成了一笔缝,一进屋就摆出了阔佬的架势,嘴也始终咧着的。当时,他们谁也没拿他当回事,他们睡得死沉沉的时候,就听见高武"嗷"的一声从床上掉下来，他们纷纷爬起来，打开灯，慌张了一会儿，扯来床单，把高武抬到医院急诊室，当时大家都以为高武死了，他的手脚冰凉，脸色惨白，说不出话来。经过医生一阵忙乎，高武居然喘气了，当他脸色苍白地睁开眼睛，连医生都感到这是一个奇迹。有病的高武并没有躺在医院里安心休息，第二天中午，医生发现高武不在了。高武怎样匆匆忙忙跑回家看他媳妇的，谁也不知道。反正这天中午高武肯定带着重病的身体跑回了乡下媳妇那里。高武跑到他媳妇那里究竟有什么重要的事情，谁都不好意思打听。高武准备周一早晨赶回来住医院的，他回到家时听说周一早晨5点钟乡里有一辆面包车进城，他就打算周一搭乘这辆面包车回来。那两天，天总是下着小雨，雨滴打在人的脸上凉丝丝的，因此人们的心情跟以往有很大的不同。周一早晨不到5点钟面包车就开走了，原因是，想乘车的人太多，所有座位都被坐满了，面包车里坐的都是平时乡里有头有脸儿的人物，有一个没什么地位的家庭妇女还主动下车，高武赶到时面包车已经开走了，高武急中生智租了一辆摩托车，拼命向面包车开去的方向追去，他怎么也不会想到自己正拼命追赶死亡。事情有时就这么怪，死亡已经接收他了，他还全然不知。高武大约过了不到半个小时追上了那辆面包车，他坐在面包车里，很多人主动向他打着招呼，搞得他应接不暇，也就在这时，死神降临了，一辆从岔路口开来的拖拉机，挡住了面包车去路，司机措手不及，随着一声震耳欲聋的炸响，面包车实实在在地和拖拉机撞在了一起，又腾云驾雾般地翻在路旁的沟里。

高武死了，他在医院里逃脱一死，竟死于车祸。有人说高武命中注定要死的，本来他还可以逃脱一死，竟死于车祸。他为什么要离开医院逃回乡下为什么要拼命赶那辆面包车呢？

听到这个消息，我有些不相信自己的耳朵，但这肯定是真的，没有谁平白无故在大庭广众之下说一个人死了，我确信高武肯定死了。整个上午我们都在震惊都在为生命感叹。

将近中午的时候，我那位搞木材的朋友打来电话，急切打听我们这边事情进展情况，我告诉他，高武死了。那位朋友说你开什么玩笑？我跟他讲了高武的死因，我的语气让那位朋友确信我真的没跟他开玩笑。过了一会儿，他问我："能不能和他的学生取得联系？"我说："他的学生叫什么名字都不知道，怎么跟他联系？再说，那天晚上他跟他的学生谈得怎样、结果怎样，谁也不知道。"

我们都无法接受这个事实，我们好像刚刚跟他熟识，他就死了。几天过去了，那位女同事忽然说："高武真的死了吗？"

楼上那人是老外

中午我在家睡懒觉，隐约觉得房门有点响动。那时我刚刚进入朦胧状态，对房门的响动并没在意，更没想到是妻子打开了房门。妻子单位虽然离家很近，但一般情况下，她中午是不回家的。可是今天中午妻子却意外地用钥匙打开房门，我还听见门被关上后有钥匙掉在地上的声响，然后就是鞋跟落在地板时产生的不小的震动。这声音我很熟悉，我熟悉这声音发出的每个音节，但我搞不清妻子今天怎么会回家来了？

妻子身上散发着外面空气的清香走到我床边说："你知道我中午回来干什么吗？本来中午我不想回来，可是我还是忍不住回来了。"妻子的脸红扑扑的，显得非常好看，妻子心里有什么喜悦的事情，肯定要比平时好看。

妻子说她早晨上班的时候，看见一个人正在上楼，那人走到她跟前的时候，着实吓了她一跳。

我问："到底发生了什么事？"

妻子："我们楼上住着一个老外，你说咱们楼里怎么会出现外国人呢？"

我说："你不是神经错乱吧！"

妻子狠狠在我大腿拧了一把说："你才神经错乱了呢！"妻子继续说："当时我感到特别奇怪，我下了一层楼，就不准备走了。我不知道那外国人来咱们楼里干什么，而且我还往回走了几个台阶，后来我听见那外国人走到咱们楼上就不动了，还居然把门打开，进屋了，当时我真想跑回来告诉你，可我上班时间已经不够用了，即便这样，我紧赶慢赶，到单位还是晚了五分钟。"

我问："你中午跑回来就是跟我说这个？"

妻子说："当然还有比这更重要的。这一上午我一直纳闷，楼上住进了一个外国人咱们怎么一点动静没听出来呢？"

我问："你想让他出什么动静？"

妻子说："比方搬家呀，挪动家具什么的。"

我问："一个外国人为什么住这鬼地方？"

妻子说："这正是我想要问的。上午我给楼上搬走的那个老王家打个电话，问他的房子是不是租给了外国人，他说那外国人已经搬进来一个星期了，是美华外语学校外教。"

我说："那你也不该这么兴奋，而且大中午的回家就是为了告诉我这件事。"

妻子说，你想想啊，咱家冬冬学的外语扔下快半年了，这回外教住我们楼上，我们是不是跟人家商量商量，没事的时候把冬冬送到楼上学外语，顺便我也跟着练练口语。"

我说："如果这么说，楼上那老王家也算没白搬走。"

我们楼上老王家是半年前搬走的，那是一对很文明的知识分子，我一直为有这样一个好邻居而感到欣慰。妻子不相信楼上的房子会租给外国人，或者外国人怎么会租楼上的房子，给老王家打过电话，妻子才确信无疑了，妻子说："我印象中的外国人都住在香格里拉或者有名的什么大饭店，现在真是开放了，他们也住进了我们贫民区了。"

我说："外国人并不一定都有钱住大饭店，你看到的都是有钱的外国人。"

楼上住的外国人，一次也没被我碰到，有段时间我很想看看住在我们楼上的外国人长得究竟什么样？为此有几次上班，我特意在走廊耽搁一段时间，可我仍然碰不到楼上那个外国人。这样，我时常在脑中想象那个外国人的模样，那一定是一脸大胡子长得很酷的外国人，我甚至想，什么时候那外国人在楼上搞出点什么动静，我借机敲响楼上房门，表示我们对他的不满，可那外国人很守规矩，很少在上面弄出点什么动静，即使有那么一点动静，也惹不起你往楼上跑一趟。听一楼收发室的人讲，那外国人还是很讲究的，搬来之前，找了人把墙粉刷了一遍，还新买了一个双人床和一大堆生活用品。由此说来，那外国人的举动也不算小啊，在我感觉怎么就是神不知鬼不觉呢。

妻子对这件事表现了异乎寻常的兴奋，她说她又在楼里碰到了一次那外国人，那外国人好像认识了妻子，很友好地向妻子点头微笑，妻子想趁机跟他练习一下口语，就跟他说了一句。这回你知道了，我妻子是英语爱好者，她的英语水平实在拿不出手。我妻子说，就那一句英语可不得了了，只见那外国人两眼一下子冒出了亮光，面部表情十分夸张地跟妻子说了一大堆英语，可妻子一句也没听懂，妻子越听不懂，那外国人说得越多，而且手也上来了，脑袋一探探地伸向妻子，搞得妻子很难为情，一步步地向后躲，最后不得不涨红着脸一个劲儿向那外国人摆手，逃走了。

妻子说："我没想到我的英语水平会糟糕到这种程度，也怪当时太紧张了，所有的词语一下子跑到脑后，这样哪能行，有机会我一定领冬冬上楼跟他练习练习口语。"

我说："你要想练习口语还是到学校学，你领着冬冬上楼，万一遭遇骚扰怎么办？外国人跟咱们不一样，他们在男女事情上是很随便的。"

妻子的脸变难看了，她显然对我后面的话很反感，她说："你怎么能这么想问题，你把问题想哪去了，我看你比外国人还邪！"

女儿冬冬扬言她也看见了楼上的外国人。晚上冬冬很神秘地把我叫去，那时她已经躺下很长时间了，还没睡。外屋灯光照着她圆亮亮的小眼睛。她拿被子盖着一半脸说，今天下午她在楼下跟几个小朋友跳皮筋儿，那外国人从外面回来，他看见几个小孩子都好奇看他，他就站下了，他跟这些小孩说了一大堆英语，结果是几个孩子你看我我看你都不自觉地笑了。他们都参加过英语班学习，但要想听懂外国人说话的确有一定难度。那外国人见几个孩子都答不上来，就笑了笑，用汉语问:"你们都是女孩?"这回这几个孩子放松了,她们七嘴八舌跟那外国人说起简短英语。我女儿说,那外国人还问了她的英文名字。

妻子见我跟女儿唠得津津有味,有些不高兴了,她说:"闭灯闭灯,说多长时间了?还不快睡,快睡快睡,什么外国人外国人的,外国人跟你有什么关系!"

我说:"你第一次见到外国人比孩子还兴奋呢!"

妻子说:"你别再提那外国人好不好,一提外国人我就想起你说的那句话,今天早晨我一见那外国人心就别扭,就像见到绿豆苍蝇那么别扭。"

我问:"你又看见那外国人了?"

妻子说:"那当然了,我看那外国人极力想跟我说话,可我这回却躲得远远的,我心里总感觉那是个大色鬼!"

我说:"你大可不必那样,其实那外国人很需要语言交流。你也可以利用这个机会练练口语。"

妻子说:"咦?你怎么一会儿东一会儿西一会儿风一会儿雨,翻云覆雨都是你?"

话说到这份儿上就有些没意思了,我以为妻子是个没心没肺的人,没想到竟在这个事儿上跟我较起真儿来。我还能说什么?眯着吧,说不上哪句不对谱,她那像吃枪药的嘴再劈头盖脸弄我一下子,就更划不来了。

等我看到那外国人的时候,已是三天后的事了,那天我在楼下小摊铺买菜,看见一个外国人也跟着进来了,不用说,那准是我们楼上那位,不然他不会到居民区小摊铺买东西。正像我说的那样,他身边不能没有女人,一个单纯幸福得不得了的女孩子也尾随着进来了,而且我还看出,这女孩子跟他时间接触还不长,不然她不会在我的审视下还显得有点卖弄有点张扬有点激动不已。假如允许我多嘴,我非把那女孩子说得无地自容。但我又一想,这是人家的自由,你干涉得着吗?又不是你的孩子。

那老外实在有点抠门儿。我回家如实向妻子做了汇报,买菜的时候,那老外手里捏着一块钱的硬币木愣愣地站在一边,那女孩子选了半天,竟选了一根胡萝卜和一根黄瓜,然后那老外就开始付钱,他拿出一块钱硬币,竟找回一把一角一角的硬币。我想那老外攥着一把硬币也够为难,可他却一点也不感到有什么不便,一丝不苟地攥,好像再坚持一会儿,就会攥出一把金币来。

我妻子说:"那叫'会过',吃不穷喝不穷,算计不到就受穷,像你这样大手大脚的人,一辈子也富不起来,你说外国人为什么有钱?就是一点儿一点儿抠门儿抠出来的。"

我说:"那女孩子也太嫩了点,她不撞南墙不回头,可是话又说回来,等撞了南墙再回头可就什么都晚了。"

妻子歪着头做着怪样儿说:"看看吧,出门买了一趟菜,就怜香惜玉了,还看人家呢,管好你自己吧!"

再看见老外已不是稀罕事,他毕竟住在我们楼上,低头不见抬头见的。有时我看见老外出入楼门都是一路小跑,我就觉得这人有点怪,什么急事使他总是一路小跑呢?后来我发现小跑成了他走路的一种习惯,小跑能给他带来一种与众不同的感觉。他上课的华美外语学校其实就在我们楼前方不到200米的一个服装厂厂房。也许服装厂不怎么景气,楼上两层出租当成业余外语学校的教室,那老外每天晚上都去那里给学生上课,每天上课时他总是提前十分钟出门,一路小跑去那所学校。我想这老外身体也够好的,每次上完课他又一路小跑回来,而且还不显得累。我的感觉跟妻子有些不同,每当我与那老外相遇时,他只看我一眼就把目光回避了,剩下只有我不停地打量他,也许晚上的灯光的作用,那老外有浅黄的长睫毛的脸就像得了白癜风似的让人不舒服。等我再想仔细研究一番时,那老外裹着一阵风从我身边跑了过去。妻子说:"老外在中国的钱也太好挣了,你看他连一本书都不拿,空着手往讲台上站两个小时,就是几百块钱,太不公平!"

我说:"谁让你们崇洋媚外了,人家挣的就是你们这样的钱。"

妻子说:"那也不见得,如果以后这些孩子长大了,都会说一口流利的英语,这批老外就会找不到饭碗了!"

我又不失时机给妻子提供一则消息,我说:"我看见那老外换了个女人,这个年龄比上次那个大,而且比上次那个丑,但那老外却把这个当个宝儿似的,走路还拉着手。"妻子的脸又一下子不好看了,她说:"你这个人怎么竟注意人家那个?"我说:"不是我注意,这事就偏偏让我看上了,实践证明,我当初对你的提醒是完全正确的。"妻子说:"你把我当成什么人了,你对人应该有起码的尊重。"我说:"不是我耸人听闻,那天中午跑回家你就有点傻里傻气的兴奋,要不是我提醒,你还要跟人家练口语呢!"妻子有点激动了,她说:"就因为你那一通胡说,我见着人家就脸红就心跳,我就像见到老色鬼似的老远躲着,连一个正常健康心理都没有了!"

妻子把一切过错归咎于我,就让我很难接受了,我说你心理不健康肯定另有原因。

妻子不依不饶的,她说,你说吧:"另有什么原因?"

我说:"难道我那几句话竟能在你心中起那么大作用?关键是你心虚,才感觉不自在!"

妻子不愿与我争辩了,拿起毛巾坐在沙发上嘤嘤地哭起来,而且越哭声越大,最后哭得悲痛欲绝。这么多年来,妻子好像从没像今天这样伤心过,起初妻子的哭声让我心烦意乱,当然恶言恶语也不能少了,渐渐的,我又觉得没意思,事情是由楼上老外引起的,但楼上那老外跟我们没有任何瓜葛,我们甚至没有说上一句完整的话,只是因为他而使我们家里发生纷争太不值得。也许人家现在正悠闲自得地在家看书或出门一溜儿小跑给他的学生上课去了,我不知道那老外要是听说我们家发生的事,会作何感想?这样一想,我觉得挺可笑的,我很想从我与妻子一手制造的情境中解脱出来,我悄悄走到外屋,轻轻在房门上叩了两下,再叩两下,这一招果然奏效了,只听妻子的哭声戛然而止,然后一边整理头发,一边强作笑脸地从里屋出来。妻子就是这样一个人,无论跟我闹多大别扭,绝不在外人面前丢丑,你看她像个变色龙似的做出什么事也没发生似的开门去了。妻子发觉自己中计时,又生气又可笑地回手打了我两拳。我强忍着这两拳,知道这其实是妻子友好的表示,一切就阴转晴了。

妻子没有跟我商量一下，做出一项重大决定，星期天她要领冬冬参加英语学习班。妻子是英语爱好者，不管冬冬愿意不愿意，她把她的爱好强硬地施加给冬冬，不免有些残忍了点。但冬冬的英语学习已经扔下半年了，如果再不学习，就要落后于别的孩子。为了这些，妻子中午也不在单位打牌了，有时间她就读英语，晚上冬冬放学时，她把冬冬刚从班车上接下来，就跟冬冬说英语，一直说到回家进门。总之妻子利用一切的机会锻炼冬冬的英语思维。妻子说，你看现在是什么时代了，是知识经济时代，不懂英语，你就少知道很多事件，你就会变成聋子变成睁眼瞎，妻子抨击了一会又转到我的午睡上，她说午睡能使人少干多少事情，她说你就不能少睡一会儿帮我们做做饭，买点菜，收拾收拾屋子？妻子开始领冬冬参加小苗英语班了，妻子的确比平时忙起来，有时为了赶时间，催冬冬快吃饭，快换衣服，快穿鞋，拽着冬冬急急忙忙跑下楼，骑起自行车一溜烟儿似的跑出老远，我真担心妻子这么干会出什么事，我劝妻子还是到我们楼前华美外语学校学习，也就是我们楼上老外教的那个班学习，可妻子不干，她说她宁可多跑二十分钟的路，多挨点累，也不到那个英语班。

我说："你这样做，不是存心跟我憋着劲儿吗？"

妻子说："你别多心，其实是我自己跟自己憋着劲儿，我真不想再看见那老外，更不想听他上什么课的！"

那个搬走的老王家的女人给我妻子打来电话，问楼上的外国人让我们感不感到习惯？如果他给我们带来不方便，可以直接找他或给她打电话。其实那老外除了让我们两口子闹了一通别扭，没有什么更直接的影响。也就是说，我不再注意我们出出进进是否再能见到那老外了，我关心的是我的老婆孩子，她们出去上课，我总要观察天是否下雨，天黑了，我还把楼道的灯打开或者接她们回家。有时妻子有应酬，我还要代替她按时送孩子。这样的日子挺好的，可偏偏有一天，一个朋友打电话约我吃饭，我说："我老婆孩子都不在家，我得等他们回来才能出去。"那位朋友说："老婆没在家你正好出去。"我想想也是。正当我收拾得当准备出门的时候，发现妻子钥匙落在屋里，如果她们回来肯定打不开门的。我决定给妻子先送钥匙，然后再去吃饭。我走进小苗英语班，孩子都在上课，有仨俩家长在教室外织毛衣或围坐在一起唠闲嗑，我穿过走廊，一边寻找妻子一边走向拐角处冬冬教室门口，当我将要走近走廊拐处时，我看见妻子站在窗前跟一个老外磕磕巴巴说英语，老外声音大，妻子声音很小。我走近跟前，看见那老外正是我们楼上的那位。我不想打扰妻子，转身离开，也许事情坏就坏在我这急转身上，我的急转身肯定引起了妻子的注意，她马上寻着我的背影追了上来，在我即将消失在楼梯拐角处时，妻子大声喊了我的名字。我不得不停下脚步，转过身来看着妻子。妻子问："你走什么？"我说："我是来给你送钥匙来的。"妻子说："你送钥匙你还走什么？你是不是看见我和那老外说话你才走的？"我说："我这样做是让我们彼此都讨个方便。"妻子愠怒了，同时又涨红了脸。妻子说："我没什么不方便的，是不是你想得太多了？"我说："不是我想得太多，那老外本来在咱们家跟前那个华美外语学校，现在为什么偏偏又跑到这个小苗学习班来了？"妻子说："你问我，我问谁？"妻子的脸更红了，说："你问这话是什么意思？"我说："没什么意思。"妻子说："你猪狗不如。"我说："我并没有说什么，你干嘛跟我发这么大的火？"妻子又骂了一句更难听的。我说："你干嘛这样？"妻子说："我咋样？我不就是说了几句外语吗？"我说："你说几句外语我也没说什么，况且我也不知道你们说了什么？"这时我看见妻子的脸由红变紫了，而且一句话也说不出来。如果我再多说上一句，事情就会变得稀里哗啦不可收拾。我手攥着钥匙反复告诫自己无论如何要沉住气，我没权利不让妻子跟老外对话，况且妻子也不是那种人，说几句话也算不了什么。我把钥匙放在妻子手里赶忙跑掉，我怕妻子和我打起来，那么多人看着多没面子呀。

那天我在朋友那里急急忙忙喝了点酒，就回家了。我回到家里，尽量使情绪表现得和通常一样。我推开里屋的门，看见妻子也没什么变化。我想妻子肯定要跟我说说她在冬冬的学习班见到楼上老外的事，或者说那老外不但在一个地方给学生讲课，还在很多地方兼职，所以她才跟那老外练习了很长时间英语。如果妻子这么说，我心会释然，会慢慢平和下来。但直到吃过晚饭，妻子也没跟我提起这事。妻子不是好忘事的人，这种事她应该很愿意兴致勃勃讲给我听，但妻子始终像没那回事似的，干着她干不完的事。

不知有多长时间没提起楼上的老外了，我和妻子似乎都避免提到这个话题，但我的心情并不能为此轻松下来，倒是妻子和以前没什么差别，只是买了个随身听，中午在单位虽然不那么热火朝天打扑克，但总是站在旁边一边看热闹一边听英语，什么也不耽误，别人笑她也笑，别人喊叫，她就把随身听从耳朵摘下来，也跟着喊两嗓子。妻子说这样既培养了语言环境，又不显得与大家格格不入。妻子是个英语爱好者，她不是想通过学英语达到什么目的的人，她喜欢英语那种音调，她听英语就像听音乐，听美声唱法。有时我想，妻子和老外学说几句英语并不能说明什么，我们没必要庸人自扰。我尽量在家里多洗碗，多擦地板，我知道只要我一提起老外，妻子马上会浑身不自在……

楼上老外好像害怕我们忘掉他似的，几天来总是在上面弄点动静来提醒我们。老外也开始不讲文明了，总是把地板搞得咣咣当当直响，但我与妻子都像没听见似的，更没表现出抱怨情绪，我们依然避免谈论有关楼上的话题。有时夜深人静，我们被一阵杂乱的脚步声搞得心烦意乱。妻子开始辗转反侧了，妻子说："这种人太不像话。"我说："真太不像话！"我们决定到楼上说说。

第二天早晨，我们敲响了楼上的房门，听到里面传来拖拖拉拉的脚步响，妻子就用她那好听的英语说话了，说得那拖拖拉拉的脚步戛然而止，好半天也不出声。那老外可能正从猫眼看我们，我有些怒不可遏了，再次敲响了房门。

门打开了一条缝，伸出一张蜡黄的老妇人的脸。我问："那老外呢？我们要跟那老外说话。"那老妇人显然莫名其妙。她说："什么老外？我昨天刚搬来，什么都不知道！"

净水器

　　李小东早晨提前半个小时来到单位，手里挥舞着一只网球拍，风一样刮进办公室，打开柜门，拿出平时的着装，换下晨练的装束，说了一句："你早哇！"

　　李松坐在自己座位上不停地翻阅过期报纸，李小东这么一问，他不得不抬起头，很难受地清理了一下嗓子，说："早。"把报纸哗哗地翻过去，见李小东再没有别的反应，便端起水杯，踱到放暖瓶位置，准备倒一杯水。

　　暖瓶是空的，李松不是不知道，他只是用这动作告诉李小东，暖瓶是空的。办公室里的热水每天都是李小东去打的，李松这个动作，无疑是告诉李小东应该起身接过暖瓶，把水打来才是，可这天早晨李小东变得无动于衷了。李松拿起暖瓶，他用的劲儿，是满水的，用这样的劲儿提空暖瓶，劲儿的确用大了，暖瓶被提起的时候，显出一点出乎预料的夸张。

　　李松把暖瓶晃了晃，一句话也没说出门打水去了。出门时，还回头看了一眼李小东背影，那背影顽固地靠在椅子上，一点儿起身打水的意思都没有。

　　李松感到有什么事要不可避免地发生了。

　　李松和李小东在同一办公室工作了七八年，对李小东的为人还算了解，用一句通俗点儿的话说，李小东撅起屁股，李松就知道他要干什么。可今天李松怎么也搞不懂李小东为什么不去打水。每天早晨暖瓶里的水似乎都是李小东去打的，偶然李松也会下楼打几趟，但都是象征性的，这就是习惯，习惯成自然。现在忽然空起来的暖瓶好像暗示着什么，不得不使李松多想几个为什么了，李松从楼下拎回来满满一暖瓶热水，把自己的杯子倒满，又问李小东用不用水，然后把暖瓶放回原处，心里的疑虑还没打消。

当务之急，李松必须把手里的材料修改出来，送给厅长。上个星期李松跟厅长到基层走了一圈，搞了一次调研，发现了很多新问题新情况，厅长让他利用两个休息日把材料写出来，周一他要用。一上午，李松除了修改那份材料，几乎什么都没想，他把改好的材料打印一份，送到厅长办公桌上，正准备跟处长说句话时，又发现厅长的眼神有哪点儿不对头。

李松头三年就是厅里的副处后备。应该说，李松在把握个人命运上还具备一定实力的，这几年摸爬滚打，在机关里已经为自己打下很好的基础。从另一方面讲，李松舅舅家还有一个表哥，官职已经升到省委副秘书长，这是任何人都无法跟李松相比的先天条件。几年来表哥平步青云，让李松有点刮目相看有点高山仰止了，以前李松与表哥的关系始终亲近不起来，他看不惯表哥一些想法和做法，所以他们的关系无法亲近。这也是几年来李松在同事当中为什么没向任何人提起表哥的原因，他一直想靠自己在工作上的出色努力，来赢得同事心中一席之地，让表哥对他高看一眼。如今不同了，他似乎从没感到自己如此身单力孤，他必须借助表哥的力量为自己争得一席之地。

李松决定去舅舅家，不管心里怎么不舒服，他也必须学会低头做人，只要在表哥面前把头低一下，以后什么事都好办了。李松忐忑不安地来到舅舅家，表哥还没下班，舅舅说表哥每天很晚才下班回家，然后问李松有什么事。李松说他来就是看看舅舅，看看表哥，没什么要紧的事。说着话，李松变得焦躁不安，他抬起本来已经坐下的屁股，在屋里不停走动，东看西瞧。舅舅家现在住上了二百多平方米的房子，舅舅的神态也比过去好多了，这一切都是表哥给舅舅带来的，李松很为舅舅有这样的福分而高兴。舅舅要留李松吃饭，李松说不吃了，坐一会儿就走。李松一点要离开的意思都没有，只要他多待一分钟，就多添了与表哥相遇的机会。舅舅看出李松的心思，没问李松在单位干得怎样，便做起了李松思想工作，他说："有些事不能强求，你还年轻，首先要把基础打牢。"李松觉得舅舅很不一般，虽然舅舅没有多少文化，有些事情比有文化的人看得明白，有了这样的舅舅，不可能没有这样的表哥。表哥天生就是当官的料，严谨、好学、不苟言笑，从小到大，李松好像从来没见表哥笑过，他甚至怀疑表哥没有笑神经，即使笑，也是脸皮一角抽动一下，根本体会不到笑的滋味。不仅如此，李松还很少跟表哥说上一句话，表哥的话都在正式场合讲了，有一次李松在电视里看见表哥站在一群农民中间讲话，口才相当好，很有鼓动性，当场把一个八十岁的老太太讲得掉下眼泪，紧紧抓住表哥的手不放，最后不得不由一名村干部出面把老太太的手扯下来。当然这个镜头是李松自己想的，因为那名村干部出了面，电视镜头就晃过去了，李松根本没看见村干部怎么上前阻拦老太太的镜头。有时李松就想，表哥是个很特别的人物，他不愿意随便说话是与生俱来的，平时在家里他也很少跟舅舅说话，这又不能说表哥对舅舅不好，相反，他一分到了这二百平方米的大房子，马上来把舅舅接了过来。李松看了表，已经七点多钟了，舅舅说："你要是不在这儿吃饭，早点回去，不用等你表哥了，他什么时候回来还不好说。"末了，舅舅还说："你要是找你表哥有什么事，就跟舅舅说。"李松觉得这事还是不能跟舅舅说，万一舅舅把他的意思表达不充分，或者表达错了，很可能引起表哥反感。李松一口咬定没什么事，起身走了。

　　李松回到家，饭吃不香，觉也没睡好，单位里的事像过筛子似的在他脑子里溜达了一遍。当李小东那顽固的影子在他脑子里闪现出来，怎么也显现不出其他人的影子了。难道李小东有了什么动向，跟他翘起尾巴了？不能啊，沉下心来想想，李小东的种种表现又不能不说明问题的。他是看着李小东从他眼皮底下长大的，他不可能对李小东不了解，李小东完全具备这种实力。要是放在头几年，李松对李小东完全可以置之不理的，可现在李小东和当年不可同日而语了。

　　想想李小东刚参加工作时的样子吧，他一脸稚气，一脸都是对未来美好的向往，一看就知道没多少城府。那时，他和李小东共处一个五六个人的大办公室，每天上班李小东总是老早来到办公室，把暖瓶里的水打满了，把地拖了，把每个人的办公桌也擦一遍，又把每个办公桌上的空杯子都倒满水，这样的人你还能说什么不满呢？工作时，谁要是缺少什么，李小东一眼就能看出来，在你抬头东张西望的时候，他会把你需要的东西放到跟前，以后你再有什么需要，只管叫李小东好了，"李小东，把你钢笔借我用一下。""李小东，把那张报纸给我递过来。"这就是一种习惯，你想让李小东做什么，不用大脑想的，尽管张口吆喝一声。李小东不管多忙，都会抬起屁股帮你做了，做得你心里美滋滋的，整个办公室人都因李小东变得懒惰，都因李小东个个都像老太爷似的。这事谁都看明白了，本来不该求李小东办的事也把他折腾一通。李小东也不傻，他看出大家这点意思了，这点儿意思无非把李小东看成个傻子。李小东的自尊心受到极大的伤害，他的热情被人们当成笑柄，他的善良正好映衬人们的恶毒。他开始小心翼翼听人差使了，而这些人并没领会李小东的变化，依然按着惯性做事，一点也不收敛。李小东干脆谁都不管了，整天东躲西藏地彻底走向了自己的反面。有一次，处长搬着两大纸盒箱上楼，正好被李小东撞见了，按理说，李小东应该上前把两大箱子接过来，这时的李小东不但不接，而且转身就走，任凭处长怎么喊他，也不回来。过后，处长说，那两大纸盒箱的确沉，他真想有人上前帮一下，可李小东竟然对他置之不理，可恶，实在可恶！后来处长把这事上升到人的品质、素质上去了。李小东灭火了。无论李小东以前干多少活，干多少工作，没有几年折腾是翻不过身来的。李小东所受的打击是难以言说的。事隔多年，李小东对李松说，那时太年轻，对单位里的事一窍不通，栽了个那么大跟头。李小东痛定思痛很快地把自己调整过来，调整得机智圆滑，会见风使舵了。无论怎么变，他对李松还是挺尊敬挺客气的，必要的尊敬和客气能使人左右逢源，带来良好的人际关系。不管从哪方面讲，他都该对李松尊敬客气，李小东说，为什么人们把我们这样的单位叫作机关呢？机关就是窍门，只要你掌握了这种机关或者是窍门，很多事情并不难做。李小东一旦研究起什么问题便十分专注，有种咬定青山不放松的劲头，这样的人很适合在科研机构工作，可李小东偏偏很喜欢机关，他甚至喜欢机关人的虚伪与客套，他说，这种虚伪与客套让他如鱼得水，人气飙升。

李松觉得李小东白天的行为像是一种语言，他好像是告诉李松，以后说不定该你给我打水了。

第二天上班，李松看不出单位里有什么变化，也许变化的是李松的内心。李松像往常一样走进办公室，李小东还没来，这是几年来很少有的现象。李小东是个很容易走极端的人，自从李小东和李松两人共处一个办公室，他就很少走极端了，李松做事让李小东很佩服，李小东自然要跟李松学，为了学到李松骨子里的东西，李小东一改以前极端行为，为李松打水倒水，清理桌面，做得自然得体，做得让李松很舒服。李小东以前得罪了很多人，他就不能再得罪李松，他必须在李松面前甘拜下风。当然，李松做事很会把握尺度，虽然李小东上班为他打水，出差为他拎包，他决不让李小东感到不自在，他要让李小东感到这一切都自然天成，如行云流水一般。

李小东佩服李松的另一个原因，是李松把自己的行为动作都按一个领导干部的标准去做，这一点很重要，只要日积月累，这种感觉就会渗透到骨髓，融化到精神里，时间长了，不能不俨然一副领导干部的形象。李小东还学出一套人生经验，有时间就讲，一个人要想在仕途上行得通，首先必须讨领导喜欢，要想讨领导喜欢，你的思维方式，你的为人处事以及行为动作必须跟领导保持一致，说白了你就是另一个领导的化身，这不是简单的请客送礼能够解决的，如果领导不喜欢请客送礼，你偏要来这一套，等于不识时务，等于搬起石头砸自己的脚。李小东为了也让自己塑造成一个领导形象，就拼命地跟在领导屁股后面模仿，什么都跟领导学，连领导的不好的习惯，也当着优点学了。记得第一任领导走路时驼背，说话嗓音尖，再严重一点就是娘娘腔，有那么几年，李小东走路总是把背微驼下去，有点少年老成的样子，说话时嗓子也时常发出尖利的声响。等到换下一个局领导时，李小东这样毛病差点儿改不过来了，但事情到了非改不可的程度，李小东还是改过来了。新到任的厅领导写了一笔好字，颜体的，但也有自己的风格，那一阵李小东疯狂练起了书法，很刻苦的，几乎可以以假乱真了，新到任的厅领导有个毛病，吸烟很重，嗓子就有了痰，讲讲话，那口痰，溜到嗓子眼里，说话就不畅快，听的人好像比领导还难受，这时只见领导使劲儿咳了两声，痰显然溜进了嘴里，正当人们琢磨这口痰怎么被领导处理掉时，人们又感觉这口痰又被领导不自觉地咽到肚子里。吃痰的习惯被李小东学来后，并没给李小东带来好运，这事不知怎么就跑到领导耳朵里去，领导的毛病改了，李小东的身影却在领导的视野之外了。

　　李小东冤枉啊，他对自己生出彻骨的疼痛，捶胸顿足的，要知道，他丝毫没有埋怨领导的意思，他有的只是崇拜，只是无意识模仿，只是一种脱胎换骨的精神。他想找领导辩解，可领导批评你了吗，没有，领导不会轻易表扬一个人，当然也不会轻易批评一个人，这是领导的修养和气度，领导只是改掉了自己的毛病。

　　这是李小东人生经历遭受的第二次打击，如果不出这件事，说不定李小东也要弄一个后备，继而扶摇直上。这有点像竞技比赛，心里酝酿着一股劲儿，借着这股冲劲儿，人一下子就冲上去了。李小东在这节骨眼上停顿下来，就不怎么好，好像再也挺不起来了，尽管他左冲右突，一直冲不上来。说白了，那股劲儿就是一股气，气儿不足，就缺少了冲劲儿，经商的要有财气，读书的要有书生气，当官的要有官气，只要有这股气顶着，你干什么才像什么。这气，就是磁场，就是精神，就是灵魂，是深入骨髓的。李小东经过几年艰苦磨炼已经具备了领导的行为风范，因缺少这股气，所以他还没成为领导。

　　李小东是九点后匆匆来到单位的。他好像刚办完了一件很要紧的事，信心十足坐到自己的座位上，又好像知道李松给他了水似的，端起水杯，很自然地喝了一口。其实今天早晨李松寻思好半天才决定下楼打水的，他这样做无非是想告诉李小东，他李松并没把昨天的事情放在心上，谁都有记性不好的时候，忘了打水并没什么，只是以后别忘了就行了。李松想法不免有点一厢情愿，李小东好像没察觉他倒这杯水的意思，或者他知道，有意识不说。李松心里不是滋味了，他无论如何不能接受这样的现实，但现实总是要强加给你，让你在无数妥协中最终得到认同。李松很想探听李小东一下口气了，他故弄玄虚地说:"这你行了。"

李小东眨眨眼睛,故作镇静的,那镇静后面却掩盖不住的激动和颤抖,还硬装作不谙世事的样子。

李松看明白,或者猜明白了,李小东肯定是行了。

下班的时候,李松再次来到舅舅家。舅舅知道他的心思,舅舅说:"昨天你来的事,我已经跟你表哥说了,只要你表哥能办到的事,他肯定会帮忙的,舅舅这点面子还会有的。"

表哥还是没有按时下班的迹象。舅舅说:"晚上见到他很难,你最好明天早晨五点钟在体育馆网球场找他。"

有地位的人和没地位的人到底不一样。李松与表哥差距在于,表哥不管多忙,早晨还有闲情逸致打网球。想想自己行吗?就是每天起早跑跑步都坚持不下来,何况打什么网球了。李松回到家几乎一宿没睡好觉,他在夜里翻来覆去的折腾了好几次,脑袋始终闪现着表哥在网球场挥舞球拍时的高大形象,后来发现是早晨四点半了,干脆起床,穿戴好了,直奔体育馆网球场。

表哥穿着白鞋白袜子白短裤白短衫,抬眼看去,还真像网球运动员。像运动员的还有一位,那就是李小东,李小东居然也在打网球。他在表哥对面跳来跳去,一点没有谦让的意思。李松脑袋都大了,他起个大早绝不是想看到这样一个场面。李小东看见李松,动作开始夸张了,有点表演的意思。李小东能在这种场合跟表哥搭上钩,的确不一般,你平时遇到多少人,都不如认识他这个表哥。平时你怎么巴结,都不如在这种场合共处,看见了吧,这就是让他意想不到的李小东。

表哥显然看见了李松,他打完一场球,手里握着球拍向李松走来了。可能舅舅跟他交代过什么,李松从表哥的眼神中已看不出疏远的意味了,表哥抓过一条毛巾擦了擦脸上的汗说:"你的事我知道了。"

李松颇感意外,他还没说什么事呢,表哥怎么就知道了?李松想表哥也许真的什么都知道了,他有听到各种信息的渠道,只要位置达到一定程度,没必要把话说得太直白。

表哥说:"你应该把心态放平和些,急功近利未必是好事。"

李松想，我一大早来到这儿不是听你教训的，这些道理我都懂，可我眼睁睁看着那帮人都从后面赶上来，把我超过了，我能平和下来吗？我为什么死皮赖脸找你，不就是想得到你的提携吗？

李松心一下凉了，表哥一点松动的口气都没有。接下来他好像挺有耐心地听李松说点什么，可李松什么话也说不出来，其实他早应该知道表哥不会帮这个忙，他如果帮忙，李松头十年就不是现在的李松了，今天李松是把自己矮半截来找表哥的，他几乎带着央求的意思了，却得到这样一个答复，他的心不能不凉。表哥一直拿着毛巾擦手，一副无动于衷的样子，李松还能说什么呢，此时他对表哥不只是看不上，别扭，而是恨了，亲戚又怎么样？这种关系搞不好，有时连一般的朋友都不如。

表哥说："你放心，只要你工作干好了，有机会，我会跟你们领导提到你的。"

这天早晨李松心情糟糕极了，他连早饭也没吃，直接来到单位，不声不响地坐下来搬来一堆过期的报纸不停地翻看，没过多长时间，办公室的门响了，李小东推门进来，打开装衣服的柜门，脱下运动服，换上平时的装束，稳稳地坐到自己的座位上，然后回过头说："看得出，你们的关系不一般！"

李松问："你说谁，你说我跟谁不一般？"

李小东说："早晨跟我打网球的秘书长啊！"

李松说："这话你算说错了，我们就是一般关系。"

李小东没去打水，李松也不想打，他决定今天就是一天不喝，也不去打水，他必须做出这种姿态，保持他们之间原有的格局。

李小东想探听李松的口气，李松干脆把话挑明了，说："你是铁板上的钉子，肯定没问题。"

李小东还在装傻地问："你说什么，我听不懂。"

李松干脆再一次把话挑明了，他说："我发现一般人鬼不过你。"

这句话一下子把李小东说得不自在了，结巴了，都说三个女人一台戏，女人心眼小，两个男人一旦勾心斗角，心眼儿并不比女人大到哪儿去。

李小东忽然沉默了。他看见李松的沉默才变得沉默的。随之而来的是李松的怪异，比方说，刚才他还看见李松老老实实地坐在办公桌前，可一抬头，就发现他不见了。李松离开办公室时一点动静也没有。这时李小东就听见暖瓶盖的响声，是"滋滋滋"不住往外挤气泡的响声。那暖瓶水是李小东早晨打来的，也许水太热或者瓶塞按得太实，那"滋滋"声在办公室忽然钻进了李小东的耳朵，刺激着李小东每根神经。

　　李小东起身走到那只暖瓶跟前，把瓶盖打开，再重新盖上，然后回到座位上。他屁股还没坐稳，那"滋滋"声好像故意引逗他似的又叫起来。李小东有点心烦，但他没理由发火，他的脸不自觉地笑了一下。李松近几天对暖瓶格外地在意了，好像一举一动都在关注那只暖瓶。暖瓶是不会说话的，可它落在李松的手里，就会说话了。李松的沉默带给李小东的是难以言说的痛苦，是那种刺在心里的痛。多年来他一直拿李松为重，以李松作为标杆和尺度，可李松为什么忽然挤对他了呢？也许两人的缘分真的走到了尽头？他们的隔膜已从内心升起了，就很难在内心里消除，从此以后，他不可能在李松那里获得任何人生经验和工作经验了。

　　这天下班前办公室里发生了一件奇怪的事情，当李小东需要倒一杯水，起身拿暖瓶时，发现那只暖瓶没有了，就像自己长了腿脚一样，毫无声息。这天还发生了另一件事，下班前头十分钟传来消息，厅里往他们处派来了一名新副处长，这本是预料中的事。

　　李松从外面往办公室搬进来一台净水器。李松说这办公室里早就应该有一台净水器，方便又卫生，比用暖瓶强多了。李小东没发表见解，甚至连这台净水器是怎么搞来的也没问。

　　李松说："小东啊，咱俩在一起这么多年了，真不容易。"

　　李小东还有什么话可说呢，他的心一软，就这么轻易地被李松一片真情打动了。

　　这场风波一点点平静下来，似乎没有留下一点波纹。

　　一年后，现任厅领导提拔到上级部门。据说新的厅领导从外单位派来，是个篮球运动员出身。听到这个消息，李小东特意到商店为自己买了一双增高鞋和一双运动鞋，他还在运动鞋里塞了一层两寸厚的塑料泡沫奔跑在篮球场上。李小东开始对篮球发生了兴趣，下班后天天打起了篮球，他要在新领导到任的时候组织一场篮球热身赛。

突发事件

黄娟把炒好的两盘菜端在餐桌上,正准备拿筷子吃饭,屋里的灯突然灭了。黄娟心里顿时有一种不悦,她抬起头,看着窗外别人家的灯还亮着,对不知躲在哪里的郝电工说:"哎,你干什么呐?"

郝电工没有接应黄娟的话,默默打开房门出去,不一会儿,屋里的灯又突然地亮了,亮得黄娟脸上一阵惊喜。郝电工显然没费多少劲儿就把电修好了,回来时得意地问:"怎么样?"

黄娟问:"是跳闸了吗?"

郝电工说:"好像有人故意拉闸,不过,这事难不倒我。"

黄娟坐在餐桌前,扭动着屁股说:"你又要吹牛了是不是?"话还没说完,房门被人敲响了。两人互相看了一眼,莫名其妙愣了一会儿,还是由郝电工张口了,他很不高兴地问一句:"谁?"

门外没有人回答,继续敲门。

正是傍晚时分,家家户户都在忙乎晚饭,订报纸、散发产品广告、街道上门灭鼠的人往往赶在这时敲门。郝电工不得不来到门前,漫不经心地从猫眼向外看,这一看,着实把他吓了一跳,门外站着一个面孔阴沉的家伙。郝电工觉得有点面熟,只是猫眼使那家伙的脸变形了,一时很难辨认。

郝电工警觉地问:"你找谁?"

那家伙可能从猫眼的光度变化中知道有人看他,将本来停止敲动的手又重新举起来,狠狠砸向铁门板说:"找黄娟。"

郝电工不知所措地回头看看向门口张望的黄娟。

黄娟撅起屁股问:"谁呀?"

门外的人显然听到了黄娟的声音,大声叫道:"我,乔三。"

乔三是黄娟丈夫,这是郝电工非常熟悉的名字。这名字的确有一定杀伤力,一下子把郝电工定住了,木木的,好半天说不出话来。在乔三的催促声中,郝电工别无选择地把门打开。听说乔三这个名字,郝电工还在那条老街里。那条老街以70年代红砖楼房著称,由于年久失修,加之居民们喜欢把废旧物品堆放在阳台和走廊,不足四层的小楼更显得灰暗和破烂不堪。这种楼还有一个显著的特点,没有上下水道,没有煤气,不管住在几层,吃水都得到楼下一个公用的水管里子接,废水装在一个铁桶里,晚上拎到楼下倒在常年细流不断的阴沟里。生火做饭取暖更是这样,需要人源源不断往楼上抬煤,再源源不断把煤渣抬下楼。就是这样的房子,在当时得到一间也实属不易,说明房子的主人都有着不同程度的背景。就在这样一个街道里,郝电工竟一住就是四十多年。四十多年郝电工目睹街道种种变化和人情世故,觉得这里没什么不好。郝电工家住一楼,而且是老住户,对周围的人家也大多熟悉,谁家电灯坏了,请郝电工帮忙,他自然要去。谁家想用个钳子铁丝什么的,也自然找到郝电工。这也许正是促使郝电工长期住下来的理由。四十年来,给郝电工印象最深的就是街西口一幢楼房旁边有一座小窝棚,明显是违章建筑,因为那里常年住着一户人家,多年无法动迁,不知从什么时候起也变得合法化了,像贴在街道上一个不可缺少的膏药。小窝棚里的人家不和任何人来往,但隔三差五那里面都要发起一场战争,锅碗瓢盆摔得满天飞。好在郝电工家离那小窝棚远一些,受不了多少干扰。唯独一次打扰是在一天晚上,郝电工躺在被窝里开始睡觉了,忽然房门被猛烈地砸响,郝电工起床打开门,见一个女人倒进屋来,说"救救我,救救我。"郝电工一把扶住了这女人,知道她是从那小窝棚里来的,便问怎么回事。女人说她是敲了几家邻居的门都没敲开,才跑到郝电工家里来的。便上气不接下气地喘着,不再说什么。那时郝电工还没跟妻子离婚,他把女人搀进屋,由妻子端来水为她擦拭脸上的血,再进行一番耐心细致的思想工作。妻子说:"看看你都成什么样子了,他为什么对你下死手呢!你应该告他,跟他离婚。"女人是夜深人静时走的,第二天也没见她告那男人,更没见她跟那男人闹离婚。女人欢天喜地挽着男人的胳膊在街上招摇而过。妻子说:"看见没有,那女人贱呢,她是离不开那男人的。"再见到这个女人,是在某一个星期日的中午,郝电工午睡,忽听外面有女人像杀猪似的喊叫。郝电工穿着大裤衩子跑了出去。他来到那个小窝棚旁,女人的叫喊声竟然消失了,一种不祥的预感撞击着郝电工心头。郝电工前去敲门,房门没上锁,他一把把门推开了。女人躺在地上已经奄奄一息,那男人还没有放过她的意思。郝电工扯开了那男人,女人慢慢缓过气来。这回郝电工搞明白了,男人没钱,让女人卖血,女人不去,便遭毒打。郝电工对那男人有一种说不出的厌恶,转身推门离开,屋里男人说:"你不会跑吗?你再跑,我给你收尸!"郝电工隐约感觉女人命数不吉了。后来那小窝棚里不知怎么就没了动静,郝电工再也没看见那女人,他感觉女人好像真的不在人世了。三年前,郝电工的婚姻发生了变故,寂寞难耐的他到处寻找刺激,竟然在一个不便言说的场合像见到了鬼似的见到了这女人。女人告诉他,她叫黄娟。那天郝电工领黄娟在一个不显眼的破败小酒店消耗掉一个通宵,唠起了她的遭遇,唠起了她的丈夫乔三。

乔三从门缝挤进来,回手把门关上说:"想不到我能找到这儿吧?"

黄娟神色变了,她直直地站起身,有点说不出话来,有点埋怨郝电工的意思。

乔三说:"我刚从监狱出来,想找黄娟谈点事。"

郝电工手脚慌乱地说:"请坐请坐,自便自便。"

乔三好像忽然看穿了郝电工的心理,他拉过的椅子,大大方方坐下来,眼睛扫着一桌的饭菜说:"我来得真巧,不好意思啊,先吃了。"

郝电工的心七上八下的,怎么也平静不下来,他感觉乔三有些来头,有些不讲理,他只能压住情绪问:"你不是特意赶这顿饭吧!"

乔三抬起头,瞥了郝电工一眼说:"当然不是,一会儿我还有话要说。黄娟,给我倒一碗水。"

郝电工说:"那你就慢慢吃,也别拿这儿见外。黄娟,倒一碗水。"

黄娟把水端来了。乔三也许渴极了,接过碗,咕咚咚喝掉了半碗,才缓过一口气儿说:"你看我像见外的人吗?"

郝电工勉强地笑了,拍拍乔三的肩膀说:"这就对了!"

乔三忽然停止了咀嚼,像随时要咬人的狗,低头吼道:"别动我。"

郝电工的手僵在乔三的肩上,不会动了。

乔三不动声色地说:"你把手给我拿下去。"

郝电工的手不知怎么从乔三肩上拿下来的。他的脑袋出现了短暂的空白后,又听到一句:"你们都给我规矩点儿。"此时,郝电工真的不想跟乔三闹翻,他一定要镇静下来,这么一想,果真没有最初的慌乱了,他说:"你不要激动,有话咱们可以慢慢说。"

乔三说:"我跟你没什么可说的!"

郝电工努力地笑笑,表示不在乎乔三说什么,他拉过椅子,和乔三间隔了一段距离坐下来,一声不响地看着乔三。乔三的吃相多像他的性格,自卑,霸道,多疑,有点不吃白不吃的意思。以前黄娟不止一次说过,乔三最不能容忍她和别的男人在一起,如今郝电工和黄娟住在了一起,虽然心里不是滋味,也应该对郝电工表示理解,尽管郝电工知道乔三是个什么人,他也希望乔三能够理解。在那个破败的小酒店里黄娟说过,乔三让她卖血,并不是为多大的事,他只是要钱买酒喝,乔三嗜酒如命,把脑子喝出了毛病,只要看见她跟别的男人在一起,他都要刨根问底问个没完,有几次他还悄悄尾随她,看她在外面干了什么。那些日子黄娟气疯了,她问乔三:"我想不明白,你到底要干什么?"乔三说:"现在社会很复杂,一个女人,特别是像你这样职业的女人在外面很难不跟别的男人有染。"黄娟问:"难道就因为这个,我就不到外面了吗?"黄娟的职业是搞保险,她不能不接触人,而且都是有点闲钱的人。不知从什么时候,真就有个投保的男人看上了黄娟,神经兮兮地不顾乔三可能出现的跟踪,悄悄约了黄娟。这事自然被乔三撞见了,他拎了一把菜刀当场把那人砍了。乔三进了监狱,黄娟说是自己不好,其实她挺喜欢乔三对她这个样子的。从内心里讲,她甩不掉乔三了。话说到这儿,郝电工就与黄娟有了同病相怜的感觉,他倍加爱怜着这个比他小十几岁的女人。说起来,郝电工的婚姻生活并不比黄娟强多少。他的前妻不知做下什么毛病,早在二十世纪八十年代爱上了文学,就像现在年轻人爱歌星、爱网吧、酒吧一样爱上了文学。文学是他们爱情生活催化剂,也是他们婚姻的掘墓人。恋爱时,因为妻子写了几首小破诗,就把他搞得神魂颠倒。他们结了婚,妻子不再写诗,开始写小说,写得黑白天不分神志不清,而且整天头不梳脸不洗,成了要多脏有多脏的一个女人。孩子生下来,也好像不是她的,她的孩子就是小说,郝电工一把屎一把尿地当起了妈妈。如果她的小说真能发出去,郝电工吃这份苦也就知足了,可她的稿子写了半面袋了,一篇也没发出去,她不服气,整天往《春风》编辑部里跑,给编辑送稿。她说有人写了两麻袋才发出一篇,一篇就能使一个人走红了,她不信稿子写到两麻袋一篇也发不出去。郝电工发现妻子精神真出毛病了,她连日常简单的生活都不能维持了,他就强行制止她的行为,她不听的,他气急了,骂她打她,可她擦干了脸上的血迹,依然往《春风》编辑部里跑。郝电工知道她写的那些稿子内容也错乱的,根本发不了,可她执迷不悟啊,孩子就这么一天天稀里糊涂长大,妻子写的东西也不是一篇也发不了,有时写点豆腐块大小的稿件送到小报那里偶尔还能发的,发了小稿她并不高兴,还骂编辑臭流氓,发了稿就想占便宜。郝电工在忍无可忍的时候,把离婚的想法跟妻子说了,那时妻子一点反应都没有跟他离了。离了婚,妻子独自写了两年,年纪轻轻忽然得了脑血栓,腿脚不好使,再也写不了什么小说。郝电工又恨又可怜她,不管怎样她毕竟是孩子的妈妈,跟他生活了那么多年,他不能不管,他时常背着她到医院为她打针,为她花医药费。用他单位里人的话来说,郝电工做到这份已经仁至义尽,是个好人了。郝电工承认自己不坏,要是他这个人不怎么样,早就在单位干不下去了。他工作单位是个机关,每个月有个稳定收入,作为一个电工能在机关站住脚,说明他这个人还是不错的。这其间，还有不少人给郝电工介绍对象，也不知什么原因，经人介绍的对象一个也成不了，那些女人总能找出郝电工身上不同程度的缺点，一个个劳燕分飞。有一次，郝电工在报纸上登了一条征婚广告，应征信像雪片似的飞到郝电工身边，郝电工同时跟几个女人鸿书往来搞起了精神恋爱，可问题一旦落到实处，那些女人都作鸟兽散。郝电工苦恼啊，苦恼中的郝电工就在那个不可言说的场合遇见了同样苦恼的黄娟。最初的日子郝电工都要给她留点钱，黄娟收了几次就不收了，黄娟跟郝电工有了感情，黄娟说："谁的钱也不是大风刮来的，你还是省着点吧。"郝电工开始跟黄娟处感情了，把自己的真实身份告诉了黄娟，还把黄娟领到家里，筹划起未来的生活。这其间郝电工还痛下决心，告别了居住四十多年的红砖楼，买了一套二手房，也算乔迁新居了。其实郝电工只是为了稳住黄娟才这样做的，他从心理上还没完全接受黄娟，一直认定黄娟从事过不光彩的职业，后来他发现黄娟不是那种人，她一心一意地跟郝电工好，为郝电工买吃的买穿的，一个月花不少钱，而且把他这里当成自己的家了。自从有了黄娟，郝电工从里到外焕然一新，他好像从没体验过有女人的日子竟会这么好，但他还是不相信黄娟会死心塌地跟他好，他不能不怀疑黄娟另有企图。可黄娟究竟有什么企图呢？他浑身上下没有值钱的地方，家里唯一财产就是房子。妻子和他离婚后，扔下房子和孩子，自己出去租房。妻子说这套房子也不是他的，将来归孩子，现在他这套房子也是孩子的。最让郝电工心满意足的不是黄娟把家里如何收拾得利利索索，而是她跟他孩子的关系，她们俩人好得时常挤眉弄眼说悄悄话，几乎让郝电工嫉妒了。如今孩子长大，住在了奶奶家，还和黄娟保持很好的关系。有时郝电工觉得孩子非常懂事的，像大人一样维持这个家。他把每个月的工资和奖金都交给孩子来保管的，郝电工需要零花钱，也是管孩子要的。有几次郝电工差点动了与黄娟结婚的念头，转念一想，黄娟毕竟小他十几岁，结了婚，他们的关系就不像现在这么简单，很多问题都会出来，一旦发生变故，说不定他这套房子还要损失一半，当郝电工跟黄娟谈起这一实质性的问题时，发现黄娟根本没有他想得那么恶毒，她只是淡然一笑，不但不计较他这种想法,而且对他表示理解。黄娟说:"我跟你在一起并不是想得到点什么,如果说想得到点什么,那我只是想得到安稳。你要是对我还不放心,咱俩可以一起攒钱,将来买房子搬出去住。"这话正说出了郝电工的心思。从那时起,他们开始攒钱了,一个月他们要攒一千元,郝电工拿大头,黄娟拿小头。黄娟每天外出搞保险,挣的钱并不比郝电工多,所以郝电工让黄娟一个月拿三百。黄娟说:"拿多少都无所谓,只要这个攒下去,十年后,你的孩子长大了,咱们也够买一套房子,然后从这里搬出去,住一套小一点的房子。"现在算起来,他们在一起已经攒了两年钱了,他们好像再也没想过这中间的生活会不会有什么变故。

乔三在郝电工注视下咽下最后一口饭,把饭碗一推说:"今天,我从监狱里出来。"

郝电工点点头,心想,刚才你已经说过了,我知道。

乔三说:"黄娟是我媳妇,你知道不?"

郝电工点点头。

乔三说:"你哑巴了,怎么不说话?"

郝电工说:"你说吧,我听着呐。"

乔三说:"我想跟黄娟单独说几句话,请你让个方便。"

郝电工没理由阻止他们的谈话,只要黄娟没有危险,怎么谈都可以。

乔三说:"我们都是过来人,你不会跟我计较吧。"

郝电工说:"那当然。"

乔三说:"你就坐在这儿,不许动,我跟黄娟进里屋,一会儿就会出来。"

黄娟对乔三说:"你想干什么,在这儿说好了,没必要躲躲藏藏的。"

乔三眼里好像现出了一股凶光,他一下抓住黄娟的胳膊说:"还没轮到你说话的时候。"

郝电工心提了起来,他霍地站起身,手摸向餐桌上的一只空碗,这是他唯一可以抓到的自卫武器。

乔三说:"你别乱动,为了你我方便,你最好坐在这儿别动。"

黄娟无助地看着郝电工,郝电工示意黄娟跟乔三进里屋。郝电工说:"你不可胡来啊!"

在里屋房门关上的一刹那,郝电工迅速地抓起电话,可电话线已经断了。他转身摸摸挂在衣架上的裤兜,手机也不在身边。乔三有备而来,郝电工不敢贸然行动了,在他没搞清乔三此行目的前,不想莽撞行事,因为他不知道乔三身上带有什么样的凶器,他不理智行为很可能招惹杀身之祸。里屋短时间的骚动已经停止,只有乔三和黄娟长一声短一声对话,郝电工侧耳仔细听了听,屋里的对话声压到最低点,除了嗡嗡的声音,根本听不清谈话的内容。郝电工从声音上分辨出他们的谈话有时急促,有时愤怒,愤怒也是压低声音的。

郝电工看着餐桌上乔三吃剩下的残羹冷饭,再环顾左右,感觉自己独处客厅这么大的空间,有足够的能力应对目前发生的事件,起码能够打开房门,跑出去呼救,或者到厨房取一件利器,闯进屋里与乔三拼个鱼死网破。刚才乔三说了,他刚从监狱里出来,言外之意就是他现在什么都不在乎,什么都不怕了,所以才敢来这里,才敢大模大样吃饭。郝电工搞不准乔三是刑满释放还是越狱逃犯,如果是前者,他说这话就有点虚张声势,如果是后者,那他会狗急跳墙的。这时的郝电工多么希望有一个上门订报纸或者是发鼠药的人敲响他的房门,这样他可以借机向外面透露屋里所处的危险。没人敲响他家的房门,窗外不断响起汽车尖厉刹车声,憋了气的摩托车叫声,小贩吆喝声,唯独没有他家房门被敲响的声音。转眼间,郝电工感觉外面下雨了,密集的雨点把所有的声音压下去,刹那间,只剩外面下哗哗的雨声了。

屋里又出现了骚动,黄娟大喊道:"乔三,你不要脸。你……"

郝电工浑身的血猛地涌上了头顶,他不顾一切地上前敲着门说:"乔三,你不要胡来啊!"

乔三说:"她是我老婆,你管不着。"

郝电工说:"你有什么话,咱俩说!"

乔三说:"你懂个屁!"

郝电工说:"这是我家,你要是再胡搅蛮缠,我要报警了。"

里屋的人像被卡住了脖子,一下没了动静,郝电工感到乔三凶狠的目光正朝他站立的这扇门射来,而且穿透门板,直刺他们眼睛,甚至把他击倒。郝电工的腿哆嗦了,脚发软,他再次敲敲门喊道:"你们说话,你们怎么不说话了?"

房门被打开,乔三伸手把郝电工扯到屋里说:"你不说,我倒忘了,你这样站在外面,很容易跑出去报警。"

郝电工说:"我只是说说,我干嘛要报警,你把我们怎么了?没怎么样,我不会的。"

乔三笑了一下。郝电工看出乔三的笑是空洞的,没有内容的,完全是一种条件反射,一种生理反应,就像要做某种事情前奏。黄娟说,乔三平时不会笑的,他的脸只会阴沉,当他阴沉着脸撞见了黄娟和那个人,那人根本没把乔三看在眼里,只是轻蔑地说:"乔三,我看你像吃软饭的,这么大的男人怎么还靠女人养活?"话说到了乔三的痛处,只见乔三就那么一笑,然后从裤兜里掏出一把菜刀,刀刃上还沾着一片菠菜叶,那人没来得及呼叫,乔三的刀已向他的头上砍去。幸好那人带着刀伤从乔三跟前逃脱了……黄娟去监狱看乔三的时候,乔三说:"这回我有地方待了,我用不着你养活儿。"郝电工以为乔三与黄娟的关系从此结束了,只要有心情,黄娟还可以从法院拿回一纸离婚判决书,她从未正式想过乔三会来找麻烦。窗外的雨来得迅猛,平息得也快,各种嘈杂声又重新响起。郝电工不再寄希望于门外,而是想着怎样从这种麻烦中解脱出来。

从乔三的行为中,郝电工又有了新的判断,乔三手里没有任何利器,也就是说,乔三没有对他们构成实质威胁。郝电工的心放松了,他拉过一把椅子坐下来,坐了一会儿,又站起来问乔三喝不喝水,他要出去泡一杯茶。

乔三说:"你进来了,就别再动。"

郝电工真就不动了,他稳稳地坐回原处,很耐心说:"你有什么事就说吧,什么事我们都可以商量。"

郝电工最终把乔三的动机归到一个点上,那就是钱。对于乔三来说，没有什么东西比钱更需要了，他可能在走投无路时才到这里搞钱的。在短时间的沉默中，郝电工等待乔三把话说出来，只要乔三把话说出来，郝电工会毫不犹豫地把他与黄娟积攒的买房钱拿出来，那钱少说也有两万块。但郝电工很快从乔三脸色变化中，发现自己的猜测多少有点偏离了轨道。

乔三问："你们是什么时间认识的？"

郝电工问："你是说，我跟黄娟吗？"

乔三说："废话，我还会问别人！"

郝电工问："三四年吧，具体我也记不清了。"

乔三俨然一名办案人员，郝电工正在接受某桩案件的审查。

乔三问："听说你们的日子过得不错？"

郝电工挺了挺腰板不耐烦地说："有话直说，不用绕弯子了。"

乔三脸忽然变了，他说："请你不要这样跟我说话。"

郝电工说："咱们讲个条件吧，你需要我拿多少钱？"

乔三说："你以为我是来敲诈吗？"

郝电工说："你当然不会。"

乔三说："在这个世上你我都想好，是不是？"

郝电工说："当然。"

乔三说："可黄娟怎么就是不想好呢！"

郝电工问："她怎么不想好了？"

乔三说："有好多人说，我进去后她做了对不起我的事！"

郝电工说："如果我跟你解释，你相信吗？"

乔三焦头烂额了，也失去了最初的耐心，忽然低下头，双手紧紧捂住脑袋说："你说吧，我就想听你说黄娟从来没做过鸡！"

郝电工轻轻松了一口气，接下来知道怎么跟乔三说话了。郝电工每句话都很入耳，循循善诱的，他说："我以为多大事呢，原来什么事都没有。"乔三怔怔地看着郝电工，不想说话了，他就那么坐着打量着黄娟，打量着郝电工，打量屋子里的一切，不一会儿眼皮开始发沉，后来他调整了身体姿势，倒在沙发上打盹了。

郝电工和黄娟心里一直绷着的弦放松了，天亮的时候他们也睡了一会儿,但马上又醒过来,黄娟捋了捋披散头发,抠着眼屎问:"我做了什么对他重要吗?"

郝电工说:"看来,很重要。"

乔三是在郝电工与黄娟做早餐的时候醒的,他从屋里走出来就要往外走。

郝电工说:"你吃过早餐再走啊!"

乔三好像没听见,独自打开房门,头也不回地往外走,那双腿软软的,身子跌跌撞撞像没了力气。不一会儿,街上传来急促的警车声,郝电工看看黄娟问:"会不会是乔三?"

黄娟不住地把头探向窗外,怯怯地说:"不会吧!"

日常生活

  贵仁背着足有二十斤重的废弃木料爬楼梯。二十斤的重量对贵仁来说算不了什么，可这些木料长短不一，不好掌握，所以贵仁上楼的时候小心翼翼地顾及上下左右，生怕哪块木料头儿碰到墙上。这样一来，贵仁对要去的楼层及房门就没怎么注意，他凭感觉在门前站下，放下那长短不一的木料，掏钥匙，没等把钥匙插进锁孔，那房门开了，一个人墙一样堵在门口。贵仁不好意思地闪开一条道，向那人点点头，说对不起，我认错门儿了。样子难堪得不行。
  那人对他置之不理，门也不关一下，大摇大摆下楼了。好奇心促使贵仁把脖子往屋子里探了一下，不对呀，这就是他的家！屋里的摆设颜色气味扑面而来，贵仁经历了短时间发愣之后，看着空空如也的楼梯，心说，莫非家里进来贼了？
  果真是贼了！贵仁高喊一声："抓贼呀！"
  那贼大概走到了一楼，三步并作两步跑了几下，只听楼道门"咣当"一响，人就溜到街上了。
  左邻右舍慢吞吞打开房门问：
  "怎么了，出了什么事？"
  贵仁说："我家出贼了。"
  "大中午的，你喊什么喊，莫不是贼喊捉贼吧？"
  "出贼就是出贼了嘛，怎么叫贼喊捉贼！"贵仁狠狠把房关上，不再理那帮人，进屋查看东西去了。

贵仁是三个月前租下这套房子的。房子面积虽然只有十五平方米，但由他和哑巴儿子显明两个人居住还是足够的。贵仁在乡下的时候，和左邻右舍并没有多少来往，可他一旦搬到了城里，那些人看他的眼神和过去大不一样，而且隔三差五来他这里添麻烦。尽管如此，凡是投奔他的人，贵仁一律好吃好喝好招待，到了晚上留人家住一宿。受了恩惠的人，总要对贵仁恭维几句，说："我们早就看出贵仁有这份能耐，贵仁到底是能人，想当年跑进城里的人不知有多少，像贵仁这样在城里牢牢站住脚跟的又有几个呢？"不管这话是真是假，反正贵仁听着挺受用，心里那种得意洋溢在脸上，扯得嘴丫子半天合不拢。

其实乡下人话里也没有多少虚夸的成分，三年前一场水灾，把全村人湿淋淋推到了城里，媳妇偏偏赶在水灾的头一天晚上生了一场大病，无法抢救，跟随洪水走了。全村上百号的人都在那场水灾中安然无恙，唯独他媳妇走了，这对贵仁来说多少有些悲壮。走投无路的贵仁带着哑巴儿子投奔小姨子家。小姨子大学毕业留在了城里成家立业，贵仁唯一可投奔的就是小姨子家。当时贵仁打算在小姨子家住几个星期，等洪水退去再搬回乡下重建家园，他没想到在城里一住就是几个月，而且住上瘾了，不准备回乡下了，乡下已没了媳妇，回去还有啥意思呢，莫不如在城里找点活儿干干。这样一想，贵仁就在城里长久住下来了。贵仁会做一手工木活儿，几个月来，他每天早出晚归，平均每天能赚五六十块钱。但是没有了媳妇，贵仁就又不能在小姨子家常住，不久，他又靠手头积攒的钱，领着哑巴儿子显明把家搬到城郊，租每个月几十块钱的平房。那是个都不富裕的居民区，贵仁日子过得像周围的人一样，马马虎虎说得过去。

促使贵仁从城郊又搬回城里租下这十五平方米楼房，有很多原因，一来城里现在正值装修热，干木工活越来越走俏，贵仁每天收入比过去有所增加。二来晚上加班回城郊路途实在太远，干了一天活儿本来累得不愿意走动，再骑上一两个小时自行车往家赶，身子就很难承受。第三呢，也是最重的，为了哑巴儿子显明。显明在一岁的时候发一次高烧，挺不住，贵仁抱着儿子到十公里以外的诊所打了一个吊瓶，高烧是退下去了，可显明从此变成了聋哑人。贵仁那个上火，上火又有什么用，儿子成了聋哑，他就得认这个命，他觉得有些对不起显明，他只有百般照顾好显明，显明有什么要求他都尽量满足，还让显明吃好玩好，到外面不受气，那样子真是对显明娇惯了。在干活中，贵仁听工友们说城里还有专门供聋哑孩子上学的学校，聋哑孩子也能上学呢，那时贵仁最大的心思就是能送显明去上学。显明上学时已经十九岁，是班里年龄最大的孩子，有点抬不起头，在学校待了三天就不愿意去了，贵仁扯着显明的手强行把他送进了学校，又跟老师说了无数好话，显明终于在学校住下来，住了三个月也没回家一次，这下，反倒搞得贵仁心里没底儿了，抽空跑进学校，找了好半天也没见到显明，正当他急得像热锅上的蚂蚁，老师从楼梯口拐角处露出头来，老师说，他早晨还看见显明，显明不会无故没影的。后来贵仁在教学楼外树林里把显明捉了回来，当时显明和几个学生蹲在树林里吸烟，见贵仁走过来，显明也没说把烟掐灭扔掉，他就那么叼着烟看着贵仁，一副满不在乎的样子。贵仁拽显明走，显明不愿意的，贵仁告诉显明回家，显明更是一百个不愿意。贵仁强行把显明扯出学校大门，他不想让显明读书了，显明要是这么读书，非跟那帮孩子学坏不可。显明垂头丧气地回到了家里，待了不到两天，人就没影了，贵仁又放下手里的活，去学校找显明，显明果然在学校里，这回贵仁无论如何也无法把显明弄回家，显明离不开那帮孩子，离不开学校了，有什么办法呢？孩子大了，什么事由不得自己，他心里只存有一个祷告：显明千万别在学校惹是生非。也就是这时，贵仁决定从城郊搬进城里，他租了这套房子，能时常把显明叫回家里，让显明脱离学校那些不三不四的学生。那些日子贵仁跟显明下了死命令，就是每星期必须回家两次，这两次无论贵仁有多忙，他都陪显明待在家里。可显明已不是过去的显明了，他的个子明显长高，嘴唇上生起浓黑密集的绒毛，下颚也愣头愣脑地钻出几根支棱八翘又黑又粗的胡须，眼睛比以前多了更多的内容，最重要的是显明身上添了许多坏毛病，比方说，他每天饭后必须吸几支烟，比方说，每顿饭后他会把吃不了的馒头米饭随手扔掉,气得贵仁牙根子生疼。显明偏偏老虎屁股碰不得,你跟他横,他比你还横,显明长脾气了,有了自己的想法,学会处处跟贵仁对抗,这也罢了,再看他课本,乱糊糊的,到处都画满了卡通人,这哪是学习,简直是糟蹋贵仁的血汗钱。

门外有钥匙插进门锁的开门声,贵仁蹑手蹑脚趴在猫眼向外看,是显明。贵仁随手把门打开,显明人还没进屋,就往贵仁怀里塞进一张纸片,上面写着学校要收缴的各种费用,贵仁一看头就大了,那些费用加在一起要好几百块呢。

贵仁打着手势告诉显明:"家里进小偷了,我没钱供你读书。"

显明推开贵仁,进了屋,那意思是说:"进小偷关我什么事?"

贵仁还想跟显明强调一遍,可他发现显明对家里的事根本不感兴趣。

贵仁琢磨半天,决定到派出所报案。派出所民警对贵仁很重视,贵仁说什么,他就往大本上记什么,末了,民警问:"你用的是房东给你的钥匙吗?"贵仁说:"没有,我租下这房子便把门锁换了。"民警沉稳而若有所思地接着问:"那么你的钥匙有没有人碰过?"贵仁说:"我自己的钥匙,谁还能碰呢,当然干活时刮刮碰碰的时候还是有的。"民警问:"除了你,你家里谁还有钥匙?"贵仁说:"当然儿子显明还有一把,不过那钥匙让我牢牢拴在他的裤子上,一次也没丢过。"民警问:"你刚才说,你家房门一点被撬的痕迹都没有?"贵仁说:"门锁好好的,我把钥匙插进去就能把门打开。"民警问:"难道你不相信小偷会从你家窗户钻进来吗?"贵仁说:"刚才我说过,我家窗户锁得好好的,那小子根本不能从窗户进来。"

民警不住地用笔敲打指甲,莫名其妙地笑了,然后对贵仁说:"真是见鬼了,难道那家伙从下水道爬进来的?"

贵仁用手比划着说:"那家伙那么的个儿,怎么也不能变成一个耗子吧?"

民警用鼻腔笑了一下说:"好了,你回去吧,我知道是怎么回事,等有什么消息我会通知你。"

贵仁纳闷地问:"你知道那小偷了?"

民警说:"差不多吧。"

贵仁说:"那你还不赶快把他抓来?"

民警说:"我说过,有什么消息我会通知你。"

也许贵仁丢掉的那几百块钱不足挂齿,民警执意让贵仁回去,贵仁不得不起身走了。那民警真的是神了,他听了贵仁那几句话,就知道那小偷?贵仁脑袋一直像闷葫芦似的,他没心思干活去了,决定回家。

贵仁在家门口碰见了等他的杨艳春。贵仁忽然心里一热,什么话也没说,可两人都感觉对方说什么了,那眼神,那神态代表了很多意思呢。贵仁开门把杨艳春带进屋里,心想杨艳春这已是第五次来了,其实头两次杨艳春来他家,贵仁就感觉到杨艳春心里那点儿想法,这次来,说明她的想法更加明确了。在乡下,杨艳春是个有名的美人,她丈夫活着的时候,哪个男人要想跟她说一句话都费劲儿,别说跟她套近乎。去年,她丈夫开着没有尾灯的小突突车在国道上被一辆大卡车撞翻,人当场死了,那是个黑夜,杨艳春第二天早晨才听人报信说丈夫被车撞死,那天屯里的人都悲伤得不行,说杨艳春的丈夫是个多好的男人,怎么说死就死了,好好的一个家庭就这么塌了半边天,后来有很多人帮杨艳春介绍对象,什么光棍呀小伙子都同意了,杨艳春却不干的,三番五次把大家的心整凉了,谁都不帮着张罗这事,见到杨艳春都远远躲着。杨艳春到底心高,她见贵仁进了城,扎下了脚跟,主动找上门来,搞得贵仁忽然觉得自己高级了,有品位了,像真正的城里人。

杨艳春说:"你还没吃吧,我给你们爷俩做点饭吧!"

贵仁赶忙按住杨艳春的肩膀说:"你是客,哪能让你做饭呢!"贵仁自己钻厨房做饭去了,还没等锅碗瓢盆响起,杨艳春又跟过来,挽起袖子,露着白净净的胳膊,不容分说开始动手了。女人的手真是灵巧,而且有条不紊的,贵仁显然有些碍事了,他不得不从厨房撤出来。

贵仁站在厨房门口问:"你来好长时间了吧?"

杨艳春说:"可不,怎么敲门,门也不开,都把你们邻居敲心烦了。"

贵仁说："要是显明不聋不哑就好了，他会出来给你开门。"

杨艳春说："显明怎么躲在屋子里一直不出来？"

贵仁说："显明是不好意思，他多少跟你有点生分。"

饭菜在说话的时候，不知不觉做好了。贵仁跑进屋里叫显明，显明磨磨蹭蹭还是不愿出来。贵仁知道显明心里有隔膜，故意不出来吃饭，这孩子肯定知道他和杨艳春之间的关系，那态度明显是不欢迎杨艳春的。不管显明欢迎不欢迎，贵仁是铁了心要跟杨艳春好了，人家杨艳春主动找上门来，贵仁就不能不知足了，他要冲破一切阻力和杨艳春好好培养这段感情。当然显明对他来说也很重要，他要一点点感化，让显明认同这个事情，他还想告诉显明如果家里没个女人照顾终归不是个家，况且眼看显明一天天长大，找女人过日子是早晚的事，贵仁总不能跟显明过一辈子。贵仁再次进屋，看见显明还没动屁股，心里就有点火儿，他故意把火压下去，翻看起显明的考试卷子，不看不要紧，一看，那卷子就是一团团火，把贵仁心里那股底火一下子燎了起来。

语文：50分。

数学：25分。

贵仁手指狠劲儿戳向卷页，气得不行了，显明对贵仁全然不理会的，划拉划拉把卷子塞进书包，还嫌贵仁碍事似的，把贵仁的手拨到一边，贵仁忍无可忍了，他挥手朝显明就是一个耳光，显明怎么也没想到自己会遭此一击，他愣眉愣眼地站住，脸上已不是滋味了，那意思分明在说："我看在你是我爹的份上，你打就打吧，要不然我非跟你拼个你死我活不可。"贵仁看不惯他那副德性，他说："你瞅什么瞅，你还跟我凶啊！"显明听不着他说什么，他就那么死死盯住贵仁的眼睛，一个活生生的孽种。贵仁问："你看什么看，你还有理了是不是？"这回他不管显明能不能听着他的话，挥手朝那孽种的脸上又是一个耳光。这回彻底把显明打急了，或者他不再照顾他爹的面子，"嗷——"地叫了一声，向贵仁扑来，有点猝不及防了。显明跟贵仁厮打着，桌子椅子哗啦啦挤倒一片，尘土飞扬的。杨艳春推门进来，两人还没有停手的意思。

杨艳春问:"这是咋的了,咋的了?"

没有人听她的。杨艳春上前扑到俩人中间,掰开了贵仁的手,又去掰显明的手,那掰开的手又马上扭结在了一起,杨艳春白费劲儿了,她无法将他们拉开,也急了,加劲助威地喊:"你们打呀,往死了打。"转身跑进厨房,取了把菜刀,狠狠往屋里一扔,那菜刀"当啷"一声,把水泥地面划出一道火星,落在两人脚前。那菜刀真是吓人了,两人都不自觉地停下,看着那菜刀一动不敢动了。

杨艳春拾起菜刀问:"你们打呀,你们怎么不打了呢?"

贵仁和显明松开手真的不打了。

杨艳春说:"你们爷俩这么打,是不欢迎我了,你们要是不欢迎,我走就是了!"

杨艳春收拾东西,做出要走的样子,贵仁哪能让她走呢,贵仁说:"你还没吃饭呢,吃了饭再说走也不迟。"

杨艳春说:"我不吃。"

贵仁好像没了脾气,他起身扑打几下衣裳上的灰尘,耷拉着脑袋到厨房盛饭去了。贵仁一共盛了三碗饭,又把烧好的青菜盛上了,这时杨艳春还张罗走,贵仁赶紧扯回了杨艳春,把她摁在饭桌椅子上。

哑巴儿子显明还在跟贵仁赌气,他说什么也不肯吃饭,背着书包返校了。贵仁看着显明的背后,就生气,但他现在不想生气了,任他开门走出屋门。

这天,杨艳春没走,她住在了贵仁家里。

大清早,贵仁躺在床上,被厨房炒菜的声响吵醒了,没等贵仁缓过神,杨艳春推门进来了。杨艳春说:"你是不是应该起床了,可别误了工时。"那口气,好像他们已是过了多少年的夫妻。贵仁身子有一种说不出的懒惰,他真想躺在被窝里好好睡一个上午,不到外面做工了,但为了杨艳春,他必须马上从被窝里爬起来,必须到外面好好地做工。人家杨艳春为啥投奔你来了?还不是他贵仁在城里有做工的本事,如果因为有了杨艳春他就不想到外面做工,那么人家迟早要离开他贵仁的。这么一想,贵仁就强撑着身子从床上起来。

吃过早饭，杨艳春在家收拾屋子，贵仁出去做工了。贵仁做工的地方是一家二百多平方米房子的室内装修。他跟另外两个工友平时干活很顺手，贵仁揽下这活儿，把那两个工友叫来，一起干活儿。当然以前他们当中有谁揽到活儿，也都把大伙叫上，这是市面上不成文的规矩。干活的工友们始终认为，一个人的能力是有限的，多个人在一起，就能创造无穷的财富。这几天贵仁因为家里的事，干活总不安心，来到二百平方米大房子里，贵仁发现工程进度已经进行了一半。工友们干活是有分工的，谁做衣柜厨柜，谁做门口窗口，早就固定下来，自己干自己的，谁都插不上手。贵仁负责棚顶装饰，这活儿对木工来说，没有太大的技术难度，但需要耐力，需要一种审美眼光。贵仁装饰的棚顶往往出乎用户预料，给用户一分惊喜，有很多人找他们就是因为看中了贵仁装饰的棚顶。但装饰棚顶也不是一件容易的事，干活时必须仰起脖子，要是不停地干活，那脖子就不停地仰着。有时贵仁脖子酸得不行，从高架子上下来，活动活动，就会发现脖子直不起来了，他就不停地练习低头，每次低头反倒成了十分困难的事。贵仁不怕吃苦的，这些苦他不吃，谁能来吃呢？况且乡下人吃这点苦也不算什么。今天贵仁必须加快进度把耽误工的时抢回来，这样才不拖大家的后腿儿，耽误总体进度。贵仁准备扎下心来干几天活，可他干着干着眼睛就走神了，心思又飞到儿子显明身上。显明跟他赌气离家出走，到现在连个音信都不回，要是出个什么差错，后悔都来不及了。他已经有了一次对不起显明，就不能有第二次，贵仁手里的活干得越来越慢，越来越心不在焉，终于忍不住放下手里的活儿，要到学校看看，只要他见到显明一眼，心在肚子里才会踏实。

贵仁骑上自行车，户外的景物、阳光以及新鲜空气，对贵仁来说已感觉不到它们的存在，他一门儿心思往学校奔去，残留的松木的气味在他鼻孔里呼来呼去，贵仁气喘吁吁了，还是坚持一口气把车骑到了学校。贵仁在校门口碰见班主任老师，老师可能要出校门办什么事，刚摆手叫停一辆出租车，被贵仁用自行车从中间截住了。

贵仁问："显明这几天还好吧？"

老师先是愣了一下，然后想起贵仁是谁了，便阴阳怪气地说："好什么？你家显明出大事了！"

贵仁双腿忽地软得支撑不住地面了，结结巴巴地问："出……出……出什么大事？"

老师不着急说的，老师把出租车打发走了，他有足够的耐心地对贵仁说，"你不来，我也要找你的，今天你来得正好，省着浪费我电话费。"

贵仁想知道显明出了什么大事。

老师说："有一点请你放心，现在显明正待在教室里，比以前老实多了。"

贵仁问："显明究竟出了什么大事？"

老师说："他把他们班的女同学肚子搞大了，那女同学也是聋哑人，人家父母不依不饶，找到我这儿，要损失费的。"

贵仁心都凉了，他说："我供这聋儿子上学已经使出吃奶的劲儿了，哪有钱赔偿人家。"

老师说："这事得你们两家在一起协商，当然我会在中间做一下调解，把你的情况向对方作一介绍。"

贵仁哭丧着脸不知如何是好了。

老师说："我的建议你听懂了吗？"

贵仁说："我全听老师的，老师说咋办我就咋办。"

老师说："那好吧，你现在跟我回办公室。"

贵仁跟着老师往学校里走，忽然战战兢兢地问，"要是人家大人同意，我让显明退学，两个孩子干脆结婚，老师你看这怎么样？"

老师说："这么大的孩子不定性，结什么婚？再说他们在一起本来就胡闹着玩，过不了长久日子。"

这回贵仁彻底没了主意，他把希望寄托在老师身上了，他知道老师一定会拿出解决问题的最好办法。不管老师怎么不给他好看的脸色，他都要对老师千恩万谢的。老师在学生家长那里是权威，是最好的裁判，只要老师拿出办法，家长一般都会采纳和接受的。

老师忽然又改变了主意，说："你先回去吧，对方的工作由我来做。"

贵仁再次表示千恩万谢，可这时的老师已懒得搭理他了。

从这事上，贵仁感觉孩子的确长大了，说不定什么时候做出让人意想不到的事情。不管孩子做什么事，他都要承受。

贵仁没心思再去干活了，无精打采地走回家，打开房门，看见杨艳春把屋子收拾得利利索索，而且还在厨房没完没了地干着活儿。贵仁不知怎么就怔了一下，说："你怎么还没走？"

杨艳春被他的话问得丈二和尚摸不着头脑，她问，"我往哪儿走？"

贵仁说："我以为你早回乡下去了呢。"

杨艳春顿时脸色变了，有点难堪的样子，她说："我凭什么走，我从今儿起就住在这儿了，不走了。"

贵仁说："你跟我会有很多麻烦的。"

杨艳春说："我早就想好了，不管有多麻烦我都不怕，我生是你家的人，死也是你家的鬼。"杨艳春还说："这几天我想把墙粉刷一下，再打制点新家具，换几条新被褥，咱们就找个良辰吉日把事办了。"

贵仁感动得鼻子差一点儿就酸了，他轻轻揽过杨艳春的手，死死攥在自己的手中，又顺势把杨艳春整个人抱在怀里。杨艳春说："显明还是个孩子，他跟你耍，是不接受我的，可我慢慢会让他接受的。"贵仁心中更升起无数个感动，他觉得杨艳春这个人真的挺好的，他心里早就有她了，只是他不敢接受。

这时房门恰到好处地被人敲响了。街道主任站在门口向屋里探了两次头，但她没有看到她想要看到的东西，贵仁没请她进屋，她也不便强行进来，脸孔严肃地告诉贵仁，马上到派出所去一趟，那边有急事找你。

贵仁拍拍杨艳春的大腿说："八成是偷我家的那个贼被抓住了！"

接待贵仁的仍是上次那位民警。贵仁问："有眉目了？"

民警说："你自己看吧！"

民警领贵仁进了另一间屋子，那屋子除了有吊得很低的二百度电灯泡,一张桌子和一把椅子,别的什么都没有。空空荡荡的屋子,搞得贵仁浑身很不自在。他站在原地,看见靠在屋子阴面墙根下,蹲着四个耷拉着脑袋的人。贵仁还没把四个人看明白,显明的脑袋就跳进了贵仁的眼球,贵仁没心思看别人了,贵仁心急火燎奔向显明,被民警一把拦住,民警让他继续看,贵仁哪有心思看别人呐,他冲着显明大喊:"这是怎么回事?"显明是听不见贵仁的叫喊的,但他好像知道贵仁这边的叫喊了,他抬头看看贵仁,又把头低下了。

贵仁转身扯过民警的胳膊问:"这是怎么回事?"

民警轻蔑地一笑,又带着贵仁离开这间屋子。

贵仁急切地问:"这到底是怎么回事?"

民警翻开上次他来时的记录簿,开始讲显明的事。

原来,显明参加了汽车牌照盗窃团伙,团伙四名成员全是聋哑人,作案时间选择在晚上,地点是沃尔玛超市附近,警察跟踪这起团伙一个月有余,今日终于一网打尽。一个多月以来这伙人盗窃车牌几十次,获得赃款千余元。他们的作案手段是:先把车牌盗走,然后在车窗上留个纸条,让车主按照他们提供账号存入二百元,然后告诉车主车牌藏匿之处。车主到交警大队补办车牌正好是二百元,但那是一件很麻烦的事,一般人都不愿意找麻烦,这伙人正是抓住车主这种心理疯狂作案,有的车主不按他们指示的去办,他们就要气急败坏地用砖头砸碎车窗玻璃。

民警说:"聋哑作案已成为不可忽视的社会现象,他们往往因为残疾,视自己为弱者,对他人存在掠夺心理,又因为社会对他们同情照顾和无可奈何,他们的作案比健康人更变本加厉,他们的心灵扭曲了,走到极端时往往是泯灭人性的。"

贵仁眼睛都听直了,显明所作所为远远超出了他的想象。

民警说:"剩下的那三位,有一人你应该认识。"

贵仁说:"除了显明,我谁都没看的。"

民警说:"那人就是进你家行窃的那位。"

贵仁问:"你怎么知道?"

民警说:"上次你报案时我就知道是怎么回事,这回是他们自己招供了,那个行窃者是你儿子的同伙,他拿着你儿子提供的钥匙,打开你家的房门,不巧这事被你碰见了。"

贵仁听糊涂了,他说:"我儿子要想偷家里的东西自己偷就好了,为什么还要让人家来偷?"

民警说:"这是他们的攻守同盟,偷来的东西大家平均分配,他们自认为偷自己家的钱财不忍心下手会有所保留,往往是搞好策划由别人来干,那几天,他们团伙中的每个成员都偷了对方家的财物。"

贵仁倒吸了一口凉气。

民警说:"这回你总该听明白了吧?"

贵仁千恩万谢地点头说:"听明白了,听明白了。"

事已至此,着急上火都于事无补。贵仁心里忽然平静了,他像什么事也没发生似的来到他干活的那户人家。看着装修工程已进入尾声,属于他干的那份活儿早就被工友干完了。贵仁站在屋地当中插不上手了,他只能跟在工友的屁股后,帮人家传递一根木料,找一找钉子,然后对工友安装木料合适程度进行目测。贵仁一边忙着手中的活儿,一边盘算这起工程他应得的收入,结果吃惊地发现,按出工时间计算,他所挣的钱不及工友们的零头。工友们看贵仁情绪不高,故意问:"这几天忙什么呐?是不是又在什么地方找个悄活儿,自个儿偷着干了?"

贵仁说:"我要是真的揽到活儿,怎么的也得把大伙叫着,我自己干算怎么回事?"

工友又说:"不是被那个老娘们缠住,无心出工啦?"

贵仁向那工友扔出一块木料头儿,砸在人家腿上。

他和杨艳春的事已经走漏了风声,这些工友干活儿时时拿他的女人取乐。贵仁拿杨艳春当回事的,他当回事的女人,绝不想让大伙有事没事地挂在嘴边上。但这些工友管不住自己的,遇到什么事总要把他和杨艳春联系起来,比方说:他们干活的这家房东前不久买了一台等离子电视,将原有的电视机搬过来,留给他们休息看的。工友们就七嘴八舌劝房东把这电视便宜地卖了，房东答应下来，工友们就让贵仁把电视机搬走，说我们帮你讲价，不为别的，就是为那个女人能跟你安心过好日子。电视搬回家里，蒙上一块花布放在地上，总觉得不是那么回事，贵仁利用平时带回来的废木料，做成一个电视柜，刷上油漆，亮油油的，跟在市场买来的没啥区别，再把电视机往上面一放，杨艳春眼睛都看直了，对贵仁露出难以掩饰的崇拜。贵仁开始和杨艳春布置他们的新家了，家里所有摆设，贵仁能够亲自动手的，都亲手做了。贵仁为自己的劳动陶醉着，乐此不疲的，杨艳春也时常摆弄新买来的床单、被罩、枕头，然后把这些东西统统抱在怀里，在贵仁刚刚打制好的新床上打个滚儿，撒起娇儿了，"说我真想给你生个孩子，只有咱们生下的孩子才是城里人，你说对不对！"

儿子显明二十天后回家了，他的身后跟着一个不算漂亮也说不上丑的聋哑女，不用问，那聋哑女就是老师提到的那个女孩了。显明脸要比过去白，比过去胖了，像刚刚揭开锅的发面馒头，失去了以前的健壮结实。贵仁看着显明，一点反应都没有，这多少让显明心里没了底儿，整个人像吃了镇静药似的老实。

贵仁让杨艳春给显明买一身新衣服。

杨艳春问："这是干啥？"

贵仁说："不用你管。"

贵仁让杨艳春包饺子。

杨艳春问："这又是干啥？"

贵仁说："不用你管。"

显明穿着新衣服和聋哑女吃饺子，贵仁却不吃，坐在一边儿看两个人吃。显明吃得狼吞虎咽，顾不上想贵仁为什么不吃，为什么这么死盯盯地看着他。

一会工夫，一盘饺子被显明划拉到肚子里去了，他还要吃，被贵仁制止了。显明这时还没有感觉出贵仁内心的杀气，他看着贵仁脸上怒不可遏的样子，不知所然。贵仁让显明放下筷子，跟他到外面走一趟，他不想叫血腥污染了杨艳春精心布置的屋子，更不想让他与儿子显明的搏斗吓着聋哑女,所以贵仁选择了户外,一个人们不常走动的场所,除掉眼前这个他亲生的孽种。

这是一个伸手不见五指的夜晚。贵仁在前面铿锵地走,显明在后面深一脚浅一脚地跟着,他想快步赶上父亲,打手势问贵仁有什么事这么着急,是找哪个仇人算账吗?那么儿子今晚帮你出这口恶气,让你大解心头之快。可他的脚步始终赶不上贵仁。忽然,他们来到僻静之地,城市里到处可见废弃的工地,显明感到父亲惩治的仇人不是别人,就是自己,显明的双腿抖得再也无法前行了,他想转身跑,已经来不及了,他腿软得不听使唤。贵仁停下来,转回身,显明两手不停地比划,意思是,"你千万不能对我这样,儿子对不起你,你就放过我这一次吧。"贵仁根本不看显明比划什么,或者说显明比划什么对贵仁不起作用了,往昔的怜悯爱惜都变成仇恨,变成能量聚积在瑟瑟发抖的拳头上,他挥手照着那胖乎乎的脸上就是一拳。再挥手又是一拳。贵仁浑身的力量都爆发出来了,一点儿没糟蹋,全都结结实实夯在显明的脸上。这孩子身子真是囊得不行,第三拳下去,脚底没根了,全身像一摊稀泥摇摇晃晃堆在地上。贵仁又抓起地上一块砖头,他要将全部愤怒从砖头上释放出来。

杨艳春和聋哑女慌慌张张跑来了,杨艳春抱住贵仁举起的胳膊喊:"你把他打死了?"

贵仁使劲挣脱着,一句话也不说。

杨艳春说:"你把他打死吧!"

贵仁甩开杨艳春,聋哑女又扑上来了,她从兜里拿出一张破纸,翻出笔,把贵仁拽出工地,拽到路灯下,展开纸,垫在电灯杆上写道:

显明已经没妈了,显明妈听不见我们说什么,你就听我说几句好吗?显明知道那些人都不够朋友,遇上事都往别人身上推,都想把自己推干净。老师也不是好东西,他把我搞出了事,想推责任,就往显明身上推,我们都恨死他们了,今天你打他,我知道你生气,显明不怨您,他也想自己打自己,他对我真的好,我们都想好,你知道我的意思吗?

夜好像不那么黑了,贵仁看看天,看看地,决定彻底放弃了这次行动。现在,他不相信聋哑女,但又不能一点儿也不相信她写的那些话。

　　第二天,贵仁去了一趟聋哑学校,回来后做出一个重大决定,把杨艳春布置的这个新房留给显明和聋哑女,他要搬出去和杨艳春重新租一间房子。

冬 捕

　　山坳里原本是一片茂密森林，松树、柳树、椴树还有树身下面数不清的榛莽，构成了这里特有的地形地貌。树林密了，便养生了各种动物。不管什么季节，狍子、狐狸、野兔子、野鸡总会瞪着圆溜溜铿亮的小眼睛往来穿梭于密林之中。有陈年老树寿终正寝，横倒竖歪地长眠在枝叶茂盛的子孙们脚下，巨大空洞的树干如一张永远合不拢的大嘴，成为冬眠黑熊的安乐窝。李家屯的祖辈让山和山里的一草一木迷住，盘踞此地，同时迷住他们的还有山坳南面清清饮马河水，河水晃晃悠悠恍惚间就把几辈人晃悠没了，屯里人从最初的狩猎改为后来的捕鱼，都得利于这里的山山水水呢。与山水草木相伴，山水草木就有了情意，就帮人想了很多生路，比方种田，比方到外面做工，唯独将三叔留下来，操持着祖上的玩意儿，使他成为远近闻名的鱼把头。李家屯往前数五代，亲戚连着亲戚，亲戚住在一个屯子里，就不那么亲，但在这十几户人家里，左邻右舍毕竟打断骨头连着筋，有一致对外的事，还是齐心协力抱成一个团儿，可屯子里一年到头又有多少事呢，有的只是长年不断的家长里短，悠远绵长的。

　　三叔赶在晚饭的当口走出家门，脚步一阵风似的卷起秋后地上的落叶，由于心里有气，三叔的步伐便杂乱无章，还有些急，他立在天明家院门，裤裆里滚过一股暖烘烘的臭气，顺下了心气，才开始砸门。

　　想躲是躲不过去了。妈妈正在院子里无休止地咳嗽，胸腔像一部巨大的风箱，需要不停地抽抽拉拉，才能把肺部里的气抽出来，送回去，一副死不了活不起的样子，难受得很。

三叔已经来过天明家三次了，他每次来，妈妈都这样咳嗽。三叔催促妈妈上医院，妈妈就更加厉害地咳嗽。三叔一筹莫展，走了，妈妈就冲天骂三叔："你站着说话不嫌腰疼，你给我拿钱啊，我去医院！"三叔真就套上马车把妈妈送到了县医院，从医院回来，三叔的脸更难堪了，"说我这是何苦呢，原来的钱没要回来，转眼又新搭了一千块。"他这么一说，妈妈不愿意听了，"说你那一千块钱光给我花了，你不也看病了吗？你做你那胃镜花了多少钱你不知道？你昧良心说话，就不怕那心被狗吃了。"

三叔不会再领妈妈去医院了，不去医院，三叔还会隔三差五地来，说："我跟你说不通，我跟天明说说，让天明给评评理。"

妈妈赶紧把天明推到西屋，不想让天明朝面了。妈妈说："咱俩的事咱俩谈，天明还是个孩子，他懂什么？"

三叔说："不是我逼你，你知道我的难处，做了胃镜才知道，我怕我跟大哥得了一样的病。"

妈妈说："你这是吓唬我呐！"

三叔说："我没吓唬你，我干啥要吓唬你。"

窗外的秋风夹着呼哨捶打着窗子，窗子就一鼓一鼓的，好像是有人在使劲儿地掀。天明的心竟不住地发紧，三叔也得胃癌了，癌症是要死人的，爸爸得了癌症死的，三叔也要得癌症死吗？爸爸的死，让妈妈欠下三叔一大笔钱，现在人财两空，妈妈又有了病。这是何苦呢？本来三叔往外借了钱，大家都有一个和气的脸面，可是到了还不上钱的时候，要钱的有要钱人的难处，还不上钱的有还不上钱的心酸，闹得心里彼此都不痛快，脸面都快撕开了。妈妈说："三叔还没高大到把钱白送给你的程度，他的钱也不是大风刮来的，借债还钱天经地义，可他这么逼人就不对了。按理说，妈妈不是故意耍赖的人，如果不生病，可以从别处借钱还给三叔的，可妈妈这一病，谁还敢借钱。"

上了秋，天也就一天比一天短了，眼看着天还亮着，不知什么工夫，太阳就掉进西山那头去了，屯子里天黑了，人也好像也跟着安静起来，三叔的砸门声就格外响，好像要把全屯人都惊恐万状地震出来。妈妈停止了咳嗽，再次把天明推到西屋。西屋存放着铁锹镐头柳条框，都是妈妈认为最有用的宝物。天明混迹在这些物品当中，更是妈妈宝物中的宝物。

三叔的脚踏进外屋，说我今天是来找天明的，我就想让天明听听这个理儿，"天明？"

天明的耳朵随着三叔的脚步进了东屋。

三叔说："河马上结冰了，结了冰就得捕鱼，我没那本钱，这活儿就没办法干，你总不能看着我把到手的钱让别人挣去。"

屋里一时没声了。天明的耳朵静止在东屋里，又异常地敏感起来，他似乎能听到东屋细微的声音，比如妈妈正低头抠着指甲；比如三叔鼻孔里的呼吸；比如空气中微尘的浮动。

三叔说："我就想听你一个准信儿，钱什么时候还？"

话说到这份儿真就绝情了，比秋天里的风都冷，冷得刺骨了。妈妈说："这几天我想好了，捕鱼的时候，让天明跟你干，每天的工钱你说了算，他挣多少就等于我还你多少，你觉得我们什么时候将钱还上了，再把天明给我送回来。"

三叔说："童工啊，我用不起。"

妈妈说："那你还有比这更好的办法？"

三叔的确没什么好办法，他站起身给妈妈扔下一个话，"等我回去考虑考虑。"

三叔出门了，妈妈有点不放心，她重新关了房门，到西屋叫天明。妈妈说："事到如今，只有你吃苦吧，一个男孩子吃点苦不是坏事，记住，不管我跟你三叔怎么耍怎么闹，都不关你的事，你必须把你该做的事完成。"

已是深秋，天上时而雨时而雪阴个不停，等见不到雨水，冬天彻底地来了。冬天来的标志，除了水能冻成冰，好像万物都不动了。下了一场大雪，妈妈总喜欢倒在炕上，有事没事她就往炕上爬，蜷缩着身子，胸腔里发出深深的咳嗽，一震一震的，整个屋子都跟着天摇地晃。三场雪过后,饮马河冰面可以走马车了。清理了一片冰面积雪,用彩旗圈起来,就有人在上面滑冰、抽冰猴、玩狗爬犁,还有人在河岸的坡地一个不大不小的滑雪场玩耍。冬天旅游季节真正来临了,一辆辆旅游车运来山南海北的红男绿女,疯啊闹啊的,对寒冷又不知如何预防,往往上半身厚重严实,下半身四处漏风,看上去奇形怪状,可笑极了。天明从外面回来,说了河面上的事,妈妈很开心的,妈妈说:"那叫顾头顾不了腚。"说完就笑了,整个屋子也都跟着笑了,这笑还没完呢,代价就出来了,一阵无休止的咳嗽席卷而来,有些喘不过气了。天明赶紧捶打妈妈的后背。天明已经听惯了妈妈的咳嗽,可母子连心啊,妈妈咳嗽,撕扯着天明的每根神经。天明就有些恨老天,说老天怎么一点高兴也不让妈妈有呢。

妈妈咳嗽渐渐平息了,平息后的第一句话就是,"你赶快找三叔吧。"

天明说:"我怕三叔不要我。"

一股气儿又把咳嗽引出来,妈妈脸一点点膨胀着,紫红了,手脚却高扬在半空,比划着,说不出话来。天明又赶紧捶打妈妈的后背说:"我去,我去,我去就是了。"

三叔家在天明家南面,中间隔着五户人家,还有一个小水泡,要走十多分钟的路。天明推门出去,妈妈又敲着窗户叫住他,艰难地从炕上爬起来,披头散发扶着墙来到院子,从鸡窝里抓出两只老母鸡,唤天明找来绳子,捆住鸡腿儿,把两只老母鸡连在一起。天明拎起两只老母鸡走出院子,心里有一种说不出的难受。这时,老天也跟着凑热闹,飘起零星的小雪,落在天明的头上肩上,把天明难受的心情渲染得更加浓重。

天明走了二十分钟才推开三叔家的院门儿。二六子、大脑袋、二赖子正从仓库拽渔网,渔网挂了满满一院子,天明在渔网缝隙中躲来躲去才走到房门口,天明想,这三个人都是屯里有名有脸儿的人物,三叔能把这三个人归拢到手下,说明三叔真是能耐。这工夫,后背被门撞了一下,天明回过头,看见三婶从屋出来。三婶问:"你这是干啥呢?"事情有点突然,天明一时无法回答了,他抠着后脑勺说:

"我妈叫我看看三叔。"跟三婶进了屋,把鸡撂在外屋地上,就听见里屋哼叽声。天明看见三叔跪在炕梢,弯着腰,两只手使劲抓着肚子,脑门儿全是汗。三婶说:"你三叔刚才还好好的,这会儿又犯了胃病,别看他这样,一会儿就好了。"说着话,三叔身子松弛下来,安静下来,他慢慢抬起头擦了汗,脸像纸一样的白。

三叔问:"你来干什么?"

天明说:"听说三叔病了,我妈让我来看你。"

三叔说:"我知道你会这么说,我刚倒下,你妈怎么知道?"

天明说:"就知道嘛。"

三叔说:"回去告诉你妈,我这儿不用你。"

天明不知怎么说话了。

三叔说:"你怎么还不走哇?"

天明走出三叔家院子,天上的小雪已经停下来,地上留下薄薄一层白雪,脚踩下去,留了一行歪歪扭扭的脚印,这脚印很能说明天明此时的心情呢。他想自己就这么回去了,妈妈肯定生气,饶不了他,还会逼他去找三叔。再说了,他要是这么回去,那两只老母鸡也白拿了,他有必要再回去一次,权当三叔又把他撵回来。雪后的空气有一种透彻心肺的清新,天空大地房舍树木杂草又像被过滤了似的亮眼,天明鼻孔喷出的薄雾丝丝缕缕地飘散着,又不自觉地移动了脚步,铁了心要回三叔家。

踏进三叔家门,三叔的病好像彻底好了,他愁眉苦脸地问:"怎么又回来了?"

天明说:"是我妈让我回来的,你不收我,我就不走了。"

天明真就不走了,他转身跑到院子里,向二六子、大脑袋、二赖子要活儿干。这三个人对天明也不客气,指使他干这干那,活儿说干就干上了,往往这边活儿还没干完,那边又响起了叫唤声,天明忙得脑门子都出汗。三叔推开房门,看着天明,不再赶天明走了,心满意足地招呼天明跟他一起捆渔网,然后把渔网搬到车上去。天明的力气明显赶不上他们,腿脚发软气喘吁吁。越是赶不上,他们越是加劲地干,天明在他们中间有些碍手碍脚了,有时还被渔网拖成几个趔趄，心里的滋味，就像被人打掉牙齿往肚子里咽的那种，欲哭无泪的。是大人们故意搞坏，挤对他，累他，让他吃不消，自己跑掉。天明心里打定主意，不管他们怎么折腾，他死活都要跟他们缠在一起，坚持到底就是胜利。网终于全部装上了马车，三叔赶起马车飞快跑出院子，向饮马河方向飞奔。二六子、大脑袋、二赖子跟随其后，紧跑几步，忽地爬上马车，等天明再想爬，已经来不及了，马车跑出老远，他无论如何也追不上，只能跟在马车后面跑。

要说三叔不急也不对，今年捕鱼至少比往年推迟了三四天，都是三叔的胃病耽误了，再不抓紧，错过捕鱼最佳时间，肠子都会悔青的。马车跑到饮马河边儿，眼前呈现出一望无际的雪野，无遮无拦的，随意生起的风卷起积雪，铺天盖地飞扬，在极远处，雪与天混沌一片，让人生成无名的恐惧。马车停顿一下，找准了方位，又往河心跑去。河面上的寒风明显比屯子里的狠、毒，不留情面，吹到脸上就像一个个刀片在割肉，又像一根根钢针往脸皮上刺，天明的脸麻木得不知长到什么地方去了，要想找回自己的脸，最好的办法就是拼命地跑，跑得浑身热气腾腾。马车停在事先选好的位置，大伙一边抵挡恣肆的风雪，一边搬下工具。三叔拿起铁凿子在冰面划个车轱辘一样大的圆圈，对天明说："你还真有两下子，坚持过来了，按打鱼人的规矩，每个新人都得经过这样的摔打，什么时候把筋骨摔打硬了，什么时候才能在我们这行站稳脚跟。"三叔让天明在车轱辘一样大的圆圈上凿冰，凿出的冰窟窿只能比圆圈大不能比圆圈小，而三叔、二六子、大脑袋、二赖子一字排开，每隔十几米占据一个位置，也开始凿冰，凿出的冰窟窿要比天明凿出的小，比碗口大不了多少，不到十几分钟，他们的冰窟窿就凿成了，露出了水，而天明这边刚刚凿出薄薄的一层，三叔也好像故意看他的笑话，继续一字排开，每隔十几米占据一个位置，重新划碗口大的圈，凿冰窟窿。碗口大的冰窟窿全部凿完了，他们凑到一起，开始凿比天明这边大两倍的冰窟窿，作为收网口。眼看着收网口完成了，他们转回身，胡子、眉毛、狗皮帽子上全是白花花的霜，冷丁一看，简直就是一个雪人。三叔不声不响领三个人过来，推开天明，凿上这最后一个冰窟窿。这伙人真是有力气，凿子下去，胡子眉毛上的霜纷纷掉落，在雪地上见不到踪影。车辘轳大的冰窟窿凿出水了。出了水，就等于河面揭开了一个小盖，鱼儿在冰层底下憋闷好久了，一帮一伙地逃过来，呼吸着新鲜空气，撩得水花叭叭响，诱人呐。淘出水层残余冰块，三叔往车辘轳大的冰窟窿里下网，哗哗啦啦的，二六子、大脑袋、二赖子跑到碗口大的冰窟窿跟前，用长杆子拉网纲，网拉过来，推向下一个碗口大的冰窟窿，下一个碗口大的冰窟窿接到网纲，再推向下一个碗口大的冰窟窿，一直拉到网纲从收网口露出头来，他们的工作才算告一段落。三叔摘下腰上的酒壶给每个人喝一口，既是一个小小庆功仪式，也是为了驱赶一下身上的寒气。松口气的当儿，渔网便在冰底下一点点舒展开去，沉入水底，大伙的心又不停地悬浮起来。谁都知道，第一网鱼就是这一冬收成的预兆，每个人都在祷告天祷告地祷告一望无际白茫茫的雪野，能给他们带来好运气。

谁会想到呢，结果是开局不利。收网时，除了有一条一米多长的大胖头，再就是十几条鲤鱼。也许天冷的关系，大胖头像受到了偷袭又不明真相，被人稀里糊涂从被窝里拽出来似的，赤身裸体，蒙头转向，本能地折腾几下就束手待毙。那些鲤鱼更是冻得打不起精神，懒洋洋地摊在冰面上没有蹦几下，就僵硬在雪地上不动了。

回到家，三叔的胃病又犯了，他在炕上滚了两天，他们的工作也就停了两天，第三天三叔从炕上爬起来，决定无论如何都要张罗捕鱼，如果再不捕鱼，这一冬就算白白地荒废了。招呼来二六子、大脑袋、二赖子，三叔还没忘了叫上天明，看来他已经接受了天明。临出门，天明看见妈妈的咳嗽更加严重，怕是过不了这个冬天，心就特别地难受，但天明还是咬着牙出来了，因为他已经成了他们这伙人中不可或缺的一员。套上马车，他们就去了河面，三叔指挥大伙重新开凿冰窟窿。这回，三叔没有给天明安排具体的活儿，也就是说，所有的活儿都有天明的份儿，大伙随时可以支使天明，这样一来，哪里少了天明，哪里的人就像缺了腿脚，少了帮手，无所适从。天明认同了自己的角色，活儿也就干得格外起劲儿，心里一点不好的想法都没有。冰窟窿凿成了，有无数的鱼奔跑过来，扑打着水花，呼吸冰层外面新鲜空气。不用说，这回三叔选准地方了，看样子，有几百斤的大鱼小鱼即将垂手而得。大伙的情绪一下子高涨了，那种高兴想不挂在脸上都不行。大伙争抢着从马车搬下渔网，哗啦啦顺到车辘轳大的冰窟窿里，生怕动作慢了，鱼就会溜掉。然而，工作的时间毕竟是漫长的，等渔网完好地布置在冰层下面，两三个小时已经过去。三叔说，捕鱼和做其他事情一样，不能太贪。他要赶在天黑前把网收回来，收拾利索。说着话，太阳已经偏西，太阳又忍不住从云缝中拉出数不清的长长的斜线，铺在冰面雪地上，雪地变成了橘黄色，像撒了金子，格外耀眼。二六子拉起网纲开始收渔网了，那网格外地重，又意外地沉，费了好大的劲儿也不动，大脑袋、二赖子赶紧奔过去跟二六子一起拉。网慢慢地启动了，网里肯定有上百斤的鱼，那些鱼肯定很不听话地冲撞渔网，拼命挣扎，甚至和冰层上面的人叫劲儿。已经收回三分之一了，网又定在水里不动，再使劲儿，还是不动，三叔上前抓了一把网纲说："别动。"三叔让大伙松开手，他一个人握着网纲将渔网顺回水中，隔了一会儿，叫大伙往回拉，拉着拉着，渔网又不动了，三叔的脸色一下子不好看了，三叔说："怎么办？"渔网挂在石头上了。大伙的脸色都凝固不动，难看起来，颓丧起来，难道老天爷故意在这时给他们设立一个坎儿，让即将到来的喜悦落空吗？三叔再次抓紧网纲握了握，就握出了河底石头的准确位置。放下网纲，迈开脚步向前丈量，丈量了五步，站下，三叔确定脚底的位置就是挂住渔网的地方。所有人的都冷峻起来，所有人都明白在这样的天气里渔网挂在河底预示着什么，将要发生着什么。现在，几百斤鱼在这样的事件面前已无足重轻，丢弃渔网却是捕鱼人的耻辱，燃眉之急就是怎样将渔网完好无损从冰河里拖出来。三叔移开脚步，让大伙在他的脚印上往下凿冰，凿成两个车辘轳大的窟窿，大伙的表情更加冷峻了，身子瑟瑟发抖。三叔从后腰摘出那只常备的酒壶问："谁下？"三叔的眼神咄咄逼人了，逼得二六子猛地打个激灵，赶快转过头去看大脑袋，大脑袋又迅速把目光推给了二赖子，二赖子早有心理准备，他停顿了一下，不紧不慢地说："大家都明白，在这节骨眼儿上，谁下去都不得好，不被冻死，也冻残废了，按规矩，天明是我们这几人中排在最后，这活儿就该他干。"

所有人的眼睛又都盯上了天明，天明是逃不过去，躲不过去了，只能有下水的份儿。天明突然寒噤得上下牙打架，嗒嗒嗒嗒嗒，想抑制都抑制不住。费了很长时间，天明说："我真的去死吗？我不想死，我要是死了，谁替我妈还债？"

这话，听着平平常常，可却像一根钢针将人刺疼了。所有的人都惊呆了，愣愣地看天明，看三叔。三叔宛如一根木桩立在那儿不动，任凭小风吹起的雪扑打着脸，那风，像要把脸皮从脸上撕下来。三叔第一次低下头看天明了，认认真真地看，又不自觉地拿自己跟这个孩子相比了，这一比，心里就翻江倒海般地难受。三叔默默拧开酒壶盖，仰脖把酒喝得壶底朝天，扔掉酒壶，再也抑制不住自己的情绪了，他对天明说："三叔咋能忍心叫你下水呢，你这小身子骨下到水里也是喂鱼，你有这份心思三叔还有什么话可说的，回去跟你妈说一声，就凭你这句话，三叔那钱没白借给你们家，你知道吗？三叔胃里得了癌，死是早晚的事，今天这事只有三叔最适合，等三叔死了，你给三叔大声哭喊两嗓子就行。"

三叔好像有点诀别的意思了，他又对二六子、大脑袋、二赖子交代说："感谢你们跟了我一回，不管我今天能不能活着上来，按规定，天黑时我们就算散伙了，以后大伙自己各奔前程吧。"

三叔脱掉厚重的棉衣，光了身子，黝黑的肤色在雪地上划出一道光亮，分外扎眼，还没等天明打量完他的身子，三叔一个跳跃扎入水中，水花溅出，落在雪地上，溶化了雪，又立刻生成一粒粒冰疙瘩。三叔慢慢潜入水中了，钻入水底，大伙眼睁睁看着寒冷的水花打着旋儿，盖住了三叔。二六子手里的网纲不停地抖动，是三叔顺着网纲摸石头呢。不一会儿网纲松动了，二六子高喊："摘下了，渔网从石头上摘下了！"嘴里呼出的雾气掩住了他整张脸。冰窟窿突然腾起一股水浪，三叔的头蹿出水面，二六子伸手去接三叔，可三叔好像没力气把手递过来，人却要沉入水中，二六子手疾眼快抓住了三叔的头发，三叔的头再次露出水面，所有的人都扑向冰窟窿，拼尽全力拖出三叔。三叔四肢已经不会动了，天明拿起一件大衣盖在三叔身上，又被二六子扯掉了，二六子高喊："快！用雪团搓身子。"大脑袋、二赖子抓起一把雪就往三叔手上脚上胳膊上腿上胸上背上头上搓，雪团搓得没有了，再去抓。手指冻得不听使唤，钻心地疼，可谁都顾不了这些，为了保住三叔的命，就是手指搓掉了也值得。天明忍不住哭了，被二六子强行制止。他说："你还有时间哭，快动手搓。"这时，好像有无数只手相互撞击、磕碰，无数只手搓遍了三叔四肢前胸后背，搓啊搓，不停地搓，三叔浑身皮肤开始通红一片，有了血色，血流动了，雪就变成了水，水又变成了气，缭绕在三叔身上，二六子叹了一口长气说："这回总算有救了！"

  过了很长很长时间，最后的霞光终于送走了雪野中这一行冬捕者。

敬老院的春天

冬天冷到极处的时候便进入了每年的一月份。明晃晃的太阳透彻地照在周围楼顶、墙壁、树干、杂物堆、雪地上，却让人丝毫感觉不到照耀的暖意。曹兴汉的手向衣袖里缩回半截，袖口垫在公交车扶手上，身子如一根没有知觉的木桩随车摇摆。车窗结着厚厚的霜，穿着笨重的乘客像站在摇摇晃晃密封的冰窖里，根本望不到窗外。因为冷，嘴里呼出的白色雾气，在面前袅袅飞扬，时断时续。不知什么时候，汽车猛地颠簸几下，旁边一股白色的雾气丝丝缕缕飘进曹兴汉的鼻孔，散发着很复杂的气味。曹兴汉不自觉地转回头，看了一眼喷他一脸雾气的人。这个人很像妹妹文婷，尽管她浑身上下捂得像一只北极熊，看不清面部，但曹兴汉断定这个人绝不是文婷。

前几天，曹兴汉给文婷打过电话，告诉她母亲去敬老院的事。那时文婷好像在南方什么地方开会，电话响动几声，不知是搞错了，还是故意所为，文婷便按了接通键，电话里传出她慷慨激昂的声音，好像告诉曹兴汉，她正忙，无暇跟他说话。

今天早晨，曹兴汉跟文婷通上了电话，文婷说话的声调叫他的思绪异常复杂起来。

曹兴汉说："妈去了敬老院。"

文婷压抑着愤怒说："你为什么不提前跟我商量？"

曹兴汉说："你工作太忙，根本无法跟你联系。"

文婷那边的电话武断地掐断了。

曹兴汉的心像高悬的木锤，敲打得胸腔嗵嗵闷响。他不打算再给文婷打电话，有些话文婷是听不进去的，话说得越多，越是撕扯起他与文婷之间的疼痛的裂痕。

公交车站离敬老院不到十分钟路程。路上的空气格外清新，阳光更是把这个清新的世界照得通体光亮。曹兴汉走进敬老院，看见闲散的老人无所事事待在大堂里晒着毫无温暖的太阳，有几个老人年龄和自己差不了几岁，也许还可能比自己还小。想一想自己已经到了进敬老院的年龄，还为母亲的事奔波，心里有一种说不出口的慨叹。

敬老院在经济开发区南端，是个三层小楼。上个星期天曹兴汉从报纸广告栏里发现这个地方，打去咨询电话，得知每个老人每月需要一千八百元生活费，住的是单间，很有些吸引力，就去了一趟。第一次见到这座敬老院小楼，曹兴汉还是从心里排斥了一下，楼顶上飞檐琉璃瓦和方方正正的红色墙体，不知怎么，总让他联想到偌大的棺材。带着这种不好的想法，他的脚步沉重地走进这座红色小楼。敬老院大堂宽敞，阳光充足，暖气热得让眼镜片立刻罩上一层白雾，他稍微低下头，眼睛从镜框上方打量晃动的人影，那种不好的想法忽然彻底地从脑子里剔除了。母亲住进了敬老院，曹兴汉规定自己每周日都来看望一次，雷打不动。自从退休，学校返聘他继续教物理，教完课每个星期六还收三个学生在家补课，挣的费用正好是母亲在敬老院每个月的支出。曹兴汉计算了一下，去敬老院最好是早晨七点钟准时从家里出发，先乘227路，行驶五站下车，再改乘587路，再换乘260路在南方市场下车，加上行走的十分钟，到敬老院大约一个小时零四十分，如果路上不堵车，还能提前十分二十分，赶上雪天路滑，也许要搭上一个上午才能到达目的地。

曹兴汉在大堂里，蹭了蹭脚底下泥冰水，跟一个干活的护理打了招呼，推开母亲房间的门，见母亲盘腿坐在床上，神气地和一个什么人聊天。那人见到曹兴汉，身子晃动了几下，从椅子上迟缓地站起，僵硬地不知下一个动作要干什么，明显一副大脑萎缩的症状。曹兴汉说："请坐请坐。"那人仍不知所措僵硬地立在那里。曹兴汉这时才看清楚了，这是个干瘦的老头儿，八十多岁的样子，像个风干已久的树干，将要无可挽回地走到岁月的尽头。曹兴汉再次说："请坐请坐。"那老头竟然笑了，又一副十足的傻态，待了一会儿，挪动起脚步准备离开房间。

母亲对老头说："他不是外人，是我儿子，在大学教书。"

曹兴汉奇怪地看着母亲，见母亲并没有糊涂征兆，纠正说："在中学教书……"

母亲脸上漾起异样的表情，很不好意思地打断曹兴汉的话，固执地说："以前教中学，现在教大学，我大孙子在美国，下个月还要去英国。"

那老头好像听见了，却不作回答，思维像飞到另一个世界似的慢吞吞地扶着门框走出房间。

母亲拉下脸来，不高兴地对曹兴汉说："我说你是教大学，你为什么偏说是中学？"

曹兴汉好像忽然明白了母亲的那点儿心思，笑笑说："教中学，除了忙，没什么不好。"

母亲嘴一歪说："这是在外面，不是在家里，他们看我肯定不一样。"

曹兴汉打开床头柜门，拿出水果盘和刀子，又从床底一只塑料袋里取出苹果，拉过来刚才那老头用过的椅子，坐下来慢慢削苹果。这是通常他与母亲说话无法进行时的习惯动作，当然有时候他会给母亲剥一个香蕉，香蕉能很好调解人的情绪。自从母亲得了一次轻微脑梗，性格也随之古怪，情绪不好时会歇斯底里，无道理可讲。以前母亲凡事都非常通情达理，在父亲没去世之前，母亲性格一直比父亲好，家里有什么事都是母亲拿主意，往往母亲的主意很容易让人接受。父亲去世后的几年里，母亲所处理的问题也一向周全妥当。现在母亲忽然老了，老得已不是先前的母亲，这让他黯然神伤。很久以前曹兴汉听人说，有许多老人临近离开这个世界时，都糊里糊涂、颠三倒四、脾气暴躁，把儿女折腾得放弃所有的耐心，身心疲惫地听任自然的安排。母亲去年年底显示了反常症状，但又不是十分明显，主要是看不惯妻子桂凤，又不直接说，总是拐弯抹角地折腾一些事情。比方那一阵儿母亲便秘，在吃麻仁润肠丸，有一天吃了麻仁润肠丸对桂凤说："我想上厕所。"桂凤说："那你就去吧。"那天曹兴汉有晚课，八点三十分才能回家，母亲跟桂凤说："我又不想去了。"桂凤说："不去就不去吧，啥时想去，再去。"当时桂凤并没有把母亲的话放在心里，等曹兴汉回家，母亲发起脾气，母亲说："桂凤你说我到底去不去厕所，你让我去我就去，你不让我去，我今天拉到裤子里给你看。"桂凤瞠目结舌了，她看着曹兴汉，心里委屈得要命，却一句道理也讲不出来。其实老人到了这种岁数是没道理可讲的，当晚辈的只能把所有的话都烂在肚子里。那一阵文婷来过几次电话，说请母亲到她家住一阶段，换换环境也许会好一些。母亲说人老了，就靠儿子养活，到闺女家算怎么回事？说出去怕是让人笑掉大牙。文婷平时上班，家里没人照管，曹兴汉也不放心，这事就这么没头没尾地折腾了半年。上个星期天曹兴汉送母亲到敬老院，母亲又变得通情达理，来到这陌生的住处，还长了不少心眼，有了不少虚荣心，好像孩子上了幼儿园增长了智力一样。

才短短几天时间，母亲眼神摄入了很多内容，她压低嗓音，很神秘地冲着曹兴汉耳根子说："你知道刚才离开这个屋的人是谁吗？是我以前的老熟人。"

曹兴汉点点头，表示出善解人意的笑。

母亲又朝屋门看了一眼，说："你知道这个老熟人是谁吗？是冰棍厂的肖科长，过去专门管批发冰棍的，我卖冰棍的时候，经常跟他打交道，别看他现在傻乎乎的，年轻时可是个精明人，见啥人使啥眼色。"

曹兴汉知道母亲卖了一辈子冰棍，卖出的冰棍能装满几卡车。那时父亲在工厂里上班每个月工资三十几块，家里一半花销靠母亲卖冰棍挣钱。曹兴汉读小学时，有几次跟母亲去冰棍厂领取冰棍，一大早排了很长的队，取来的冰棍装进蓝箱子里，蓝箱子是这个城市街头巷尾最显著的标志。那时，哪个路口可以摆放这样的箱子，都有固定的位置，决不可推着蓝箱子随便到别人的地盘卖冰棍，卖了，被人家看见，就会吵架，母亲从来不到别人的地盘卖冰棍，即便自己的摊位不好，一天冰棍卖不了，化了，推回家给孩子吃，也不抢占别人的地盘。每次母亲要从冰棍厂领取二百只冰棍，卖三分钱的取一百只，卖五分钱的取一百只，一只冰棍挣二厘钱。有时也会三分钱的取五十只，一角钱的取五十只，但都没有五分钱的好卖。主要是三分钱的冰棍都是冰块加糖精，不是穷得不行没人愿意买，一角钱的奶油多，价钱还是贵了，也很少有人狠心花钱奢侈一回。

母亲说："毛主席逝世那年，全市有四十万人在地质广场开追悼会，天热，哭的人多，有不少人晕倒在广场上，那天卖冰棍的也不分摊点，都向地质广场赶去，我推的一箱冰棍，不一会就被一群戴黑胳膊箍的孩子抢光，我黑胳膊箍不知啥时挤掉了，我推着空冰棍箱子回到冰棍厂，想再批发一些冰棍赶过去卖，哪曾想，肖科长看我没戴黑胳膊箍，当场把我批评一顿。我想这下肖科长无论如何不能批发给我冰棍了，心难受，眼泪就出来了，肖科长问我哭啥？我说我想毛主席。这么一说我的眼泪珠子止不住往下掉，我真的是为毛主席掉泪了，接着，肖科长也掉泪了，特批给我二百支冰棍，还安慰我化悲痛为力量。"

曹兴汉惊奇地发现，母亲讲起过去的事情条理格外清晰，像刚刚发生过的事情，可她怎么总对眼前的事情颠三倒四。

母亲忽然诡异地说："你千万别跟这儿的人说我是卖冰棍的，不然就把肖科长卖出去了，肖科长说自己以前在省委大院工作，我们跟别人都说我们是在省委大院认识的，这么说，人家看我们的眼神总是跟看别人不一样。"

曹兴汉想笑，心里诸多无奈又使他笑不出来。母亲生出这种想法，就让她想去吧！

这时屋门被神秘地推开，曹兴汉和母亲愣怔地看去，见肖科长哆哆嗦嗦拎着两瓶水果罐头进来，听母亲正兴致勃勃讲着什么，将罐头放在床头，很不好意思地转身就走。

母亲说："你这是干啥呢，真是客气了！"

肖科长说："孩子送来的，是这点心意。"

还没等曹兴汉搞明白是怎么回事，肖科长已经走出屋门。

母亲说:"你看这个人,就是热心肠,有什么好东西都往我这送。"

猛然,门外有人"叭"的一声摔倒,曹兴汉赶紧出门,见肖科长趴在地上,四肢不停地抖动。

肖科长躺在担架上,被人从120救护车抬下来,回到了敬老院。他身上盖着厚厚的棉被,像死人一样。紧跟着,他的女儿也从救护车下来,一只胳膊挎着包,另一手还给肖科长掖了掖被角。可以看出她的情绪很不好,一双桃花眼四处寻找敬老院的领导,想义愤填膺地理论一番。不一会儿,一名护理员成了她发泄的对象,那位护理员说,肖科长这几天总往103室那里跑,管也管不住。103室是曹兴汉母亲的寝室,出了这种事,曹兴汉心里很内疚,还没来得及向肖科长女儿道歉。

肖科长刚刚在医院做了CT,身上筋骨无大碍,只是受了惊吓,是不幸中的万幸。在医院观察了三个小时,见没有继续住院观察的必要,肖科长女儿决定把他送回敬老院。在敬老院走廊里,那一双桃花眼显得格外引人注目。她说她工作很忙,根本没时间守候父亲,雇人看护也很麻烦的,出这种事,你们说我该怎么办?曹兴汉走上前去,想跟肖科长女儿搭话,问问肖科长的情况,这时,他看见敬老院的门突然开了,一股白花花的冷气汹涌地钻进大堂,令大堂里所有的人禁不住缩紧脖子。冷气散去,包裹在冷气的人竟是妹妹文婷。

曹兴汉转身迎向突如其来的文婷。文婷这时肯定也看见了曹兴汉,但她又不想主动说话,神情哀怨地四下张望。曹兴汉问:"你怎么来了?"

文婷一张嘴,从情绪中挤出的酸味就溜到嘴边儿了,她说:"我怎么不能来?"

曹兴汉没有在乎文婷的情绪,说:"今天敬老院出了点事故。"

文婷显然不愿听曹兴汉说什么事故,一直向母亲屋子那边走去,嘴里还问:"妈在哪儿?"

曹兴汉的脚步有点跟不上文婷,他说:"妈在屋里,在屋里。"

文婷说:"送妈妈到这鬼地方,你为什么不跟我商量再做决定,你太不把我放在眼里,你太独断专横,是不是嫂子出的歪主意?万一出现什么问题,你能负了责任吗?"

曹兴汉说:"你说什么呐,别把不往好想的事,都推到你嫂子身上。"

文婷这种态度让曹兴汉很气愤,他又不想跟她一般见识,这几天心里本来就上火,一憋闷,牙就不好受,发酸、发胀、发痒,隐隐约约的,又说不清道不明。其实文婷心里的怨气半年来就积蓄已久,只是一直藏在心里。半年来,母亲的病情似乎有所加重,情绪也总是喜怒无常,曹兴汉只好给文婷打电话,文婷来了,母亲立刻情绪就好,好像曹兴汉在家亏待了母亲。母亲好了几天,不知道什么事又让她不顺心,老毛病又犯了,折腾了半天还是劝不好,曹兴汉还得求助文婷,文婷虽说再次来了,心里却有了许多不痛快,抱怨家里兄弟姊妹太少。曹兴汉在家排行老三,大哥去世得早,二哥在建筑公司工作,十年前随着单位把家搬到了北京郊区。在这个城市里,只有他和文婷,妹夫是个没啥说道的人,两家一直关系很好,过年过节,曹兴汉还要把文婷一家叫来,在一起吃顿饭,当然也有文婷请他们一家人的时候。每次聚会,都把母亲捧得心里乐开了花,其乐融融的,曹兴汉也摆出哥哥的样子,任文婷耍个小脾气什么的。小时候,曹兴汉就有袒护文婷的习惯,总是怕有人欺负文婷,上学放学保护文婷成了他每天必须完成的事情。文婷对这个哥哥无形中存在依赖心理,手里缺什么东西不向父母张嘴,而是向他要。曹兴汉刚参加工作时,从每月工资拿出一部分钱交给母亲存进银行,还有一部分零花钱攥在手里,这部分零花钱多半让文婷花掉了,花得他心里无怨无悔。有时想想,是老天把他和妹妹纠结在一起的,当年妹妹读完夜大在家没工作,他硬着头皮找校长帮忙,送礼的钱他没少花,校长终于帮妹妹找了一所中学当英语老师,文婷在工作中明显比他灵活儿,也会处关系,没几年成了市里优秀教师,又没几年提拔到学校中层领导,就这样一步步走上了副校长岗位,从副校长调到了区教育局,当上了副科长、科长,现在又成了副局长后备人选,竟然没一点流言蜚语,不能不说明文婷在这方面有着过人之处。文婷平步青云反衬了曹兴汉迂腐木讷,他当了三十多年物理老师，头发都熬白了，还干得乐此不疲，要是听到领导几句好话，狠不能把命搭进去。现在的文婷不再是小时候需要他呵护的妹妹，相反，随着职务的不断的变化，文婷的眼界也不断改变，看问题也高瞻远瞩入木三分，无形中会把趾高气扬的气势带到家里，有点里外不分，让曹兴汉很不舒服。

文婷带着满眼挑剔走进母亲的屋子。文婷说："妈，你如果在我哥家待得不舒服，你可以去我们家。"

母亲说："我哪也不去，我就喜欢这里。"

曹兴汉说："妈真的喜欢这里，妈来到这里情绪跟以前大不一样，和很多老年人交流，她不觉得憋闷。"

文婷忽然捂住脸哭了，哭得莫名其妙。文婷说："我知道妈想什么，妈是怕给我添麻烦才安心在这鬼地方，妈是最心疼我了，不想让我遭罪，其实你这样让我心里很不安，我不想让人家说我是不孝顺的女儿，妈我知道你现在是一阵糊涂一阵明白你现在比什么人都明白，我说你什么好呢！"

曹兴汉心里酸酸的，此时他好像分辨不出送母亲来进敬老院是对还是错。他心如乱麻焦头烂额无所适从了，他说："文婷，我最初并没想送妈妈来这个地方。我记得你说过，你和你们同志聊天的时候你说，一个人老了时候，敬老院是最好的去处，我们现在每家一个孩子，等孩子成家立业再照顾两家四个老人，那是多大的拖累。那时我觉得你是开明的人，把事情想明白的人，可实际做起来，为什么会障碍重重。"

文婷说："可妈妈和我们不一样。"

曹兴汉问："怎么不一样？"

文婷说："就是不一样。"

走廊里忽然生起了嘈杂，一个女人叫喊声又压过了那片嘈杂，声音很大，好像再增加一分贝就会撕裂人的耳膜。很多人跑出去观看，走廊里挤满了人，都莫明其妙地瞪着眼睛想看个究竟。曹兴汉将脑袋探出门外，转了两圈，才看明白听明白是怎么回事。原来肖科长的女儿终于找到了敬老院里管事的，她要让敬老院赔偿因对肖科长看护不利而给她带来的损失。

文婷站在走廊中，对曹兴汉说："我现在有事，等我有时间找你好好谈谈，这件事不能这么简单过去。"

曹兴汉推开母亲的房门，不见母亲的身影。剧烈上升的血压拱得后脑勺疼痛难忍，脚跟像踩在云朵之上，身子飘飘忽忽地直打晃儿，他小心翼翼抓住门框，保持身体平衡。又是一个周日的中午，曹兴汉腮帮子鼓起了一个大包，牙床化脓了，吃饭都费劲儿，他忍着牙痛折磨走出家门，乘车赶往敬老院。天空稀稀零零刮起清雪，清雪飘浮在地面，形影不定，跟着风打起一个又一个旋涡儿，如鬼神的驱赶，横扫在人身上，格外地有力，恨不得把人们厚重的棉衣掀开。路上行走的艰难，至少耽误了曹兴汉一个小时。曹兴汉站在母亲的屋门前，大脑一片空白，他不知道是否因为耽误了时间，让他犯下了天大的错误。

母亲安然无恙。护工告诉曹兴汉，母亲去了肖科长的房间。

曹兴汉不停地拍打后脑勺，他很生气，又不知生谁的气，平和了一下情绪，手捂着腮帮子无奈地唉声叹气，走出房门。

肖科长比以前懒了，喜欢躺在床上，本来有时间可以下床走一走，可他总说累，护工也不愿意肖科长随便走动。还是母亲耐不住自己性子，主动跑到肖科长这边屋子。

母亲见到曹兴汉，脸上现了一丝不好意思，见曹兴汉脸上没什么反应，马上泰然自若了。

母亲好像有意跟曹兴汉掩盖着什么说，肖科长因为咱们出了这事，我总感觉过意不去。

肖科长冲曹兴汉笑着，因为傻，就满脸特别幸福。

曹兴汉问："文婷来过没有？"

母亲说："她来过是来过了，可什么都没说，走了。"

曹兴汉说："我应该跟文婷商量商量，她如果实在不同意你来这里，我们另想办法。"

母亲说："你别折腾了，我哪儿也不去，我就喜欢在这里。"

曹兴汉带母亲回到她自己的房间。

母亲说:"这几天便秘问题好像比以前减轻了不少。"

曹兴汉问:"麻仁润肠丸还坚持吃吗?"

母亲说:"吃和不吃都比以前减轻了不少。"

母亲肯定习惯了这里,喜欢了这里,如果在这个时候再给母亲调换个住处,说不定又会搞得母亲心情不顺,生出什么是非。母亲不需要折腾,所有的人都无力折腾了,曹兴汉真想见文婷一面,跟她好好谈谈,说服她,让她站在母亲角度看待这件事。

把母亲领回屋里不长时间,肖科长女儿跑过来,慌慌张张的样子。这个女人不但长了一双桃花眼,还多少有些神经质,她说她去了那么一会厕所的工夫,肖科长自己在屋里痛哭流涕,让她一定要找回曹兴汉的母亲。

曹兴汉忽然觉得不是滋味,心里堵,牙痛更加地重,钻心一般,有点儿忍无可忍了。他发现这里的人怎么一个比一个不正常!

母亲没有在乎曹兴汉的感受,拨开他不由分说往外走,脑袋像变成了一根筋。

曹兴汉喊道:"慢点,别摔着!"

母亲的手抓向肖科长,肖科长反手把母亲的手紧紧抓住,或者说母亲在奔向肖科长床前瞬间,并没做出与肖科长抓手的动作,她的手只是向前伸了一下,就被肖科长抓住了。肖科长情绪过于激动,此时,因为母亲的到来,他更加老泪纵横。

母亲说:"我怎么能不理你呢?"

肖科长说:"我就知道你不能不理我。"

曹兴汉浑身上下全是不自在,好像有一条毛毛虫在脊背处上下爬行。肖科长女儿似乎也有同感,她扭动着几下身子,生硬地对曹兴汉说:"我爸在单位相当于高干待遇,退休金是单位里最高的,一个月拿四五千块,吃不了用不了的,平时还能给我补贴一大半生活费。"随后,那一双桃花眼笑了笑说:"谁家有这样一个老人都是个宝儿,就凭这个,我也让我老爸活着,只要他喘一口气儿,单位就不能不给他开退休金,你说是不?"曹兴汉无话可说,他眼睛直直地看着那双桃花眼,心里蓦地生出一句成语——厚颜无耻。

母亲并没过多地想着自己事,她的注意力完全集中在肖科长身上。曹兴汉觉得自己陷在两位老人毫无意义的纠结上,简直会把人气疯。这样一想,牙就疼得更加要命,他双手捂着腮帮子在原地不停地走动,最后决定去一趟医院,把牙床脓包挑开,或者拔掉那颗坏牙。

曹兴汉原有的想法动摇了,早晨刚起床,他忍不住给文婷打电话,商量着怎样从敬老院接回母亲。几天来,母亲和肖科长毫无意义的纠缠,平添他许多烦恼,如果再不像他拔掉那颗坏牙似的采取点措施,任由事态继续发展,说不定会闹出什么样啼笑皆非的事情。

文婷说:"我已经想好了,母亲的事我不插手,你怎么处理我都同意。"

曹兴汉说:"那里不是母亲待的地方。"

文婷说:"你后悔了,你想改变主意是不是?"

曹兴汉说:"是的是的,所以我要找你商量。"

文婷说:"可我又有什么办法?"

曹兴汉说:"我们现在见面好不好,见面商量商量,总比电话能说清楚。"

文婷说:"我在朝阳公园,一会要上班,没时间,今天我还有个会议。"

曹兴汉的心从头凉到脚,他为母亲操了这么多心,到头来没人会理解,好像他的所作所为有点两面不是人了。

他决定去朝阳公园。朝阳公园在文婷单位西侧,离单位两三公里。文婷每天早晨起床收拾完毕,穿上太极服到公园玩起了太极拳,什么陈式杨式吴式武式孙式太极剑太极刀太极扇,换着样地打,然后脱掉太极服穿上正装徒步上班,在单位吃早餐,每天如此,即使是冰天雪地,也从不耽搁。母亲的病情改变了文婷不少生活习惯和方式,这段时间她对自己的身体格外上心,关注各种保健食品,看上去,活得潇洒明白又时尚。尽管如此,文婷已不像头几年的文婷,她的身上明显现出苍老的迹象,真是岁月催人老,年龄不饶人啊。

曹兴汉在朝阳公园转了一大圈也没见到文婷,他决定去她单位。

曹兴汉去文婷单位的路上绕了一个不该绕的小弯儿,有点像没睡醒似的神情恍惚。几天来，母亲的事在他的脑中理不出头绪，精力就不够用，给学生上课总是出错，他恨不能辞去学校的返聘。其实，人到了退休年龄，就应该心安理得回家颐养天年，没必要再苦命地挣扎。但曹兴汉又好像不是在挣扎，有母亲健在，他就不觉得自己老，他要找点事干干，填补富余的时光。每当他上课出错被认真听课的学生指出来的时候，他总是豁达地当场表扬纠错的学生。还要带点幽默和诙谐，几十年的教学经验告诉他，这是与学生融洽相处必不可少的手段。今天早晨教室窗玻璃上的冰凌花格外耀眼，奇特的花纹如梦如幻，完全超出人的想象思维，让曹兴汉的眼神不断地飞离教室，使他的幽默和诙谐少得可怜。太阳出来的时候，玻璃上方的冰凌花开始融化，融化处慢慢扩散放大，曹兴汉从恍惚的情绪中挣脱出来，又重新想起母亲。母亲以前太寂寞了，需要与人交流，需要碰撞，需要属于自己的生活。曹兴汉不是没想过单独为母亲找个保姆，可依仗母亲的性格，她不会接受任何陌生人闯进她细微琐碎的生活。

　　曹兴汉在文婷的单位也没有见到文婷。

　　此时，文婷正从市教育局会场出来，她把电话拿出来又装进包里，心里也同样不好受，她从心里跟哥哥赌气，跟嫂子赌气，单位的各种事情她处理起来有条不紊，游刃有余，为什么家里的事情却偏偏成了一团乱麻？思来想去她不得不将问题归结在嫂子桂凤身上，如果嫂子对母亲有足够的耐心，母亲还会毫无缘由地闹？如今事情走到这种地步，哥哥无法收拾了，又求救于她，她又有什么办法？有一段时间，她问过自己，对待母亲的事她是否插手过多？母亲去敬老院之前，只要她有时间，每周都会买些水果去看母亲，还给嫂子带点药品和食物，每当母亲闹人的时候，她都会马上赶过去，把鼻涕一把泪一把的母亲搂在怀里，像搂抱着一个没长大的孩子。她还会找来木梳给母亲梳头，哄得母亲竟不知刚才因为什么事哭闹。

　　回到单位，处理完手头急等着处理的工作，文婷给哥哥打去电话，她决定跟他商量一下母亲的事，不管这种商量有没有意义，她有必要打去这个电话。

　　寒冷好像就这么几天的事，在人们感觉冷得受不了的时候，天气忽地一下转变了。敬老院屋顶积雪开始融化，雪水顺着房檐往下流淌。毕竟是冬天，寒冷依然主宰这世界，房檐结满了晶莹剔透长短大小不一的冰溜子，预示着这一年的一月份马上过去。文婷做出一个重大决定，毅然把母亲接到她的家里，态度坚定而决绝，没有任何商量的余地。

母亲在文婷家居住的日子，也是曹兴汉最为轻松的时候，他不用每个星期天往敬老院跑，也见不到那些烦心事，可他总觉得生活缺少了什么，原来母亲已经占据了他一大半生活，没有母亲在身边，他的生活是不完整的，是形销骨立的。他每天按部就班给学生上早晚课，没有晚课的时候，他也能去公园走两圈，呼吸一下新鲜空气，却又觉得嘴里干涩，没有滋味，生活的改变总会带来种种不适应。

都是因为长时间绷紧的神经放松了，病才找上门来。上火、紧张、忙碌，心情不顺而潜伏下来的病毒，悄无声息地在曹兴汉身上蠢蠢欲动，又以排山倒海般的势头找到了突破口，向曹兴汉身体发起了总攻。曹兴汉先是感觉嗓门干燥奇痒，不到半天工夫，眼皮发沉，浑身酸软，他真的病了，重感冒。桂凤赶紧跑出家门买回一瓶醋精，倒在铁盆里，打开煤气，把铁盆放在点燃的煤气灶上。醋精慢慢升起热气，达到沸点时，全屋子已是呛鼻子的酸味。桂凤不住打起喷嚏，眼泪都呛出来了，还舍不得打开窗户。这一忙，她脑门子开始出汗了。桂凤的身体明显比以前虚弱，身体整整瘦了一圈，脸上的皮肤没有了以前的光泽，肉也松懈下来，她还在不停地干着家务。生活的惯性让她像一台磨损过度的发动机，又无法停下来。接下来的几天里，曹兴汉躺在床上不停地昏睡、吃药，还是抵挡不住浑身酸疼寒冷发烧。病倒在床上，免不了胡思乱想，有时曹兴汉感觉自己挺不住了，要死过去，可他又告诫自己不能死，母亲还算活得好好的，他怎能死呢！最近半年来，曹兴汉心里总有一种恐惧，生怕母亲某一天离开这个世界。母亲兄弟姊妹堂兄弟十几人都已故去，她那一代人只有母亲顽强地活到今天，不能不说是他的幸事。母亲活着，他才感觉不老，还能张罗各种事情，母亲一旦离去，他会责无旁贷地被人推到老人的行列，唠唠叨叨，无所事事，这是一件难以承认但又不可回避的现实。

文婷来过几次电话,都是桂凤接的,她说母亲头几天在她家还算好,这几天开始闹了,张罗回敬老院,还问肖科长这几天是不是出了什么事?文婷告诉母亲:"你别总想人家,你把自己管好就行了。"母亲开始在文婷家砸东西,说文婷骗她,说全世界的人都在骗她,她要跟肖科长通个电话。文婷往敬老院里打了好几次电话,希望母亲跟那个肖科长说上几句,也许母亲只有跟肖科说上几句话,就可以安稳下来。这时的文婷对母亲心里有无数个猜测,但作为女儿的,什么事都会想得开,为了母亲,她就不停地往敬老院打电话,后来终于有人接通了电话,说肖科长不在了。

曹兴汉从床上爬起来后第一件事,便去照镜子,他脸上的肌肉难看地下坠,身上轻飘飘的,好像一不小心就会被大风刮倒。他给母亲打去电话,尽量以缓和亲切的口气对母亲说:"你要是待不惯,我接你回咱家,反正敬老院不能去了。"

母亲那边"啪"地摔掉电话。这一摔,曹兴汉心里不停地翻腾,听筒贴在耳朵上无休止地嗡嗡响着他也不知放下,他似乎听见母亲在那边哭闹声。也许是母子连心啊,母亲哭声异常清晰地响在耳边,搞得他坐也不是,站也不是,他在屋中烦躁地不停地走动,走得桂凤跟着心烦起来。曹兴汉重新拿起电话,刚给文婷家里拨了两个数字,手指停下来,把电话放下了。他这样打去电话,根本解决不了任何问题,也许还会加重那边不好的心情。曹兴汉决定去一趟文婷家,他要当面说些劝解的话,给母亲点安慰。

曹兴汉从柜里取出鸭绒棉袄,穿上外裤,就出门了。他在门口等了十多分钟,叫了一辆出租车。夜晚的风,寒冷刺骨,吹得脸颊有些麻木。到了文婷家楼下,曹兴汉不自觉地停下来,向文婷家窗口望了望,窗口漆黑,屋里没有一点亮灯的意思。曹兴汉很奇怪,掏出包里的手机,看了一下时间,还不到十点,这时他反倒不急于按门铃了,而是绕到楼的前面,再次向上望去,文婷家窗口依然没有亮灯,阒寂无声的样子。也许母亲没发生什么事,他过于担心了,文婷他们早早地睡了,不便打搅。曹兴汉就这么在文婷家楼下绕了一圈,走到附近一个十字路口,重新叫了一辆出租车回家。

第二天早上，曹兴汉还是放心不下，给文婷打去电话，他问母亲昨晚还好吧？

文婷说："好什么好，你打过电话后，她就一直哭闹。"

曹兴汉说："我昨晚去了你家，我看你家几个窗口都没亮灯。"

文婷说："昨晚我们去了医院。"

曹兴汉急忙问："去医院干什么？"

文婷说："我领妈妈打了一针镇静药，我担心她一晚都不会睡的。"

曹兴汉忽然气急败坏地大喊："你真能胡扯！你决不能再做这种蠢事！"

曹兴汉和文婷再次僵住了，几天来他一直生文婷的气，坚持不给文婷打电话。文婷也犟劲儿十足，不来电话。日子绕了一圈回到原处，他跟文婷稍有缓和的关系又降入冰点。

曹兴汉打开电视，电视里正播放新闻故事，一家哥仨因为老人赡养问题闹起矛盾，老人奄奄一息倒在炕上，三个儿媳妇唇枪舌剑，互不相让。矛盾的焦点是老人的房产归属问题，事情并不复杂，可记者却像个长舌妇一样在三个兄弟间游走传话，激起兄弟间火气，矛盾一下子升级，三个兄弟大打出手，记者期待的看点出来了。曹兴汉愤然关掉电视，连看其他频道的心情都没有了。他知道他跟文婷的矛盾远没有电视的那么低俗，他们的出发点都是为母亲好，他不想把事情激化到那种程度。

转眼间，早春来了，远远望去，地上的枯草呈现出不易发现的嫩绿，一场暖风过后，树枝冒出了绿芽，伸出了绿叶，这个城市的气候像刀切的一样四季分明，没有一点含糊。曹兴汉去了几趟敬老院，院门前摆了几盆鲜花，盆花也赶在春天里提前伸展开了腰肢。曹兴汉打听敬老院的情况，除了护理费用上涨了一些，其他条件还是很不错。从敬老院出来，他又赶往文婷的单位，他要当着文婷的面，把话说在明处，多些彼此的理解和沟通。

他敲开文婷办公室的门，两位下属向正襟危坐的文婷汇报工作，文婷看见曹兴汉，先是吃惊，接着很快三两句打发走下属。文婷明显瘦了，老了，鬓角出现了一抹白发，仪态更像五六十岁时的母亲。曹兴汉心里有一种说不出来的悲凉，人老了怎么是眨眼之间的事？文婷见到曹兴汉，一句话也不肯说，可她的脸上已经写着很多话。虽然是在办公室，文婷很快从工作状态中摆脱出来，变成一个妹妹样子的文婷。

曹兴汉说："我去了几趟敬老院，那里的情况比过去好得多。"

文婷就那么看着曹兴汉，还是没说话。

曹兴汉说："你的脸色很不好，要多注意身体。"

文婷眼圈忽地有些发红，她对自己好像支撑不住了，赶紧起身拿起脸盆去水房打了一盆水，哗哗啦啦大把大把地洗脸。曹兴汉所有的话又都吞咽回去了，文婷没有给他说话的机会，他只好默默地离开。

晚上，曹兴汉回到家，晚饭吃得也不多，他一直在想文婷，文婷不肯跟他说话，说明内心积怨一时半会也无法化解，天长日久也许还会成为仇恨，疼痛在骨子里面。门铃意外地响了，他打开门，以为眼前出现了幻影，文婷居然站在了面前。曹兴汉愣怔了片刻，好半天才缓过劲来，不知所措地说："进！进！请进！"曹兴汉给文婷倒了一杯水，冲文婷尴尬地笑笑，很感激文婷的到来。文婷伸手拢了拢自己的头发说："还有饭吗？我想吃一口。"曹兴汉赶紧说："有，有。"文婷不再客气，大大方方去了餐厅。文婷走路的姿势也酷似母亲，难道做女儿的，年龄越大越会将母亲已有的形象还原？看来，他们兄妹真的老了，眨眼工夫就会走向母亲今天这一步。吃过饭，文婷说："我知道你今天要跟我谈妈妈的事。"话一出口，文婷的眼圈又红了，她好像无法控制住自己，泪水噼里叭啦的往下掉，几次迫使自己憋回去，都无法完成。

母亲返回了敬老院。敬老院搞了一场小型欢迎仪式，很多老人站在大厅里为母亲到来鼓起了掌。母亲又住进了原来的房间，东摸摸西瞧瞧，好像这里才是她真正熟悉的地方。春天总是给人不一样的感受，脱掉厚重的棉衣，心情释然，在盎然的春光里，曹兴汉感觉自己也比平日年轻了许多。正当人们准备舒张一下筋骨，尽情享受这个季节别样气息的时候，一场大规模的流感风暴袭击了这个城市。曹兴汉在给学生上课的时候，心里一直惦记着母亲，母亲在敬老院染上了流感，几天来一直高烧不退，曹兴汉心急如焚上着课，打算下了课就去敬老院帮母亲采取措施，忽然就看到文婷打来的电话，曹兴汉冲着喂喂喂了好几声，也听不见文婷说话，曹兴汉的心猛地提到了嗓子眼，就听见文婷喊了一句："妈！"

"妈怎么了？你快说！"

"妈，妈，妈她……"文婷已泣不成声了！

恐　慌

　　SARS 横行的月份，常琳本不该出门，不出门又觉得没事可做。她便在家包起了饺子，又把饺子装进饭盒，然后拎着饭盒出了家门。五月的街头到处飘浮着白花花的口罩，口罩扣住行色匆匆的脸。玉彬说过，这没什么可怕的，谁要想染上非典比中大彩还难。常琳出门还是没忘戴口罩，捂着口罩的鼻子和嘴巴浸出潮乎乎的汗水，丝丝痒痒的，很不好受。她想把口罩摘下来，这时 62 路车来了，她知道上了车更要把口罩捂严，因为车里人的密度太大，不安全。那口罩就一直扣在常琳的脸上。车刚停稳，车门便像一张大嘴，把各种人毫无选择地吸了过去。常琳没急于上车，她不想跟那群人挤成一团，于是她漫不经心地看着拥挤的人流，把希望放在了下一辆车上。

　　冥冥之中注定要有什么事情发生。常琳完全可以乘上一辆公共汽车去父母家的，可她执意要等下一辆车，事情果然发生了。下一辆车来了。常琳从前门踏上了车，眼睛在车厢里寻找适合自己站立的位置。她的身子不住地向里移动，也就在这时她看见了父亲，父亲戴着口罩很难让人认出来。可她熟悉父亲身影，那身影即使身穿防毒服，她也会认出来。父亲没有看见她，或者说父亲故意装作没看她，把脸极力扭向另一侧。父亲的背影多么与众不同——微驼，坚挺。父亲的右手紧紧攥着一个布兜子扶着横在头顶的栏杆上，那是父亲出远门常常拎着的兜子，在常琳记忆中，那兜子伴随父亲十几年了。此时，车厢很不稳，人们时常前后撞击，父亲的左手不得不死死抠住身边的座背，整个身体变得特别的坚固，所以就有另一只手死死攥住父亲的胳膊。那手是旁边一位老妇人伸过来的，那老妇人也戴着一个厚厚口罩，几乎把整张脸都扣住。常琳不认识。常琳很想认真地看看那老妇人，但那老妇人被父亲整个身子挡住了。这个季节戴口罩肯定不会让人好受，父亲的手时常在脸上整理一下口罩，大概想透入一点空气。常琳也不自觉地把口罩向上提了提，她好像害怕父亲忽然转过头来。还好，父亲始终扭着身子，脸冲着另一侧，无论车厢怎么晃动，也不肯调整姿势。父亲早就应该看见她的，也许她在站台上，父亲就看见了她，只是无处躲闪，才这么僵硬地站立，假使身下有个空座，父亲也不肯坐下的，那样，脸就会转过来的，就会看见常琳。

常琳不希望眼前发生的一切能证明什么，或许那妇人是父亲晨练时的功友，或许在车上偶然相遇的多年不见老邻居。然而让常琳无法理解的是，那紧紧挽住父亲胳膊的为什么不是自己的母亲？母亲多年患有肺心病。每年都要住上一个多月的院，好几次眼看不行了，奇迹又会出现，母亲不知不觉又活了过来。活过来的母亲叫常琳产生无数次欣喜，在她整个心思里，就是想让母亲多活几年，母亲一生坎坷，现在日子好了，没有理由不多活几年。多少年来，常琳每个星期天都来陪陪母亲，风雨无阻。今天不是常琳回家的日子，可单位防非典，常琳提前离开单位，决定回家看看母亲，为此她特意包了饺子，乘62路车去看母亲。她提前离开单位的另一个原因，是玉彬不在单位，她在单位里不能不见玉彬，玉彬坐在她对面，工作时间他故意不多言多语，当办公室只剩下他俩，玉彬的话匣子就会打开了，常琳不明白玉彬为什么总是在不同人面前扮演着不同角色，她常常讨厌他这种架式，又不能不接受这种架式，记得她来这个单位没几天，玉彬给她下个结论：单纯、热情、不伤人，而且还有一点点小脾气。那时她看着对面坐着的玉彬，觉得这个比她大不了几岁的家伙，却比她油滑了许多，那时她跟玉彬说话很有节制，再加上那阵子她正忙着人生中最重大的事件，找对象、恋爱、结婚、生孩子，无暇注意观察周围的人。玉彬说："那时我每天都在观察你，我跟你说什么，不把话说白了，你是听不懂的。"常琳那时还不会听话外音儿，更不懂一个办公室里的人要经过几个回合摩擦、较量，才以相互妥协的方式固定成一种局面，大家都按着这种局面或勾心斗角或友好相处。让常琳真正注意玉彬的时候，是她28岁那年，儿子小强9个月，放在母亲那里，她轻手轻脚的，完成了人生一个段落。在不算紧张的工作中，常琳开始在意每个人对她的态度了，这就免不了与人磕磕碰碰，在磕磕碰碰中，玉彬无形中成了她的同谋她在内心无数次感激过玉彬，她感觉玉彬是真正的顶天立地，是让人值得信赖和依靠的人。玉彬在领导那儿并不吃香，他唯一的优势，是这个处室里的老人，煮不熟蒸不烂，而且对处里的情况了如指掌，谁也不能把他怎么样。在无数次磕磕碰碰中，玉彬总能想出一些好点子，用起来果然奏效，常琳就对玉彬刮目相看了。那时候，如果没有玉彬拉她一把，推她一把，她的人际关系不知会陷入怎样一种尴尬的境地。她觉得自己有必要请玉彬吃一顿饭，也算是对玉彬的帮助有个回应。那天，趁办公室里其他人出去办事，常琳就跟玉彬说了此事，玉彬对常琳的举动表示意外，琢磨半天，还是答应了常琳的请求。那天他们在一个很不知名很隐蔽的小饭店吃了饭，地点是玉彬选的，玉彬为了让常琳准确找到那家不知名的饭店，还特意画了一张图，下班后两个人装作若无其事的样子走出办公室，向约定的地点进发了。常琳摸到那家饭店，心就往下一沉，莫不是玉彬为了让她省钱才选择这个鬼地方？常琳正在为这里的环境发愁的时候，玉彬鬼头鬼脑地来了，还没等常琳说话，玉彬竟有些发火，玉彬说："你怎么明晃晃地在大街上站着，也不怕遇见熟人？要知道我们随时都会被单位里的人撞见的。"常琳这才知道，玉彬为了避免遇见熟人才选择了这个鬼地方。那天玉彬破例喝了一瓶啤酒，玉彬平时不喝酒，玉彬说酒壮熊人胆，而不是英雄胆，喝了酒他的胆儿就大了，就能说平时不敢说的话，做平时不敢做的事。那顿饭之后，常琳曾反复想自己是不是有哪点不得体，她翻来覆去想过好几次，觉得没有什么过失，如果硬要说有什么不妥当之处，那就是常琳在邀请玉彬吃饭这件事上过于主动，让玉彬有些想入非非了。那天喝了一瓶啤酒的玉彬脸红得不成样子，他好像真的醉了似的，在走出饭店门口时，很随意地用手挽在了常琳腰上，这让常琳颇感意外，她知道这是一种信息，一种让他们的关系向前发展的信息。常琳本能地把玉彬的手扯下来，快步向前走了几步，把玉彬甩在了门口，然后不知怎么竟冷冰地说了一句："玉彬，你想错了。"好在那时天彻底黑下来，黑暗遮住了玉彬的尴尬。常琳不想因此得罪玉彬，本来她树敌已经够多的了，如果玉彬不跟她站在一条战线上，她就无法在这个办公室里待下去。第二天上班，常琳没话找话地跟玉彬闲聊，她想她这样做，足以让玉彬挽回点面子。开始玉彬还显出不爱搭理的样子，后来竟架不住常琳三番五次的轮番轰炸，竟然有苦难言地说："有时间我还真得教你几招儿。"常琳问什么招儿？玉彬说："你看办公室里这帮人一个个道貌岸然，夸夸其谈，其实背后里都是一肚子男盗女娼，跟这帮人在一起，就像幼儿园里小孩子玩游戏，你必须知道怎么玩，只要你玩得高、玩得巧，就有人佩服你，你就能夺取最后胜利。"常琳看着玉彬玄机莫测的模样，禁不住笑了，她说，其实现在人们玩的又何尝不是幼儿园里那一套把戏……

　　从老妇人和父亲站立的角度上看，那老妇人要比父亲年轻许多，年轻的老妇人肯定是父亲的情人。那老妇人却全然不知常琳的出现，不然不会死死地扯住父亲的衣袖，而父亲又扭着头无法跟那老妇人讲清什么，身体只能随之坚硬地挺立，连干咳一声还要扭着头。父亲是个本分人，长这么大常琳从没听到过父亲不好的传闻，她努力地认为父亲只是跟老妇人偶然在车上相遇，不会有什么事发生，但父亲跟那老妇人的样子，不能不使她产生许多联想。那是一种怎样亲密无间的动作？那是一种怎样用神态表达出的语言？此时什么事对他们来说都已是心照不宣了。常琳好像压抑不住自己了，她想冲过去，为自己，也为母亲。常琳是母亲心中的小拐棍儿，是母亲最心爱的女儿，她要冲过去，撕去整天罩在父亲脸上欺骗的面纱。她在车里开始移动脚步，她一点点地接近父亲，如果母亲知道了今天这件事，她会做何感想？母亲已经是经不住打击的人，为了母亲不经受这种打击，她必须在车上把事情戳穿。父亲也许意识到了什么，把始终扭着的头终于转了过来，常琳竟猛然把目光移向窗外，回避了父亲的目光。父亲肯定看见她了，她的脚步停在了那里，失去了再向前迈进的勇气。她忽然觉得父亲这一辈子也很不容易，他一直生活在母亲病魔的阴影下。也许他跟母亲早已不存在感情，只是为了儿女才坚守在一起。

父亲的脚步向后车门移动，父亲准备下车了。这辆车是通往父亲家方向的，父亲没有理由中途下车。也许父亲看见了常琳才决定中途下车的。那老妇人一步不离地跟随着父亲，他们真的准备下车了。这一站是他们事先约定好的地点？然后他们共同去某个地方？常琳寻思自己是否也下车跟过去，车到站了。他们并没有下车，他们只是堵在车门为下车做准备。常琳又把身子移回到前车门，她占据的位置离父亲稍远，是最佳的观察距离。站台上没有多余的人，假使刚才他们下了车，她马上会暴露在父亲的视线之内，也许正因为这样父亲才决定不下车的。父亲，你是一种怎样的心理？常琳无意跟踪，你只是偶尔落进常琳的视线里！常琳专注地向后门望去，她决不会让父亲在这时候从她的视野中逃离。

常琳把左手的饭盒换到右手上，饭盒里的饺子散发着温暖的气息。不管怎么说，常琳今天多包了几个饺子，这些饺子不仅仅给母亲，也给父亲带出一份，她想用女儿的温情让父亲感到温暖。常琳知道，父亲从来没有对母亲好过，他们在一起生活了几十年，父亲的心始终没在母亲身上。如果父亲对母亲好一点，常琳无需为这个家里花费这么大的精力，她可以有更多的时间考虑单位里的事，考虑玉彬对她感觉的真实成分究竟有多少。玉彬对她说话总是一针见血，让她不寒而栗，而她一点儿也点击不到玉彬的要害之处。有时候常琳就想，玉彬对事物的穿透力是与生俱来的，他不但能看到常琳对自己婚姻有那么一点点不如意，而且说："在你内心深处，渴望外遇。"常琳当时没给玉彬好脸子。但玉彬马上又把话收回来说，"当然，你轻易不会走向这一步，你努力让内心封闭。你的渴求是白日梦，是幻想型的，一旦事物来临，你马上就会关闭自己。"那时，常琳好像真正认真地审视玉彬说话时的奇怪的表情，感到面前坐着一个巫师，叫她毛发直立。玉彬说你的眼睛可不要发直哟，玉彬肯定从她的眼神里发现了空隙，不然在以后的日子里不会那么大胆地向她发起进攻，直到她彻底地坍塌。那天，玉彬手拿着一支圆珠笔，在她的对面比比划划，他说:"我知道你骨子里是个传统的女人,这不表明你不渴望外遇,只是现在没有出现让你铤而走险的男人。或者说与你爱人相比,还没有让你去值得外遇的男人。"常琳对玉彬的话当然给予有力的回击,常琳措辞相当严厉。当然所有语言的反击,都不如立刻起身离开办公室。常琳不是没想到这一招儿,但常琳却固执地坐在玉彬的对面,与之长时间唇枪舌战,玉彬说:"咱们不但要在工作上达成联盟,我还要在情感深处对你实施保护,这样才能使你免受伤害,才能使你排除随时可能出现的外遇,才能使你过上衣食无忧情绪平稳的正常女人的生活。这样你会感到枯燥无味,会感到寂寞难忍,有时还会出现淡淡的忧伤和孤独,这不要紧,这正是一个女人平庸而美丽的人生。"常琳真想破口大骂了,当然那是丝毫不会伤害玉彬而且是言不由衷的大骂。她知道所有的语言都在玉彬那里瞬间消解。用玉彬的话来说,你要想学成一个泼妇,这辈子算是不可能的了。

面对玉彬的进攻,常琳早有提防,甚至以后所有发生的事情,都在常琳的预料之中。常琳没有像玉彬说得那么傻,她很有心计,如果从另一方面来讲,玉彬已经被她迷惑了,她可以很好地利用玉彬,玉彬是个多么自负、聪明的男人,这并不影响他在女人面前变得低能弱智。不久,有人提醒常琳:"玉彬跟你很有点那个意思,你要小心噢。"常琳没有反驳,她更加饶有兴趣地听着玉彬分析坏男人的几大特点,还有怎样避免性骚扰,怎样练就女子防身术,恨不得让常琳变成烈女。玉彬真的希望常琳成熟起来,能抵御一切来自外界进攻,其实都是为自己的进攻打基础。很多时候,常琳面对玉彬,防御空间越来越小了,而每一步退守都是心甘情愿的,她感到自己真的对玉彬有了感觉,甚至内心深处有股冲动的力量,她好像喜欢上了玉彬,她又不希望被人看出他们之间秘密爱情。当常琳第一次接受来自她丈夫以外男人的身体的时候,常琳对他说:"你才是真正的少妇杀手,多么坚强的女人拿你都没办法。"玉彬说:"你也并不像我说得那么单纯,原来你什么都知道!"常琳说:"不,有一点我不知道。"玉彬问:"哪一点?"常琳说:"别人会知道我们走在了一起吗?"玉彬说:"我想不会的。"常琳问:"你说这事会成为我们一生的秘密吗?"玉彬问:"你怎么会生出这种想法?"常琳说:"我真不知道,明天我们走进办公室的时候,我怎么面对你。"玉彬什么也没说就开心地大笑了。常琳问:"你笑什么?"玉彬说:"你真的很单纯,就你这个样子到外面真的让人不放心。"常琳问:"那你面对这样单纯人还怎么忍心下手?"玉彬说:"我不想让别人得到你,并不等于我不想得到你。"常琳说:"你这话是什么意思?"玉彬说:"这也许就是我们的秘密爱情。"

  常琳时常想想他们之间的这次谈话,认为玉彬真的很在乎她,她不能不认为他们之间的确发生了爱情,而且不自觉地发生了。那些日子,常琳坐在办公桌前,大胆地看着一丝不苟工作的玉彬,除了自己内心有那么一点不好意思之外,发现他们之间没有发生多大变化,办公室里的人也没有多大变化。是自己把这事看得太重了,总觉得有人知道了她们之间的事,其实没有的,他们之间的事怎么会被别人知道?相比之下,玉彬显得无比从容,大大咧咧地该怎么样还怎么样,也许这正是不被别人怀疑的重要原因吧!常彬对玉彬更加刮目相看了,在这方面玉彬的确训练有素。不管怎么样,常琳常常为自己的越轨充满自责,有时心乱得什么也干不下去,干脆把办公桌上的文件摔得到处都是,搞得周围的人莫明其妙地相互看几眼,然后又归于平静。应该说,常琳与自己的丈夫相处很好的,他们之间没有什么太大的矛盾,常琳也说不出对丈夫有哪点不满意。丈夫是个外企技术员,脑袋属于一条道跑到黑的那种人,他决不会像玉彬这样有那么多花花肠子。如果让她把丈夫与玉彬客观地做一下比较,从哪方面来讲,玉彬都赶不上自己的丈夫,常琳搞不清自己为什么偏偏跟这种人发生了秘密爱情?

  公共汽车在一个常琳很熟悉的站点停了下来,通常这个站点上车的人少,下车的人多。常琳的背部被什么人不轻不重地撞了一下,她警觉地转过身,没看见有人在撞她。常琳侧身离开车门,向车厢里面窜了一下,然后摸摸兜,钱包还在。她躲过了危险处境,再次把目光移向父亲所处位置,她一下子慌张了,她发现父亲那熟悉的身影好像消失了。她急忙把目光投向窗外,分辨着即将散开的人流,没有。在她犹豫是否重新叫开车门,奔下车去的时候,她又及时地在车厢里捕捉到了父亲,父亲侧身坐在后排刚刚空下来的座位上,旁若无人的样子,那老妇人安之若素地坐在他的身边。常琳就又对父亲生出怜悯。父亲的确不容易,父亲年轻的时候,除了工作,好像什么事都没想过,起码在常琳眼里,父亲是个责任心很强的人,在几十年的工作中,父亲一步一个脚印,以稳扎稳打的态势一步步走上领导岗位。父亲在那个岗位上没干几年,年龄成了他前进中的最大障碍,后来不得不走出了政协的大门,然后退休回家。按理说,父亲很会调整自己的心态,从门庭若市到门可罗雀需要经历一个极大的心理反差,父亲好像早就看明白了这些,从没向任何人发出怨言,他为自己制定了一系列工作计划,比方说一天要练多少字,画几幅画,一年之内要发几篇文章,两年之内出几本书。有时常琳很为父亲感动,父亲退休之后还以这么大的毅力投身自己热爱的事业,很不容易。父亲是个严谨的人,他说到做到。这也许是父亲始终走向成功的一个很重要的原因。

　　现在父亲怎么了呢?也许婚外情也是一种病毒,这病毒一点也不亚于SARS,也许父亲本来就是这个样子,只是她一无所知。父亲肯定难为情了,他不知自己此时如何面对女儿。父亲要做的只有在目光上回避。常琳忽然对自己的行为有些后悔,她如果不这么死死盯住父亲,彼此会相安无事,可她实在无法忍受父亲这种行为。不知不觉中,62路车到了离父亲家最近的那个站点,常琳该下车了。常琳下车的时候,看见父亲和那老妇人没有起身。父亲一定看见她了,父亲有意回避才不下车,或者父亲根本没打算下车,他要把那老妇人送到什么地方再乘车返回。这样也好,免去了父女之间的尴尬。常琳回到家很熟练地用钥匙打开房门,母亲对常琳的进来熟视无睹,她的手正干着总也干不完的活儿。常琳问:"我父亲呢?"母亲说:"他吃过中午饭就出去散步了。"常琳问:"你怎么不跟着去呢?"这纯属是一句废话,母亲从来没有时间出去散步的。母亲说:"你在这儿吃晚饭吧,我多做一些米饭。"常琳无心回答母亲,她说:"他说没说除了散步还干什么?"母亲显得不耐烦了,母亲说:"散步就是散步,散步还能干什么?"母亲的这种心态没什么不好,她和父亲一辈子都是革命式的夫妻，他们不谈感情，谈感情是很累人的事，母亲不会为这事所累，她只知道干活养孩子，然后再养孩子的孩子。常琳决定把一肚子话咽在肚子里，全当今天什么事都没发生，她什么都没看见。这时父亲开门进来。父亲一直拎着的布兜子被拧成一团，揣在裤兜里。父亲问："你怎么来了？"常琳想说难道我不该来吗，可她还是改口说，单位里正在防非典，没什么事就早走一会儿。父亲说防非典也应该坚持正点下班，这是一个人工作作风问题。常琳想说你是不想让我来的，我来这儿你很不方便是不是？但她还是说："单位领导有要求，处理完手里的工作尽量别在单位里久留。"父亲说："现在乘车很不安全，没什么事这几天你就少来几趟吧。"常琳想说你刚才也乘车了，你明知道乘车不安全，为什么还乘车，哪有散步还需要乘车到很远的什么地方？可常琳还是改口说："从明天起单位轮流值班，我想在这住几天。"父亲说："好好，让小强也过来好了，我有点儿想他了。"常琳心里说，你有点不自然了是不是，现在单位还没达到轮流值班的程度，领导只是有这个打算，要看势头的发展。父亲说："你们总也不来住了，我们清静惯了。"这回常琳不能不说了，常琳说："平时我们不是不想在这儿住，我们有家，家里有孩子，而且单位里很多事要办。"父亲说："我没有埋怨你的意思。"常琳的话儿有点带刺了，常琳说："我也没说你有埋怨我的意思，从今以后我就把家搬过来住，正好这几天房子要打扫一下卫生，墙上刷点白粉，你不会反对吧？"父亲说："你这是什么话，你怎么能这么跟我说话？"常琳说："我一直这么说话，我为什么不能这么说话，而且从明天起，我陪你出去散步。"父亲的火气一下子上来了，父亲说："你这话是什么意思？"常琳说："没什么意思，难道散步还能有什么意思，难道女儿陪父亲散步不正常吗？"父亲大吼一声："你少跟我来这套，你是不是看见我跟你解阿姨在一起了？"常琳说："我从没听说过什么解阿姨，我只知道你身边只有我妈一个女人。"父亲说："解阿姨你妈是知道的。"常琳说："可我妈知道你们在公共汽车亲密无间地挎胳膊吗？"常琳终于把话说破了，说破了也好，她忽地感觉心里一片释然。父亲暴怒了，父亲说："你给我滚出去，你永远别踏进我这个大门。"常琳说:"想赶我走没那么容易,我就是不走,看你怎么的?"母亲听到声音跑过来,母亲总是息事宁人,息事宁人就要站在父亲一边,母亲说:"吵什么吵,怎么刚回家就吵,你们年轻人就好往歪里想,你爸都这把年纪了,不可能是那种人。"常琳看着母亲眼泪就出来了。她说:"妈呀你知道什么,事情都这样了你还蒙在鼓里,我是心疼你才打抱不平的。"母亲说:"晚上在不在这儿吃饭,如果不吃就早点回去,免得惹你爸生气。"常琳说:"我不回去,我永远不回去!"

晚上,爱人打来电话,说饭已经做好了,回不回去?

常琳说不回去。

父亲又要出去散步,父亲什么话也不说开门出去了。父亲走了不长时间,常琳也跟了出去。她看见父亲向北走,她也向北走。父亲好像漫无目的。父亲在跟她绕弯子呢,父亲肯定发现了常琳,故意不达目的地。常琳有意拉大了距离,她看见父亲忽然朝西边的方向走去……

父亲什么时候回家的,常琳不知道,反正常琳知道父亲在跟她赌气。

在以后的几天时间里,常琳除了给单位打几个电话,问了问有没有别的事情,一直帮母亲干活。常琳感觉有点想玉彬,她有好长时间没见着玉彬了,这些日子她好像把玉彬忽略了,她想她有必要给玉彬打个电话。她拿起包里的手机,走到不易被父亲听到的房间里,给玉彬打去电话。玉彬不在办公室,其他人也没在办公室,常琳拨起了玉彬手机号码。那边的手机通了,常琳心有些跳起了,她好像忽然怕玉彬接这个电话,玉彬要是接这个电话,她不知道跟玉彬说什么。

"喂,那位?说话。"玉彬电话里一片吵噪声。

常琳说:"是我!"

玉彬问:"你是谁?"

常琳说:"难道我是谁你都听不出来了吗?"

玉彬忽然有些兴奋地喊道:"不会是常琳吧,这可是你第一次主动给我打电话。"

常琳有点不好意思地问:"是吗?"

玉彬说:"还问是吗?你不知道每次都是我给你打电话?"

常琳说:"我好像有点想你了。"

玉彬说:"我觉得你这个人还是有点幼稚,面对 SARS,你怎么还有这种心理?"

常琳说:"正因为 SARS 我才更想你!"

玉彬沉吟了一下说:"好了,我出差刚回来,现在正在家主动隔离。等隔离结束后,我要去南方学习,这次学习很重要,关系到以后职务问题,哎,你好像什么都不知道哇!"

常琳说:"我只知道这次学习人员中没有你吧。"

玉彬说:"可我不能不去。我一定要争取去,这对我很重要。"

常琳眼泪忽地出来了,玉彬怎么变成了这么一副口气?她不知道这是怎么了,泪珠止不住往下掉。她无论如何不能这样,她要学会坚强!她转过身,准备走出这个房间,忽然看见门缝中一双窥视的眼睛,那是父亲的眼睛。

狗儿子

王波母亲死后，王波很少跟秀红吵嘴了。有一天王波问："我们现在怎么不吵了呢？"秀红张了半天嘴，往嗓子里咽了一口吐沫说："这话应该是我问你呀。"

那时候，秀红在厨房洗碗，她把捞碗的手湿淋淋地从盆里拿出来，又朝着水盆里甩了两下，擎在胸前从厨房里探出头招呼王波："三皮，别吃完饭就歪在沙发上看电视，你要是真觉得没事可做，领咱们儿子出去遛遛，你没看它在家很烦吗！"王波"嗯"了一声，眼睛并没从电视上移开。王波看电视就是这样，只要眼睛搭上去，就很难离开，连那些花里胡哨的广告也叫他看得有滋有味。秀红也跟着看了几眼电视，说："三皮，我说话你听着没有？"王波感觉秀红要发火了，这才把身子从沙发上直起来。秀红又缩回厨房忙着洗碗了。王波问："你叫我什么？"秀红说："我叫你出外遛遛咱们的儿子。"王波一下子把电视关掉了，说："不对，你叫我什么？你再说一遍。"

秀红晃了晃头，好像想起来什么，说："三皮呀！我是把你的波字拆开了，我们单位的人都把波叫三皮，叫着好玩。"王波说："那你也不许这么叫。"他知道秀红这么叫他，并不一定对他不尊重，她好像吃错药了才这么叫，最近秀红不知怎么了，又把他们家的小狗乐乐改叫儿子，什么儿子你饿不饿，什么儿子不准淘气要听话啊。不管怎么说乐乐也是条小母狗，秀红的叫法也太不搭边儿了。

"你是不是听不懂我的话？"秀红以为他还赖在沙发上没动地方，

又从厨房喊了一声。王波在门前穿好了鞋，乐乐好像明白了他的意思，摇着尾巴就等着他开门猛地钻出去。王波有些生气，他准备出门前给秀红一句，于是说："喊什么喊，没看我都穿好鞋了吗？"秀红从厨房里冲出来："穿了鞋又怎么了，这么长时间我以为你早就出去了呢！"乐乐也狗眼看人低，它见秀红冲他这么一喊，也跟着凑热闹，冲着他汪汪两声。这时王波禁不住笑了，心想这两个东西真是天生一个属性。就二话不说开门领着乐乐下楼。乐乐这几天正发情，秀红准备为乐乐找个伙伴，可乐乐生产第一窝的时候遇到难产，住了好几天院，不但把秀红折腾够呛，还花去了五百多元医药费。秀红说，如果乐乐还像上次那样，配种费医药费加起来要花一千多块，所以秀红不打算给乐乐找伙伴的。可乐乐在家总是烦躁，秀红说，烦躁就领它下楼遛遛，这段时间过去就好了。

  乐乐还算安分守己的小狗，到了外面不再乱窜乱跑，总是不离王波左右。天快要黑下来，街上行人脚步变得匆忙，散步闲聊的人都已经回去，打扮入时的小姐又从楼道里钻出来，急急忙忙上了出租车。有几伙人围坐在食杂店门前的灯光下吵吵嚷嚷争抢着棋子，砸得棋盘叭叭响。王波凑上去，见有一方显然被对方逼进了死胡同，摔下棋子抬脚便走。王波很想坐下来也摆一盘，却发现乐乐不见了，他钻出人群，大喊乐乐，乐乐并没有应着王波话音跑过来，在离他两米多远的一个昏暗的墙根儿下，乐乐甩着尾巴正被一只同样的小狗嗅来嗅去。乐乐扭转着身子躲躲闪闪，又好像很愿意让对方做这种事。那只小狗被一只绳子牵引着，绳子的另一头攥在一个女人的手里。那女人打扮得一身休闲，一头打卷的长发看上去很性感。王波走过去，大声地叫着乐乐就来到乐乐跟前。那女人看了看他说："你看它俩挺对脾气，玩得多好。"王波说："或者说一见如故。"女人就笑了一笑说："你这是纯种的京巴，看这毛色多纯正。"王波说："看上去这俩小东西真是天生一对。"女人脸上露出惊喜说："就是就是，太像了！"两只小狗好像听懂了他们的谈话，只见那小狗不顾绳子牵引，一下子跳到乐乐的身上。女人好像受到了惊吓，撒开了手中的绳子说："怎么搞的，说好就好上了。"他们看着两只交配的小狗，再也说不出什么话来。王波感觉那女人脸肯定通红的，而且身上也有了反应，起码王波在这一瞬间下身隐隐约约受到了刺激。那狗从乐乐身上退下来的时候，女人拣起扔在地上的绳子骂道："你怎么能够这样，出汗了没有，闪着身子我看你怎么办。"牵起她那小狗头也不回地走了。

乐乐获得了满足，也好像犯了很大的错误，低眉顺目跟着王波往回走。走到楼梯口时，王波把乐乐抱起来，却突然发现乐乐的大眼睛亮得出奇。

王波家是两个月前搬进这个小区的。这地方以前是个很大的水泡子，后来水泡子干了，就有一车车的垃圾向这里拉来。前年这块地盘被一个开发商开发了，盖起了高层住宅，卖起了好价钱。王波不喜欢这个地方，他看好了另一个小区里的住宅。秀红说："那里便宜，你知道那地方过去是什么吗？是一大片坟茔，晚上睡觉非闹鬼儿不可。"王波的确被吓住了，不管怎么说垃圾场总比坟茔听着让人心里敞亮。而且这块楼盘看着光彩耀眼，一点也找不出当年垃圾场的痕迹。于是他们按揭贷款偿还三十年，买下这座二十一层高楼的第十层，不高不矮，房屋面积不大也不小八十平方米，不管怎么说，他们摆脱了父辈给他们创造的七十年代红砖青瓦二层小楼，体会到温馨永相伴这句俗话的真实滋味。搬进新居，也就是幸福的来临，可秀红却无端地生出许多怪毛病，整天不是腰酸就是腿疼，来了例假也像患了一场大病，哪也不愿意去，头几天还定时领乐乐到户外走一走，今天又逼着他去遛狗，好像日子没什么奔头。王波抱着乐乐没有乘电梯，他要一口气登上十楼。噔噔噔，登到五楼，胸腔里的热气开始炸喉咙，火辣辣，叫他很不好受。他把乐乐放在地上，然后按动了电梯按钮，来到十楼，打开房门，钥匙还没从门锁抽出来，乐乐自己就溜进屋里。

秀红问："乐乐你怎么回来了？"

王波说："不回来上哪儿去住？"

秀红说："我没问你，我问乐乐。"

王波说："我替乐乐说了。"

秀红说："乐乐能听懂，不用你替它说。"

王波没接话茬，他也不打算把乐乐的事对秀红说，但乐乐和那小狗的动作却在他脑子里定格，当然还有那女人打卷的长发。他一屁股坐在客厅沙发里，抓起一颗茶几上摆着的李子往嘴里搁，秀红凑过来，看着他的眼神问："你愣神干什么？"

王波趁机把秀红揽在怀里，悄悄地问："今天咱们那个？"

秀红用胳膊肘支开王波说："你就知道那个！"

这天晚上他们什么事都没做。王波倒在沙发上看电视一直到十一点多，后来哈欠连天实在坚持不住，才懒洋洋地脱掉衣服，回到卧室钻进被窝，看见秀红睡得像一条死猪。

接连几天，乐乐不像以前那么烦躁不安了。王波总要张罗领乐乐下楼遛遛，秀红对王波这份积极还是满意的，但她不满王波总是在下楼之前长久地站在窗前不停地向下望，她问王波："你往下看什么看？"王波说："不看了马上就下去。"王波看见那女人牵着那小狗站在不引人注目的墙根下，不停地向四处打量，好像是为了等乐乐，也说不定在等什么人。王波决定再次抱起乐乐下楼。他叫了电梯，在门口没等多长时间，便上了电梯，把乐乐放下。乐乐一副懂事的样子，眼睛不停观察电梯的门，好像只等电梯门打开，它会不顾一切地冲出去。电梯到了一楼慢慢停下来，王波弯腰欲把乐乐抱起来，电梯门就开了，王波看见电梯外面站了几个人，在他打量那几个人的时候，乐乐就从那几个人腿缝隙间钻了出去。

乐乐跑出去的目的很明确。王波来到外面那墙根儿下找到了乐乐，乐乐跟那条小狗玩耍的时候，那女人的眼睛不住地向王波这边扫来。这时王波似乎听出那女人叫"坤"，那女人扯着绳子嘴里不住地叫："听坤妈妈的话，别闹了。"这时王波来到那个叫坤的女人跟前。坤很友好地说："你看它们早就认识的。"王波说："看来它们的确很熟的。"乐乐其实是个很贪的狗，它们玩耍了几下，就又一动不动地让那条狗趴到背上动作起来。坤又好像受了惊吓，扔掉手中的绳子骂道："太不像话了，光天化日之下哪能这样！"坤心里肯定不自在的，但她又没有叫她的小狗与乐乐分开的意思。坤说："天热得像要下雨。"王波说："天气预报说今天有大到暴雨。"坤说："你不常出来遛狗是吧?"王波说:"我是被逼无奈才出来。"坤说:"平时我也很少出来。"王波看卷着长发的坤,觉得月光下的女人都很美。

也许王波所有的心思都落在这个叫坤的女人身上。当他抱着乐乐往回走的时候,他还在想坤是否也抱着她的小狗回家了。王波很想回头再看看坤,又怕自己的目光与坤对接,此时坤肯定抱着她的小狗目不转睛地看着他走去的方向。王波多少有点自作多情,当第二天吃过晚饭,王波装作漫不经心的样子向窗外看去,他想坤一定很早就在墙根出现,可是这天他趴着窗子看了五六遍,也没发现坤。莫非坤领着那小狗就在离墙不远的地点徘徊?王波把视线尽量拉得远远的,搜索着坤。秀红早就不耐烦了,她说:"你看什么看,外面有什么好看的?"这话把王波心里说得乱跳。王波说:"以前总是你领乐乐出去,今天还是你领着出去吧。"秀红说:"你愿意出去就出去,反正我不去。"王波说:"总不能我天天领着乐乐,咱俩应该轮换领乐乐。"秀红说:"我看这几天乐乐还是很愿意跟你的,还是你领乐乐。"

这一天,他俩谁都没领乐乐出去。

女人坤是在第三天傍晚出现的。王波几乎无可抑制地抱着乐乐走出家门。秀红说:"你应该给乐乐穿件衣服,今天上午它还打了个喷嚏。"王波说:"这么热的天还给它穿什么衣服?"秀红说:"我总觉得乐乐要伤风。"王波接过秀红递过来的衣服,胡乱往乐乐身上一披就出去了。这回王波是抱着乐乐走到坤跟前,他不想把乐乐放下,更不想让乐乐跟坤牵引的那小狗玩耍。乐乐在王波的怀里不安分地挣扎,然后又和坤手里牵着的小狗对望,无助地抬起头,伸出舌头舔了一下鼻孔,看看王波,然后冲着天空"汪汪"地叫了两声。王波问昨天怎么没看见你?坤眼里流出深情的一瞥,王波感觉坤跟他说话时,心里肯定有一种暧昧不明的反应,坤竭力表现出很自然的样子,双臂交叉在一起,托在胸上。王波感觉,那双臂分明托着一双并不很显眼的乳房。坤平静地说:"我爱人出差刚回来。"王波有些不好意思了,他觉得不该这样同坤说话,他这样问,坤必然这样回答。王波的手不自觉地放在了后脖梗子上,他的手指不停地在脖梗上揉搓,脖子刚出完汗,有点潮乎乎的,不经意间被他搓出一团汗泥,他的手指在脖梗上饶有兴趣地玩弄汗泥,突然觉得这动作有些不雅,便停止了揉搓,捏着汗泥的手指从脖子上拿下来,放在背后,把汗泥扔掉了。坤目不转睛地看着王波,等待着王波说点什么,可王波嗓子像卡壳似的,什么也说不出来。实际上王波很想知道坤的爱人是什么样子,他对坤爱人的好奇一点也不亚于对坤的好奇,说穿了,他对那男人之所以那么好奇,也更说明他对坤很在意。他很想知道坤的男人是干什么的,为了不使坤产生厌恶,他没往下问,他猜坤的男人也许是个整天忙忙碌碌的生意人,为了挣钱,很少顾及家里的事情。这点又很快被王波否认了,生意人的妻子很少有像坤这份恬静与悠闲,即使是做大生意很有钱的老板。除非坤是被人包下的二奶奶,即使是二奶奶,也掩盖不住那种庸俗与焦躁还有那种无聊。坤只是晚饭后领着她的小狗出来悠闲,绝不是无聊。王波还想象坤的丈夫也许是个苟且而自以为是总愿意到处摆谱收入不菲的机关公务员,但公务员的妻子不会像坤这样雍容。王波还猜测了一些职业,在没有得到准确答案前,一切都属于猜测。王波还猜测以前坤的丈夫出来遛狗时,肯定会与秀红相遇,他们也许像他与坤一样走到一起。在这一点上他太过于麻痹,他从没注意过秀红晚上出来遛狗会和什么人在一起。秀红这几天不愿意出来遛狗,也许正因为坤的丈夫出差?王波问:"你爱人经常出差吗?"坤略微迟疑了一下说:"还可以吧!"这句语焉不明的回答,让人更富想象力,从坤闪烁和回避的眼光里,王波捕捉到了对一个女人有机可乘的缝隙。这回,是坤提前抱起了她那小狗离开了。

秀红主动张罗出去遛狗了,也许她的心情又变得不错,每次秀红出去的时候,王波都急忙奔向窗子,在窗帘的缝隙紧张地观察秀红的一举一动,由于神情过于专注,他的手把窗帘攥得咔咔直响,如果再一用力就会把窗帘从房顶那个单薄的盒子里拽出来。站在墙下的依然是坤,接连几天她的爱人都没出现,这就叫王波有点腻烦,他盼望坤的男人尽早浮出水面,他又怕坤的男人真的出现。秀红和坤还存在着戒备心理,她们总是保持着一定的距离看着两只小狗在一起玩耍。秀红始终不让乐乐和坤的小狗纠缠,她好像怕乐乐被那小狗占了便宜,可这事就看你怎么看,跟乐乐是不是母狗没关系,说不定乐乐占了人家的便宜。王波一直看着秀红抱着乐乐往回走才放下窗帘。秀红回到屋里把乐乐往地上一放,一屁股坐在大厅沙发里。王波问:"你感觉没意思是吧?"秀红说:"什么有意思没意思的,你把儿子抱到里屋去。"王波上前踢了一脚乐乐,把乐乐赶出大厅说:"什么儿子儿子的,整天管狗叫儿子,不如自己亲自生一个儿子。"秀红说:"你想生儿子就能生吗?想要儿子你也得看看自己是不是有儿子的命。"秀红已经打过三胎,如果再生不出儿子,王波还让她打第四胎。秀红问:"如果下次还不是儿子呢?"王波说:"不可能,我已经找人算过,只要我们搬进这座新房子,我就不可能没儿子。"秀红说:"我就搞不明白,你妈活着的时候,你为了你妈要儿子,可现在你妈死了,你怎么还想儿子?"秀红的话还没说完,一只大巴掌搧在了她的脸上,几乎是猝不及防的,过了很长时间眼睛还金星乱闪,那半边的脸也木木的,上面肯定是一道道青白色的指痕,而且一点点肿起来。秀红看着愤怒到极点的王波,竟忽然平静地笑了,秀红说:"这会儿我知道这几天我为什么难受了,原来我好久没尝受到这巴掌的滋味,来,再来一下,这回打这边脸,抬起你的左手,对,就这样。"秀红闭起眼睛,为了能挺住这一巴掌,她紧紧地咬住牙。寂静中,王波说:"想要这一巴掌?我还不给你呢!"秀红睁开眼睛,蔑视着王波。王波说:"你为什么用这种眼神看着我?"秀红说:"我说一句话,不怕你不愿意听,如果我来世再是女人,决不嫁给一个寡妇的儿子。"王波说:"你现在可以走,你走了我再找个大姑娘,说不定真就能生个儿子。秀红说,你现在想甩掉我吗?你腻烦了是不是?你要是腻烦,当初为什么还没完没了地追我?"王波说:"我跟你说过,自从我把你追到手的那天起,我就腻烦了。"秀红说:"好哇好哇,你这个王八蛋,我不想活了。"王波说:"这话你已经说过多少遍,可哪次你也没去死。"这下真就把秀红说理智了,她鼓胀起来的气儿一下子消失了,她用手撩了撩头发,竟重新梳理开了,她说:"我凭什么去死,我要好好活着,我就这么耗着你,你愿意怎样就怎样。我说过,我允许你出外找女人或者干些我看不见的勾当,但我绝不可能跟你离婚。"这时乐乐恰到好处地走过来,瞪着两只空洞的大眼睛不知所措地抬头看秀红，打卷的舌头不停地伸出来，舔着鼻孔，之后脖子一扬，冲着秀红叫了一声。秀红当然把乐乐的举动看成是一种亲昵的表示，她鼻子一酸，把乐乐抱了起来，大颗大颗的泪滴不停地砸在乐乐的脸上。乐乐虽然什么都不会说，可乐乐知道她的心思。百结愁肠，千般柔情促使她更加把乐乐紧紧地揽在怀里。

在以后的日子里，王波越来越清醒地意识到，秀红不愿领乐乐出去，没有什么让人信服的理由，她只是不想见到那个叫坤的女人，她对坤如此强烈地排斥，这其中，是否有难言之隐？以前坤的小狗都是由她丈夫出来溜的，王波不想把秀红和坤的丈夫毫无边际地扯在一起，但王波不能排除坤的丈夫通过遛狗认识了秀红。现在坤的丈夫为什么迟迟不露面呢？秀红的反常情绪是否与此有关？王波很想推翻这种推断，他又不能找出更加合理的推断来替代。应该说，王波还是个很成熟的男人，起码他不想把主观臆断的事情挂在脸上，他像什么事都没发生过似的每天吃过晚饭领乐乐出去，很有规律的，准时准点，然后冲墙下的坤很有节制地点点头，也就算打过招呼。王波很害怕这种打招呼的方式，这种方式一旦定格，长此以往，虽然彼此彬彬有礼，但很没意思，不但很没意思，而且这种招呼还是累赘，还是让人很难受的一件事。坤也肯定不愿出现这种局面，这种局面一旦形成，她脸上那丰富的表情就会消失，就会以某种模式彼此客套，坤果然向王波靠近一步，还抬手撩了撩卷发，她开始说话了，张嘴前还冲王波笑了一下，因为她的话没有铺垫，说出来不免有些突兀，所以她只能笑一下，再把话引出来，这种话肯定在她心里闷了很久，又不能不说。她说："你们男人并不一定天生就喜欢遛狗！"王波说："是吧，也许也有例外。"坤说："我真不明白，我们家那位为什么突然就不出来遛狗了，以前他很愿意做这种事的。"坤还说："男人总喜欢把自己装扮得讳莫如深，其实内心有一点波动都会表现出来，只是有没有人愿意去揭发。"王波也笑了一下，王波说："女人往往神经质。"坤说："可我搞不明白，他最近非常热衷给我讲故事，不管你愿不愿听，而且那故事还挺下流。"王波说："丈夫在妻子面前谈不上什么下流不下流。"坤说："你是不是觉得我在你跟前不应该说这些？我只是想知道你们男人是不是都这样?"王波说:"男人爱讲故事这很正常。"坤说:"不,我觉得他最近很不正常,以前我从来没听到他这样热衷讲故事,而且是同一个故事。"王波问:"你怀疑他有外遇?"坤说:"他不可能,他不是那种人。"王波问:"你从不怀疑你的丈夫?"坤说:"当然怀疑过,可我细品品他还是不可能。"王波说:"你真是幸福的女人。"坤说:"不怀疑丈夫的女人就幸福?"王波说:"我并不是让每个女人都怀疑她的丈夫。说吧,我知道你要把那个故事讲出来,然后让我帮你分析你的丈夫,至少你想知道一个男人究竟是怎么回事。"坤弯腰抱起她的小狗,坤弯腰的时候臀部突出地显露出来,肥大得像一匹斑马的屁股。坤紧紧地把她的小狗揽在怀里,回忆着她丈夫讲的那个故事:

一个男人喜欢上了一个女人,他向她求爱,那女人根本没看上那个男人,而且还对那男人的举动显露出轻蔑的耻笑。但她哪里知道,那男人是认真的,他不管女人对他什么态度,他都痴心不改准备追求到底。女人发觉了男人的执著,有些怕了,四处躲藏,而且有意接触别的男人,而且行为暧昧,她想这样一个男人会离她而去,但没有,他总是带着忧郁的眼睛呆呆地盯着她,她气疯了,决定有意跟他碰个对面,她看着他那忧伤的眼睛说:"你有病啊,我就是嫁给一条狗也不会嫁给你!"那男人说:"你怎么说都可以,我就是有病,而且病得不轻。"女人说:"我已经有男朋友了。"男人说:"只要有我,没有哪个小子敢娶你。"这时女人才感到男人的一片痴情,她被这种痴情打动了,终于答应了他的追求。可是就在他们结婚那个晚上他们打了一仗,打得很凶。

"因为男人发现女人不是处女?"王波也学着坤的样子,抱起了乐乐。

"不,因为他母亲。"坤说,可那男人却不这么说,那男人说:"我把你追到手容易吗?为了你,我吃了多少苦,从今天开始,我让你天天偿还。"偿还的方式,就是那男人天天打这个女人。

"那女人咎由自取。"王波说。

坤并没在意波的立场,继续往下说:

故事是这么开始的。那男人，8岁那年失去了父亲，他对父亲的记忆本来就不深，所以没有多少痛苦，痛苦的是他的母亲，失去丈夫的女人，把她的儿子当惟一的精神支柱，她总是担心儿子某一天有什么不测。那男人就是在母亲的溺爱中一天天长大。那男人十二岁那年，睡梦中突然被母亲房间的呻吟声惊醒，凭着一个十二岁男孩子理解，那呻吟是极其痛苦的，所以他迅速地下床，推开母亲的房门冲了进去，就在那一刹那，他看到了母亲一个人在床上痛苦的表情，那痛苦来自母亲的一只手，那只手攥着一个尤物，落在母亲的私处。母亲对儿子突如其来的闯入，却无法抑制自己。儿子好像意识到了什么，可他故意装作什么都不懂似的问："妈妈你怎么了？"母亲说："妈妈肚子疼。"儿子说："妈妈疼出汗了。"母亲擦拭着额头镇静下来，说："这回好了，你一来，妈妈就好了。"儿子说："那我就陪着妈妈。"

也就是从那时起，他感觉母亲要给他找个继父了，他怕从此失去母爱，怕继父对他不好，于是有一天他正式向母亲宣告，这个家里不允许再添任何一个男人。母亲表情哀怨地说："可我们总得要生活呀。"他说："我就是这家顶天立地的男人。"母亲当时重重地在他脸上打了一个耳光，母亲说："你是不是有病啊。"后来母亲看他真的有病了，只要儿子独自跟她在家的时候，表情总是那么怪异，晚上睡觉只有摸着母亲的乳房才能入睡，有几次，母亲把儿子推下床去，可儿子总是顽强地爬上来，两眼泪涟涟地把手扣在母亲乳房上睡着了。在几次就医的路上，儿子终于道出实情，儿子说："只要自己独自闭上眼睛，脑子里就时常闪现出母亲赤裸的身体，而只有睡在母亲的床上，双手摸着母亲的乳房，那种景象才不复出现。"

儿子把自己假想成母亲的另一个男人。

为了儿子，那位母亲一生再也未嫁人。母子相依为命，儿子的意志就是母亲的意志，就连儿子的每一次谎言，母亲都深信不疑。母亲一天天老去，儿子一天天长大，母亲忽然有一天发现儿子到了娶媳妇的年龄，母亲害怕起来，她怕娶了媳妇的儿子会冷漠她，于是对儿子身边的女孩子百般挑剔。有一天她看见儿子领回家的这个女孩子对儿子不冷不热的态度,当场鼓励儿子成了这门亲事。后来那男人边打他的女人边说:"如果你真的对我好,也许咱俩永远也走不到一块,你知道我为什么拼命追你吗?因为真正喜欢你的是我妈,你长得酷似我妈年轻的时候。"男人打女人似乎成了家常便饭,他们的生活就是战争,女人似乎很能忍受这种生活方式。很多年以后,男人的母亲去世了,男人对这种暴行失去了兴趣,女人似乎又很不适应,为了从那种生活中彻底摆脱出来,他们按揭买了一套新住宅。

坤说到这儿感觉时间不早了,她好像不想在王波嘴里得到什么答案,她抱着她的小狗往回走,走向王波熟悉的那幢楼。

王波惊奇地问:"你也住这幢楼?"

坤说:"是的,就这个单元。"

王波说:"原来咱们是一个单元。"

坤说:"是吗,你住几楼?"

波说:"十楼,你呢?"

坤说:"十一楼。"

他们一同走进电梯,电梯动了一下开始上升。王波放下乐乐,露出一双忧郁的眼睛说:"你知道故事里的男人是谁吗?"

坤问:"你也知道这个故事?"

王波呼吸急促地说:"那男人就在你身边。"

坤怀里的狗落在了电梯里。王波紧紧抱住坤,热乎乎的嘴唇急切地在坤的脸上搜寻,坤的脸不停地摆动,她的嘴还是被王波的嘴粗暴地盖住了。

电梯在不停地上升……

清清饮马河

公社主任放下摇了半天的老式电话，对司机说："不等了，你们现在出发，天黑前才能赶到北沟，路上有人接你们。"

司机伸手把我拎到驾驶楼里，胳膊一甩关上车门，招呼我父母爬上后车厢，自己先进了驾驶楼，吱吱嘎嘎给老解放车打火。车窗外景物一派陌生，都是我没见过的草屋、树木、田地，然后是铺天盖地的大雪，大雪中的景物悄无声息的，仿佛以肃穆神色观察这雪中摇摇晃晃爬行的怪物。

这一年我八岁，我还不知道我家正行进在"五七"道路上，经历着从城里到乡下的重大变革。变革需要心理转换，对于大人的心理转换过程我一无所知，我只是懵懂地望着茫茫雪地，眼球生疼，眨眨眼，眼泪就跟着出来了。我的腿脚开始麻木，可司机不让我乱动，我就一动不动，驾驶楼里那些机械零件看着很叫人害怕，好像腿脚一动，就会搅进里面去。走着走着，司机心里开始没底儿，老解放车停下来，司机从驾驶楼里跳下车，解开裤带，紧贴着车轱辘撒了一泡热气腾腾痛快淋漓的尿，尿好像消除了他眼前的迷茫。在司机抬头凝望处，出现一个活物，那活物捂着一顶厚厚的狗皮帽，身上紧裹一件过膝的黑棉袄，腰间还系了一条麻绳儿。司机边提裤子边喊："喂，喂，老乡，到北沟还有多远？"那人好像没听见，继续往前走，却从后脑勺丢下一句："不远，也就三个钟头。"司机紧跟着又问："还有比这更近的路吗？"那人说："有，走冰路，一个钟头。"说完，忽然停下脚步了,回过头问:"你们是下放的吧?"司机说:"没错。"那人说:"那你们就走冰路,到了北沟,找王大河家,屋子已经给你们收拾好了。"

冰路就是横穿饮马河。我父母赶紧跳下车,他们跟司机探讨横穿饮马河的危险程度。那时饮马河刚刚封冻一个多月,据说不久前有一辆吉普车从那上面行驶,把冰层压裂,一头栽进河里,车里整整五个人,一个人也没有从冰冷的河水里爬出来。司机心急,认定要走冰路的,便以积年的经验说:"从吉普出事到现在,已经下了两场大雪,气温下降将近十度,别说一辆大解放,就是两辆大解放并排走也不成问题。"

我们又要上路了。老解放拐了个弯,栽向一条土路,驶进了一片开阔的平坦地带,这便是封冻的冰面了。积雪覆盖的冰面,平展得让人心里悬空,司机小心翼翼手握方向盘,老解放慢吞吞向前行驶。这时,我们刚才见到的那人又出现了,他也是要走冰面的。老解放开到他跟前,司机更加放慢了速度,把头探出窗外问,老乡,你也是去北沟?那人没转头看我们,嘴里只"嗯"一声,算是回答了。司机说,老乡,上车吧!那人不想上车,只顾闷头向前走。司机不再搭理那人,调整了身体,双手紧握方向盘,挺起脖子,突然向冰面深处飞奔。司机看我紧张的样子,回过头对我说,车不能慢的,车慢了很可能把冰层压下去,会出事的。老解放卷起的积雪飞起一丈高,扑啦啦地摔打在两边挡风玻璃上,我的耳朵果真清晰地听见车外冰层咔咔的炸裂声,我们好像只有一个目的,向前,向前。

前方出现人家,我们终于在太阳落山之前赶到北沟。北沟是一个生产小队,几十户人家稀稀疏疏分布在三面环山一面环水的山坳里。我们来到那个王大河家的院子,司机下了车,打开车门,拎我下了驾驶楼。我又惊奇地看见那个人,那个在路上遇见的腰系麻绳的老乡,他是怎么提前赶到我们前头进了村,我不知道,但我却知道了他是北沟生产小队的小队长,名叫杨大。他脾气很不好地招呼各家在门口张望的男人,让他们帮着把车上的东西搬进王大河家事先准备好的西屋里。房东女人屋里屋外跑着,张罗各种事情,好像她家的西屋到现在还没收拾利索。东西很快搬完了，那些男人也没有要走的意思，他们平时很少看到这些东西，这回冷丁儿从城里搬来了一户人家，他们不能不看的。一时间，我们家如动物园刚刚运来的一窝稀有动物，叫他们品头论足群情激昂，黑乎乎地挤满了西屋窗子。有没进来的，便将圆滚滚的脑袋相互撞击着挤在油纸窗中间镶有一尺见方的玻璃上；挤不到玻璃跟前的，又在下面捅破油纸，把眼睛贴在圆洞上，亮晶晶地不停眨动。房东女人急了，她来到院子里把那帮脑袋一个个赶走，窗纸立刻现出如乱枪打过的洞孔，冷气呼呼往里钻。房东女人回屋，找来草纸和高粱米粒，把洞孔裱上。又有无数小脑袋挤到了窗下，这回都是从各家跑出来的孩子。他们学着大人的样子，将脑袋贴在窗框上，但他们远没有大人客气，由着性子把窗油纸搞得千疮百孔，气得房东女人挥舞笤帚杆儿，在每个脑瓜壳上敲一下，敲得一个个缩起脖子全部跑掉。

　　房东女人喊小英，说小英回来吃饭。小英不在扒窗户的孩子当中，房东女人跑出房门，朝四处乱喊一阵。这时，她见杨大立在院中还没走，马上眨起眼睛说："进屋吃饭吧，屋里的客人你得陪陪。"这回该轮到我趴窗户了，我看见杨大抬腿踢了房东女人一脚，那一脚没有真踢，只是撩拨了一下房东女人的屁股，便进屋了。我不知道杨大对房东女人为什么有这样的举动，或者这样的举动代表什么意思。这举动很快被我忽略了，我的兴奋点还在那些同我一般大的孩子身上。我脚踩窗台，使劲把脸压向那一尺见方的玻璃上，脸上突出部位全都在玻璃上压平，从外面看我的脸肯定是奇形怪状。我想用这种方式把那些孩子重新吸引回来，但我没取得应有的效果，那帮孩子不敢钻进院子。房东女人在院子里继续喊她的小英。小英在哪儿呢？我顺着房东女人的目光向远处望，看见小英正站在村东头山顶上，胸前抱着一架爬犁，放下，人顺势爬上去。爬犁在山坡上快速滑行，滑行一阵，那爬犁竟像飞起来一样快，将山上的积雪呼啦啦腾起，掩盖了人和爬犁，如一团飞雪在迅猛地向山脚下飞蹿，眨眼工夫，落入山下平坦地带。飞雪落下，露出小英的黑乎乎的身影，她从雪地上站起身，抱着爬犁在深深的雪地里抽出腿，向自家这边望了望，或许她刚听到这边房东女人的叫喊声，不得不往回走。

房东女人的回屋，掀开热气腾腾的锅盖，菜已经下到锅里，借着铁锅的热度，把苞米面揉成团儿，使劲拍在锅壁上，再回手揉成一团苞米面，往锅壁上一拍。一会儿工夫，苞米面饼子在锅壁上贴了一圈。盖上锅盖，往灶坑里添了一把火。小英抱着爬犁推门进屋了，房东女人操起一把笤帚抽掉小英身上的雪，说你不能再在外面乱跑了，你应该找城里的孩子玩。我不知道我和小英在一起能玩什么。雪厚厚的落到一地，被房东女人扫向墙根，她叫小英拿草纸，来糊我们家窗窟窿。

真正到了吃饭时刻，房东主人王大河却不露面了，他好像在这个家里可有可无的，人闷得连一个屁也挤不出来。杨大拎来饭桌放在炕上，招呼房东女人拿筷子。房东女人攥了一把筷子跑进来，哗啦搁在桌上，又觉得不妥，转身挡住大伙的眼睛，伸手从筷子堆里拣出几根，用指甲抠去遗留在上面的饭糊糊，扯起衣襟下角儿，使劲儿搓了几下，又混放在那堆筷子里。

菜盆端上来，苞米面大饼子山一样堆在桌面上，大伙儿围坐一圈儿，抓起苞米面大饼子咬一口，用筷子从盆里捞菜，放在咬下的缺口处，咝咝哈哈吹了一通，觉得不烫嘴了，再把菜吃掉。窗玻璃上霜了，屋子里一片热气腾腾，这反而衬出外面的寒冷。房东女人不停地往灶坑里添柴，炕热得叫人不停掀起屁股，但这并没妨碍吃的速度。天不知不觉地黑下来，在这热乎乎的气氛里，我父母有点不好意思，不知道以什么方式回报这种热情，思考再三，我妈妈翻箱倒柜拿出从城里带来的红方，夹几块放到桌子上。红方在我家属于奢侈品，它是餐桌上不可多得的美味，我妈能在这时拿出红方，足见这顿饭的重要。我妈妈的做法并没起到应有的效果，相反却叫在场的人大为惊讶，先是房东女人愣愣看着红方，像见到了不祥之物，远远地躲避起来。那情景就像三十年后我有一次到长白山地区出差，当地人为显示接待规格非同一般，竟在餐桌上上了一盘林蛙，林蛙是整只的，四肢齐全黑乎乎地趴在盘子里，令我浑身惊怵不已。我妈妈看出她的心思，鼓励她伸筷子夹一下。房东女人怎么也不肯，她红着脸对我妈妈说:"这不是用女人身上流出来的东西做的吧?"全桌人都愣住了,说不出话来,忽然间,还是杨大张口解了围,他挥舞着筷子让大家吃饭,自己先把筷子伸向菜盘里。对于房东女人,我妈并没有失掉信心,她总是寻找机会为房东女人介绍红方,还亲手示范夹了一筷子,抿在嘴里。房东女人情绪松弛下来,我妈妈便把剩下的几块收起来,连汤带瓶一起端给房东女人,希望她能很快接受这种东西。房东女人看着那瓶子里的红方,没说要,也没说不要,她站在屋地当中小心翼翼捧着那个瓶子。我妈妈以为她接受了馈赠,只是她不知道怎么表达,很是欣慰地做起自己的事情。第二天早上,房东女人睡眼惺忪从屋里往外拎尿桶,我妈竟看见尿桶里一片红,刚想看个究竟,房东女人有意躲避了一下,用身子遮掩住尿桶,急急出门。我妈预感到什么,悄悄跟出去。当房东女人将尿桶里的东西倒进房后的灰堆里,我妈妈见到了红方,红方被扔掉了,我妈心疼得不行了,房东女人却不做一句回答,又急急地回屋。后来房东女人跟我妈妈熟了,才说出一句心里话,她说她见到那瓶红糊糊的红方,恶心得受不了,而且她那不懂事的小英竟想亲口尝尝。那次吃饭,幸亏小英没上餐桌,不然房东女人不知要恶心到什么程度。其实小英没资格和大人挤在炕桌,那天她从山上跑回来,老老实实站在我家炕头墙角,一只手搭在炕沿上,另一只手抠鼻屎。抠下来的鼻屎没有扔掉,她先是看,然后把手指放上嘴里用舌尖儿舔着,看我端着瓶子喝水。我妈妈是个心细而又富有同情心的女人,她见小英看我喝水的样子很眼馋,以为小英渴了,到外找热水。那时我妈妈还不知道乡下人都喝生水,她没找到热水,进屋让我把瓶子里的热水给小英。小英接过瓶子,用力对在嘴上,仰头拼命喝起来,好像渴得不行,又好像瓶子里装着琼浆蜜汁,一口气把瓶里的水全喝光了。我妈问小英:"还喝不喝?"小英点头说:"喝。"我妈只好到外屋张罗烧水。

吃过饭,司机往回赶路了,他和杨大握了手,钻进驾驶室里。所有的人都出门送别,屋子里空落了,剩下我和小英。小英的眼睛大而空洞地看着我,我顺着她的目光看看自己。

小英说:"城里的水怎么那么好喝?"

我说:"人渴了,什么水都好喝。"

小英说:"我不渴,我就愿意喝城里的水。"

我说:"你喝的也是乡下的水。"

我们以这种不经意的方式开始了交往。老解放借着雪光一路放着响屁开走了,大家回到屋子里,我妈也烧好一壶水,端进来,小英早已忘了喝水的事,回自己家屋去了。当晚我们家就知道,那看似平常的一顿饭,是小队长杨大派到房东女人做的,她代表全体社员,对我家实行最隆重的接待,成为他们以后日子中少有的奢华。据我所知,在东北农村漫长的冬天里,人们很难能吃到新鲜蔬菜,最常见的冬贮菜无非是萝卜、土豆和用大白菜腌渍的酸菜。贮存萝卜和土豆不是件容易的事,掌握不好温度,不是长缨长芽烂掉,就是冻坏。能坚持吃到春天大地发芽时的蔬菜也就是那一缸缸酸菜,这还得是日子过得比较殷实的人家。大部分人家过了腊月,几乎断绝了所有蔬菜。

房东女人能在这样的季节里为我家做一锅饭菜,已倾其所有,不能不让我们家感动。接下来,我惊奇地看见房东女人和她的男人王大河在那个不到十平方米的东屋里生养了十二个孩子。小屋分南北两炕,年龄大的孩子睡北炕,年龄小一点的,和王大河夫妇一起睡南炕。每天晚上睡觉前,房东女人都要数一遍躺在炕上的一个挨着一个的小脑瓜,数够了十二个,才闩上门熄灯睡觉。如果哪个孩子不听话来回乱窜,房东女人就会数不准,朝着乱窜的孩子屁股打两巴掌。孩子镇住了,老老实实躺在被窝里,她再重新数一遍。我要提到的是,这十二个孩子有十个就像大地里随处生长的植物一样与这篇小说无关,我只写她的两个孩子,大英和小英。有一天,在房东女人数孩子之前,小英溜到我们家,她像小猫似的推开门,手搭炕沿站在炕头地角,毫无目的地看我们家的人。房东女人出门喊小英,喊了三遍,小英推门跑了出去,在进屋之前,挨了房东女人响亮的两巴掌,那两巴掌好像不是打在小英身上,而是随便完成一件拍打程序,以泄心头之恨。只见小英飞速进屋上炕,灭灯,睡觉,整个屋里一点动静都没有。

我们家到了农村等于生活重新开始了,有很多东西不知放在哪个包里，需要不断翻找，又有很多物品需要摆放在固定位置，因此睡觉就要比平时晚。晚上十点钟，我们这边听到房东女人的呵斥声，停了不到五分钟，呵斥声又响了，煤油灯也跟着亮起来，小英开始哭了。房东女人提着棉裤推开我们家门，问我们家有没有药，什么药都行，说小英这孩子不好好睡觉，给她吃点药。我父亲说孩子不睡觉是有原因的，怎么能随便吃药。房东女人发现自己无知，很不好意思地把棉裤系好，说这孩子没什么大事，就喊肚子疼。肚子疼也不是啥药都可以吃的。当时房东女人还不知道我父亲是一名针灸医生。我父亲去看小英，发现小英三天没大便了，肚子硬得厉害，这会儿已经不会哭了，闭着眼睛只顾喘气。我父亲大概判断出事情的严重，回屋翻出铝饭盒，找出两根一寸多长的医用钢针，用酒精棉擦拭后，又去了对门。我父亲在小英两腿膝盖下面外侧那个叫足三里的穴位各扎了两根针，在我父亲手指不停地捻动两根针的时候，小英睁开眼睛，说她要拉屎。我父亲停止了针灸，让小英大便。小英从外面回来，肚子就不疼了，她好像累得不行，躺在炕上重新睡觉。忙完了这一切，我父亲嘱咐房东女人，一定要让孩子多吃蔬菜，定期大便，一天一次，要养成习惯。房东女人不知听明白了没有，只是一个劲儿地点头。

  第二天，有两个叫李兴全和杨红旗的孩子来找我玩。李兴全看上去浑身上下还正常，杨红旗是罗圈腿。我爸爸看他一眼，说："这孩子缺钙太严重了，你家大人叫什么名字？"杨红旗说："叫杨大。"我爸爸说："回去赶快把你爸爸杨大叫来。"杨红旗"嗯呐"一声吓跑了。我爸爸从箱子里找出一瓶钙片，在家里左等右等也不见杨大过来。已是下午了，我爸爸无意中出屋，看见杨大从房东家出来，赶紧喊杨大，杨大好像没听见，头也不回地走出院子。我爸爸急忙进屋拿起那瓶钙片追出去，杨大的脚步走得比跑还快。我爸爸没有放弃追赶，他穿过大街跨过篱笆墙，一直追到杨大家院子里。杨大停下脚步。我爸爸把那瓶钙片塞到杨大手里说："我看你孩子缺钙太严重，你把这个给孩子吃上吧，记住，一天吃两次，一次吃一片。记住了？"杨大放松了一下自己的身子说："记住了，一天吃两次，一次吃一片。放心，我天天盯着。"

我父亲转回身将要离开，杨大忽然叫住我父亲。我父亲停下脚步转过身，杨大却不急于说话了，他两手大拇指插进腰间的麻绳，脸上有点皮笑肉不笑的样子，上前一步走到我父亲跟前小声说："你们这些走'五七'的，政治上都有问题？"

我父亲不吱声了，不吱声并不等于他没有回答，他的身体瞬间比杨大矮了半截。

杨大宽厚起来，他抬起手拍拍我父亲的肩膀说："你的问题组织上都掌握，不过在这里有我杨大在，谁都不敢把你咋样。"

我父亲对杨大表示了感谢。

杨大说："谢就客气了，不过我还真要麻烦你一下。"

还没等我父亲问杨大有什么事要麻烦，杨大张口了，他说："你借我十块钱吧，我知道你们城里人挣工资都很有钱，这钱我急等着用。"

我父亲千恩万谢地从兜里掏出十元钱塞进杨大手里。

父亲刚回到家，杨大又跟进来了，他手里拎着两棵酸菜放到我家屋地里。不用言说，他是对我父亲借钱一点回报，但我父亲知道，那十元钱，杨大不会还了。

小英倒是养成了好习惯，她每天吃完晚饭天黑时都要跑进我们家来，手搭炕沿往炕头地角那一站，然后约我到外面大便。我们出屋脱了裤子并排蹲在窗户底下，冷风吹拂着我们的屁股，钻进裤裆里，真叫冷啊！人的屁股是抗冻的，不管多冷的天，屁股露在外面也不觉冻得疼，唯独不能抗御寒冷的是和屁股一起露在外面的男孩子的那小东西。我们拉完一坨屎，就蹲着向前挪两步，再拉，再向前挪两步。后来拉屎已不是大人交给我们的硬性指标和任务，而是很好玩的游戏，我和小英每天晚上都在比谁拉得多，谁向前挪动得远。第二天那一小坨一小坨的屎在院子里冻得硬邦邦的，狗都啃不动。有人从院子里路过，不小心还会绊个跟头。小英说她以前晚上很愿意到院子里拉屎，只是一个人不敢出来，怕狼，就让哥姐们陪着，哥姐们总是缺少耐性，她这边刚脱下裤，那边就催她快点儿拉，说再拉不完我就要回屋子，大冬天的谁能陪你这么站着？小英说他们越催，她越拉不出来了，干脆提上裤子不拉了。小英还说："你见过狼吗？"我说："没有。"小英说："我也没见过，我要是见过早就被狼叼走了。"小英说："你知道狼怎么叼小孩儿吗？"我说："不知道。"小英说："我们现在蹲着，被狼看见了，它会不声不响凑过来，还会低着头夹着尾巴，装作狗要吃屎的样子，来到你后背。当你回头看它时，它会一下子咬住你的脖子，然后把你往它脊背上一甩，背着你就跑，跑到哪个荒甸里把你吃了，等大人找到你，恐怕你就剩下几根骨头了！"我吓得不行了，我看见我们背后正蹲着一只毛乎乎的东西，霍地一下提着裤子站起身，小英跟着受到了惊吓，站起来了，转身把那只毛乎乎的东西搂了过来说："别怕，这是我们家大黄狗。"我无论如何不想重新蹲下了，小英从地上捡起一根高粱秆，用牙齿咬开一头，掰成两块，一块递给我，她用另一块把屁股刮干净了，提上裤子，让我蹲下来，把屁股刮干净了再进屋。我在城里都是用纸擦屁股的，我们家从城里带来的纸没几天都被用光了。我们家最大的失误就是没想到在乡下见不到纸。有一块报纸都被人家当做好东西糊墙用了。我学着小英的样子用半块高粱秆刮了屁股，心有余悸地夹着屁股回屋了。

我忽然见到了杨大，他坐在东屋炕沿上，身边放着一大包草纸，草纸上有油浸出来，不难看出草纸里一定包着好吃的东西。见小英进来，房东女人不再客气，当着杨大的面打开草纸。草纸一层层折叠得非常好，只是已是揭下三四层了，还不见里面的食物，小英的眼睛瞪得不行，房东女人还在小心翼翼耐心地揭着草纸，草纸越揭显露的油印越大，巨大的诱惑恨不得让人马上把那一层层草纸撕扯掉。终于揭到了最后一层了，草纸里露出两个麻花，让在场的人都兴奋不已。杨大看着大家，脸上现出得意之色，似乎忘了他买麻花的钱是从我父亲那里借的。房东女人全然不知地陶醉在幸福里，她给小英揪了拇指大小的麻花，然后把她赶出屋。

我和小英重新跑到院子里，我问："杨大去你家做什么？"

小英说："不做什么。"

我问："不做什么他去你家干啥？"

小英说："他不做什么才去我家。"

我问:"杨大为什么总是鬼鬼祟祟?"

小英说:"大人们总是鬼鬼祟祟。"

白天里,我和小英手拉着手从东屋蹦到西屋,不分你家我家的,我们一起拍手板唱儿歌。有一天,趁屋子里没有别人,小英大胆地提出一个要求,就是我们互相看屁股。屁股有什么好看的?我不干,小英就把自己的裤子扒下来,撅起屁股让我看,然后又让我脱裤子撅屁股。她看得比我仔细,没完没了地扒,不厌其烦地看。我们知道这不是什么光彩的事情,我们都因为不光彩而心惊肉跳,这种心惊肉跳把我们刺激得乐此不疲,直到小英爹王大河出事,才不得不结束这种游戏。

杨大向我父亲借钱的事,不知怎么被房东王大河知道了,他学着杨大的样子向我父亲借十斤粮票。我们住在王大河家的西屋,他张一次嘴我父亲不能不借的。王大河拿到这十斤粮票马不停蹄奔向公社粮店,购买十斤苞米面。十斤苞米面对王大河一家非同小可,它可以和各种干菜掺在一起,解决王大河一家十天八天的口粮。那天王大河头脚走,杨大后脚便来了,杨大在房东女人家泡了一天,房东家孩子出出进进吵吵闹闹,都没影响杨大待在房东屋里。天黑时,杨大走出房东家,又被我爸爸撞见了,杨大什么话也没说,硬着头皮走出院子,还是房东女人迎出来,对我爸爸说:"杨大说你是大好人呢,他是来向我布置,一定要我好好照顾你们。"

我爸爸问:"大河还没回来吗?"

房东女人说:"是呀,我也在想,他要是回来,早该回来了,他现在不回来,不会是出什么事了吧?"

我爸爸说:"用不用派人去公社找一找?"

房东女人说:"要是出事了,找也没用,我们不管他。"

其实王大河真的出事了。那天王大河第一次到粮店购买供应粮,摸不着门路,费了不少的周折。本来动身时太阳已过中午,回来时天就黑了,王大河要是直穿饮马河,走冰路也许不会出事,可他嫌冰路空旷且寒风刺骨,所以选择了土路。当他一踏上土路,有些后悔了,路上不见一个人,却总觉得背后有人跟着。他背着十斤苞米面硬着头皮翻过两条岭,眼望家门了,猛地转过回身,想证实背后到底有没有人,竟看见一只狼。王大河身子一紧,按以往的经验,他想到了火,只要有了火,狼就不敢轻举妄动。王大河买苞米面时剩了几毛钱,他利用这几毛钱买了一盒火柴和两沓卷烟纸。他把卷烟纸一张张撕下来,划燃一根火柴,狼停下脚步,卷烟纸被点燃,狼就退一下。王大河一边点燃卷烟纸一边倒退往回走,那只狼拿他没办法,又不肯放弃,王大河知道,他手里的卷烟纸早晚被烧光的,在卷烟纸烧光之前他也不能倒退着走回家。他看看村里的灯火,开始用燃烧的卷烟纸烧自己的棉袄了。

王大河穿着冒烟的棉袄一头栽到自家院子的时候,已经快半夜。经过这次惊吓,他魂儿好像丢了,本来就木的他,比以往更木。

寒冷的冬天说过去就过去了,空气中渐渐有了暖意。饮马河冰层一宿之间断裂开来,一块块冰排载着水鸟向下游漂去,悠悠荡荡,诉说着无尽的惬意。

杨大从自家仓房翻出灰尘暴土的渔网,怀揣两块玉米面饼子出门打鱼。两块玉米面饼子一块是自己吃,另一块搓碎了撒在河里,把鱼招惹过来。开始撒网,杨大的网是扣网,撒网时腰一转,胳膊悠起来,网也就顺着腰劲儿,在空中张开成圆圆的弧形,借着旋转的张力扣入水中。水下是事先撒好的玉米面饼子,一网提起来,竟是无数条白花花活蹦乱跳的鱼。

饮马河水真是好哇,据说当年乾隆携随从视察东北,看好了这条河水。那时这里还是一片荒凉之地,乾隆的宝马已是大汗淋漓,饥渴难耐。一筹莫展之际,乾隆眼望天边,从袖口抖出白绫手帕,准备擦拭额头上几粒汗珠,忽儿跟前一股凉风旋起,抽走他手中的白绫手帕。那手帕如一只偌大白色蝴蝶向空中飘飘扬扬飞去,乾隆再次极目眺望,见天边有一大片亮色,猜度是水光辉映,令人松开缰绳,让所有的马狂奔而去。不远处果然出现一条宽阔的河面。饮足了水的马儿忽然像变了个样儿,抬起头,精神振奋刨蹄撒欢,把牵缰之人拽出十米开外。此河便称之为饮马河。现在风儿从水面上轻轻刮过,整个村子空气都是湿湿的,腥腥的,很是醉人的。杨大腿脚湿漉漉往回走,泥水的腥气挂在他的身上,他有一种收获的满足。杨大走着走着停下来,他将手中的鱼放在地上,分成两份儿。他没有直接回家,而是半路拐到我们家的院子,把鱼交到房东女人手里,转身走了。房东女人站在院中半天没有动地方,她的脸热热的,看着杨大渐去渐远的背影内心那种幸福感愈加饱满充盈。傍晚,房东女人往灶坑里多加了几把干柴,煮鱼的香味钻到屋子里每个角落,又顺着门缝钻进院子里,整个院子都香气喷喷的。

王大河坚持不吃这鱼,他坐在炕头上一袋袋地抽烟,烟抽完了,往炕沿上使劲儿磕烟袋锅,然后再往烟袋锅里按烟叶,点着了,再抽。开始房东女人心里闷着不吱声,任凭王大河在那里生闷气,可挺着挺着,房东女人好像实在闷不住了,将锅碗瓢盆摔得咣咣响,王大河便又将没有抽完的烟袋锅子砸向炕沿,从胸腔里鼓出一声:"犊子!"

杨大在家刚吃了鱼,他折了树枝一边剔牙,一边向这边溜达,一副酒足饭饱的样子。他来到院子推开房门,看见站在一边气得不行的房东女人,好像明白了怎么回事,开始大骂。我不知道王大河那么怕杨大,在杨大的骂声中王大河和房东女人气儿全消了,缩在一边儿耷拉起脑袋。

杨大真正对房东女人下手是从这以后,有一次杨大赶在王大河在南边菜园子开荒地,来找房东女人。在这个村子里,谁家来了人从不打招呼,渴了来人到外屋掀开缸盖自己舀水,想抽烟,来人扯过炕头簸箕里的烟叶卷一支。杨大来到房东女人的屋子,随手关了门,扯过炕头烟簸箕自己卷了烟抽。屋里来了杨大,房东女人也不当回事,该干什么还干什么,屋里像没来这个人似的。这工夫孩子们都不在家,屋子里就显得有些静有些空旷,人的心情也就跟平时相比有点特别。恍惚间,一只麻雀从窗前飞过,扑棱地掠过一道暗影,又不见了。杨大坐在炕沿上不停地撅动屁股,见房东女人没什么反应,便半躺在炕上看天棚报纸上的字,那些字有的认识,有的不认识,不管认识不认识杨大都能看明白那里面的意思。杨大看着看着,裆里有点痒,他的手从裤腰伸进去,这时正赶上房东女人从外屋进来,看见杨大不安分的手，赶快转过脸去，手里没活儿找活儿忙起来。这又好像提示了杨大，他起身抬头望了望窗外远外正在干活的王大河，随手从背后把房东女人抱住。房东女人大气儿不敢出了，却使劲地往外挣脱，又不想真的挣脱出来，这更激起杨大斗志，不由分说将女人摔倒在炕上，三下五除二把事情解决了，轻松得像院子里那只公鸡踩到母鸡身上。房东女人抖落抖落身子，扯正了衣襟，又出外屋干活儿，没事了。

春天是动物们忙于交配的季节，大街小巷，田间地头，到处可见各种动物相互追逐的身影，为了这个季节相互拼杀不惜丢掉性命。在这样的季节里，我上小学了。小学距离我们村需要走四十分钟的路，中间穿过一座岭和一条柳条沟，还要走过两米多长的小桥。小桥是用树枝搭成，上面铺了一层沙石。放学的路上，我们站在小桥上向河水里撒尿，杨红旗问，你们说："我们这玩意儿除了撒尿还能干什么？"他显然别有用心，我从没想过这东西除了痛快地撒尿还能干什么。杨红旗吃吃笑了，他这一笑，腿就站不稳，抛向远处的尿七扭八挣弱下来，淋湿了裤腿。

房东女人领着小英顺着小毛毛道走来。她是到学校找老师商量小英上学的事。小英到了上学的年龄，房东女人不让她上学，想留小英在家帮她干点活，老师到家里动员几次，房东女人都把小英藏进柴垛里，不让老师见的。这两天，小英的姐姐大英得知父亲王大河被狼吓着了，匆忙请了假，从"三线"回来。大英在"三线"工厂为职工做饭，眼界比别人开阔，她埋怨房东女人目光短浅，说一个人一辈子连自己名字都不会写，连一点小账都不会算，长大了处处受憋的。房东女人让大英说得没办法，领着小英到学校找老师，因为学校开学很长时间了，老师让房东女人把小英领回去，说是等来年吧。房东女人领小英回到家，大英对房东女人又是一顿埋怨，硬逼房东女人又来找老师。

房东女人从我们身边走过去，走远了，杨红旗眼睛还追着人家背影看，我猜出他的心里准是有了坏主意。

大英端了一盆洗手水泼在街头，转身又回去了。这是我第一次见到大英。李兴全说他也有好几年没见到大英，在他的印象中，大英已经不是村里的人了。其实大英到"三线"工厂不到两年，人却翻天覆地变了模样。大英的变，还是在干净上，大英外出进屋总要用香皂洗一次手，在家干完活儿再用香皂洗一次，大英每天在家要洗无数次的手。别人家香皂能用半年，大英用过的香皂几天就没了。在街上只要谁闻到香皂味，准猜到大英刚刚从这里走过，只有大英身上才能散发出好闻的香皂味。村里女人见到大英那副样子，凑到一起说："别看她干净得要命，等往后结婚生孩子看她怎么干净。"人干净了，在别的方面也特别讲究，比方穿衣服。衣服是同样的衣服，布也是同样的布，可穿在大英身上就与众不同就有些不同凡响出来，这其中原因，就是大英三天两头洗一次衣服，洗过的衣服和没洗的衣服是不一样，洗过的衣服穿在大英身上就更不一样了。我们经常看见大英在院子里挂着刚洗过的湿淋淋衣服，被风鼓荡着，让人的心也跟着起起伏伏。大英还有一条好看的蓝裤子，洗得发白了，裤腿短了一大块，大英用两块新蓝布把裤腿接上，穿在身上真是脱胎换骨似的别致，我们村子姑娘有一阵时兴接裤腿，都是从大英那儿学来的。

大英怎么去的"三线"工厂，我们谁都不知道，我们只知道大英在那里挣工资，一个月三十二块八角九，村里的人听到这个数字，羡慕得不得了。大英这次回来，是看王大河的，王大河这几天魂儿不但没收回来，还添了一个毛病，整天流口水，大英好像没有回"三线"工厂的意思了。

李兴全和杨红旗异乎寻常地跟我热乎起来，有事没事他俩都来我们院子。他们是别有用心的，他们求我把小英从家里叫出来。这事我很容易做到，我回到屋里叫小英，小英脸上带着兴奋的样子问我干什么，我说你出来就知道了。

小英跟着我们在废弃的打谷场上奔跑，全然不知李兴全和杨红旗一肚子坏水，其实我也不知道。我们玩的游戏是抓瞎——用一条事先准备好的毛巾蒙在小英的眼睛上，让她抓我们，要是抓到哪位，小英再解下毛巾，再蒙上被抓的那个人的眼睛。实际上，在偌大的打谷场即使眼睛不蒙毛巾，小英也很难抓到我们的。小英眼睛被围了毛巾，根本抓不到人，跑了一阵，小英脸上通红通红的，头上冒起了热气，她一屁股坐在地上说不玩了不玩了，抬手解头上的毛巾。

李兴全说："别解，我数三个数，你再解毛巾抓我们。"

也许这时我才感到事情有些不妙，李兴全悄悄拽起我和杨红旗跑出打谷场，向玉米地跑去。玉米已经长到齐腰深，青油油，散发着鲜嫩嫩的气息和饮马河水飘来的腥腥的蒸气，李兴全边跑边拉着长音喊：一——，二——，还没等他数到三，小英听声音有些不对，一把扯下头上的毛巾。我们跑到玉米地头了，李兴全诱惑着小英向我们这边追来。小英果然上当了，扔下毛巾跑过来。我们越加向玉米地纵深处跑去。忽然，大家都不说话了，只感到玉米地四处阴森森的，可怕极了。我们还听到远处青蛙的叫声，听到不知名字的鸟儿呼唤，我们压抑着呼吸一步步地向未知的领域走去。不一会儿，眼前出现一块坟丘，坟丘上直直地长着一簇簇野草，显示出土质肥沃的样子。我们犹犹豫豫想转头往回跑，李兴全勇敢地喝住我们说："谁要是回去，谁就是叛徒！"我们硬着头皮往前走，坟丘渐渐离开我们，我们的心情渐渐平稳下来，李兴全说："我们就在这里吧。"我不知道我们在这里干什么，我后悔跟他们稀里糊涂钻进了玉米地。李兴全扯下身边的玉米叶子，又让我们同样扯玉米叶子，扯下的玉米叶子铺在垄沟里，垄沟被填满了。李兴全问小英："你知道这回我们玩什么吗？"小英正扯着一把玉米叶子填在沟里，她当然不知道接下来干什么。李兴全忽然抱起小英，将她摔倒在玉米叶子上，动手动脚剥小英的衣裤子，小英说："这不是好事，我不干。"杨红旗上前帮忙了，说："这事你干也得干，不干也得干。"我也扑上去，不是帮助李兴全，而是帮着小英拼命地推李兴全和杨红旗。我的力气实在太小，小英衣裤在慌乱中被脱光了，李兴全看我的样子，气得不知如何是好，他对杨红旗说，他不懂，让他先来。然后两人来剥我裤子，想把我按在小英身上。我挣扎着躲避，又不让他俩靠近小英的身体。折腾半天，使他俩精心策划的阴谋破产了，只好败兴而归。他俩一路数落着跑出玉米地，我发现天已经黑了。乡下天黑和城里天黑不一样的。乡下天黑了，只是感觉自己周围在黑，而远处西边的天空还留有一抹亮光。在城里，天黑就是黑了，看不见远处天空还有什么。我们惊恐万状走回打谷场,看见各家窗口都亮起煤油灯,明明灭灭,像田野里风吹动的鬼火。在城里的时候,我家天黑从不亮灯,妈妈说,屋子里亮着灯,外面的人能看见屋子里的人。我家已经习惯晚上不亮灯的生活,即使挡上了窗帘,我家也不点灯。为这事,我特意问过妈妈:"别人家为什么不怕外面的人看?"妈妈说:"别人家孩子的爸爸都在家,不怕看的,我们不亮灯就是不让别人知道你爸爸不在家。"那些日子,爸爸在单位接受反省和检查,有人看我家出了问题,借机在晚上趴在我家窗口装神弄鬼,扔一个砖头砸碎玻璃,然后心满意足地离去。接下来,领导实在在我爸爸身上查不出有价值的材料,允许我爸爸回来了。我爸爸回到家里带来了重大消息:"下放。"我问什么叫下放?爸爸说:"到农村去,到最艰苦的地方去,接受贫下中农再教育。"那段日子爸爸只要张嘴说话,必是满嘴语录,再就是报纸上的字句,我们很难听到爸爸日常生活的话语,这也许就是领导抓不住爸爸一点把柄的原因。这天晚上,父母进行了一夜革命式的谈话。妈妈坚持不开灯,她对灯光有着莫名其妙的恐惧。在他们谈话最为激烈的时候,爸爸要喝水,随手把灯打开了,妈妈赶紧把灯关掉,动作娴熟地在黑夜里为爸爸端来一碗水。妈妈说:"农村不可怕,可怕的是我们在那个人生地不熟的地方如何活下来。"现在看来,我们下放到乡下有什么不好?我们是每月吃供应粮,拿城里的工资,只是父母怎么也不会想到,在这里我首先接受了他们的教育。

小英哭哭啼啼提着裤子赶上来,也许她慌不择路,把双脚踩进泥坑里,两只鞋拖起厚厚一层泥底,有一只重得也快要从脚上掉下来,只是她用力趿拉,才勉强挂在脚面上。李兴全和杨红旗跑回了自己家,钻进鬼火般的灯光处。我的心里有一种说不出来的滋味,我拉起小英的手想对她说句宽慰的话,小英一扭身甩开我的手说:"你真坏,以后我不理你了。"

第二天小英好像忘掉了跟我生气的事,她一大早推开我家的门,手搭在炕沿上看我吃饭。大英喊她好几遍,她也不回去。我着急要上学,没有在乎她站在那里想什么。我们学校上半天课,中午回家,看见小英一个人蹲在院子里挖泥坑,我刚要进屋,小英"哎"一声叫住我，我看她时，她竟然埋起头来，我坚持要进屋，她又"哎"了一声。我走到她跟前问："你叫我吗？"小英低着头说："一会儿我在打谷场打更房里等你。"

好像知道小英意思了，我把书包放回家，忍不住向院子看了看，发现小英已不在院子里，她肯定去了那个打更房。我努力抑制自己，走出家门，向打更房跑去。

打谷场与我们家屋后相隔一百米，打更房要比我们住的房子小，墙也是薄薄的一层，屋里除了一铺小炕，一个烧炕的灶台，再也容不下别的东西。每年秋天都是杨大搬进打更房里住，等粮食入仓，杨大再从打更房里搬回家。这样，打更房一年大部分时间都是闲置的，里面到处都是各种动物留下的粪便。中午的阳光真好，骄阳似火，潮湿的地气让植物飞快生长，各家的狗悄悄溜出来，在寂静的街道上相互调情，在房顶的草窝里，孵蛋的麻雀探出小脑袋向外面四处张望，这看似安静的村屯，到处都是蓬勃的情欲。

我怎么也无法想象，小英会在这里一丝不挂躺在土炕上。土炕铺着一层厚厚的谷草，谷草散发着陈年的气味，小英浑身赤条条白如粉团，皮肤被谷草印出一道道横印，她又全然不知，竟一个劲儿地催促我快脱衣服。我一时无法适应，我站在那里怎么也不好意思脱衣服。小英急了，说："你这个人怎么这样呢！"然后从炕上爬起来，帮我脱衣服，瞬时间我也变得赤条条了。就在一个赤条条扯住另一个赤条条，使之努力黏合在一起的时候，我们怎么也没想到，打更房里的阳光忽然被一条暗影遮住，大英如怪物般地堵住了门口。我们吓得说不出话来。大英说："我知道你们到这里没有什么好事！"

我们太粗心大意，原以为是神不知鬼不觉的行动，竟这么轻易让大英跟踪了。

大英说："这回你们还有什么说的？"

我们真的没什么可说的。

大英说："你们放心，我不会往外说出去的，我不会让全村子人都知道我妹妹在这里干这事。"

小英说："姐！"

大英用一种超乎寻常的兴奋说:"我总得告诉咱妈的。"

小英说:"我求求你。"

大英说:"求也没用,我一定要告诉咱妈的。"

小英说:"姐!"

大英说:"别管我叫姐,我不是你姐。"

我的心不住地往下沉,我感觉自己正在经历一次灭顶的灾祸。小英也是同样的,面对着眼前的大英,她那种心里的感受肯定不亚于我。当我想进一步打探那时小英内心的情境时,已是三十年后的事了,我见到这个叫小英的中年妇女,如果不是熟人所指,我绝不敢相信我面前这个身子精瘦,脸色蜡黄,头发散乱,被严重哮喘折磨得不行的女人,就是当年的小英。当记忆之门不断打开时,我从那不住躲闪的脸上,的确捕捉到了当年小英的影子。据说小英十六岁早早嫁给外屯的一户人家,三十岁离婚返回北沟,半年后和一直打光棍的杨红旗结为夫妻,身下有一男两女,那男孩儿是老大,从先方带回来的。她和杨红旗生活也不顺,三天两头打一仗,原因是杨红旗想要个儿子,而他又没有生儿子的命。小英在村里是个少言寡语的人,她好像很少跟别人家的男人说笑,有男人想跟她开句玩笑,她往往装作听不懂似的远远离开。十几年来,村子里不断传出各式各样的绯闻,但没有一件能归结到小英身上,她总是把自己很好地包裹起来。

那天回家,我和小英经受到不同的经历,让我事隔三十年后仍然记忆犹新。小英被大英趔趔趄趄牵回家门,真正的灾难也就开始了。在对面房门"咣"地关上的时候,房东女人不由分说从自己腰间抽出皮带,劈头盖脸地抽打在小英身上。当时我并没想过坚硬的皮带抽在细皮嫩肉的小女孩身上是一种什么样的景象,我只听到小英声嘶力竭的哭喊和撕破屋顶的嚎叫,接着就是上气不接下气苦苦告饶。大英没有就此罢休,她在旁边不住地给房东女人助威与火上浇油。危险随时都可能发生,可她们意识不到危险。我妈妈跑出去,使劲地敲打对面的门板,房东女人不开门,她说:"这事不用你管。"

我妈妈说:"你这样,会把孩子打坏的。"

房东女人说:"打坏了也不用你管。"

我惊恐万状地看到妈妈返回屋来，我以为我会遭到和小英同样的下场，我的眼睛不错神儿望着妈妈，随时都可以求饶或泪如雨下。奇怪的是，妈妈由始至终像什么事也没发生一样没完没了地做着手中的事情。我的等待是漫长的，我不知道妈妈的沉默是否有更大的愤怒爆发。我抑制不住地说："妈，我错了。"

妈妈停下手中的事情，抬手摸摸我的头，那手忽地一下温暖起我心，她轻描淡写说一句："知道了就好，以后咱不那样了。"

我不相信这事就这么过去了。

的确是过去了。

妈妈说："你出去玩吧，等一会儿别忘了回来吃饭。"

我跑出户外，看到天格外蓝，草格外青，阳光格外明媚，我不相信眼前的一切都是真实的，我好像悬浮于空中的一片幻景里，需要我努力挣脱才能回到现实。

事情还没算完。大约事隔十五天，小英意外地穿着一身新衣服，头上还系着一条粉色的头绳儿，由房东女人牵着手，推开我家屋门，进来了。我知道小英在这十五天里无论睡觉还是吃饭一直趴在炕上，那天房东女人的皮带已使小英的屁股肿得不成样子，我时常会在半夜听到小英翻身时疼痛的哭声。今天小英来，她屁股上的伤肯定还没好利索，因为房东女人急于把事情解决了，所以强行让小英穿着一件新衣服过来了。

房东女人说："我已经想过了，这事着急上火都没用。"

我妈妈说："小英也算是大孩子，晚上睡觉不应该让她跟你一铺炕。"

房东女人说："小英早晚也得嫁人，你儿子早晚也得娶媳妇，我们不如现在把这事情定下来，我把小英送给你们家了。"

我妈妈说："你家的屋是小了点儿，晚上睡觉最好南北炕中间拉个帘儿。"

房东女人说："我也不管你们要啥，你只给我一头毛驴钱就行。"

我妈妈说："孩子们都不懂事。"

房东女人说："往后，小英就是你家人了。"

我妈妈说:"这怎么可能? 往后小英出息成个漂亮的大姑娘,看不上我儿子怎么办?"

房东女人说,等你们回了城,把小英一块儿带走,她不会看不上你儿子。

我妈妈说:"这事先放一放,以后再说吧。"

房东女人脸上挂不住了,但还是强作笑脸说:"不用往后,这事就这么定了。"说完扔下小英,一个人转身走了。小英手扶炕沿站在那个固定角落,一动不动,好像被她妈妈打傻了,或者头一次听到谈论她嫁娶的事情,脑袋一时转不过弯来,只是木木地站在那里听大人摆布。我妈妈没有马上赶小英走,她不想伤害小英,她给小英足够的自信,她估计那边房东女人已经心平气和,才打箱子抓出一把饼干,放在小英手里。小英的手太小,她双手捧着饼干走出了我们家门。

过了一个星期,在院子里干活的房东女人从窗口探进头说:"我想好了,我们家小英白送给你们,那头毛驴钱不要了。"

我妈妈斩钉截铁地说:"这事根本不可能。"

房东女人说:"你先别把话说死,等你考虑几天给我信儿也不迟。"

我妈妈开始躲避房东女人了,房东女人在外屋做饭,我妈妈绝不到外屋烧火。房东女人在院子喂鸡喂猪,我妈妈绝不到院子里打水。房东女人看出我妈妈的心思,故意往我妈妈跟前凑,有一种死猪不怕开水烫死不要脸的精神了。她每天拌好鸡食放进槽子里,就开始拿眼睛瞟着我妈妈,如果猪前来偷吃鸡食,也不需要她管,她家那条大黄狗会出面整顿院子里的秩序,保护惊魂未定的鸡们又聚集在槽子跟前。房东女人养了二十只鸡,十多只鸭子,一只猪一条狗。鸭子和狗不用她喂,她拌了鸡食,再炖上猪食,这一上午的活就算干完了,剩下的时间便琢磨起心里那点儿事。有一次她实在等不及了,假装到房后抱烧柴,把我妈妈骗出屋门,那时我妈妈急着到院子里的水井打一桶水,盼着房东女人离开院子,我妈妈拎着水桶刚来到井沿儿,房东女人从房后溜出来。想躲是躲不开了,我妈妈硬着头皮摇起轱辘把,把水桶稀里糊涂放进井里,房东女人说:"你这么打水可不行,水桶最容易掉井里。"接着房东女人抢过辘轳把，示范起操作规程。一桶水提上来了，房东女人顺手提了起来，三两步跑进了屋里。我妈妈说："你帮我拎水，这多不好意思。"房东女人说："一家人不说两家话，你还客气了呢。"房东女人还说："我家有两只母鸡抱窝十多天了，等出了小鸡儿，我送给你几只，你也养养。"

又过了一个星期，房东女人扯起衣襟推门进我们家屋了。她衣襟里果然放着几只毛茸茸的小鸡儿，很招人喜爱，我上前要摸摸小鸡儿的绒毛，被我妈妈强行制止了，并让我到院子里去玩。我不情愿地往外走，房东女人赶忙招呼，说："我拿来这小鸡就是给孩子玩的，怎么能让他走呢！"我妈妈涨红着脸毫不犹豫地坚持让我出去。我在院子里听到这样一段对话：

我妈妈说："我知道你什么意思，你就别费心思了。"

房东女人说："我把闺女白给你们，这有什么不好？"

我妈妈说："孩子还小，暂时还不到谈这事的时候。"

房东女人说："你要再不答应，我这就给你跪下还不行吗！"

我妈妈说："你这是干啥呢，赶快起来。"

房东女人说："你不答应，我坚决不起来。"

社员们都知道了我和小英的事，他们带着各种好奇心前来打听。我妈矢口否认和房东女人的几次交锋。我妈还要笑呵呵地把房东女人叫来，让她手把着手，一起讨论纳布鞋底儿的针线走法儿。

房东女人脑筋冥顽不化了，她对我妈妈说："像你这样贵重的手哪能学这玩意儿？你学也学不会的，你要是不嫌弃，以后你儿子的鞋由我做了。"

我对学习明显不用心，上课时常分心溜号，有点多动症的前兆。我每天放学回来，我妈让我在院子里独自玩一会儿，便把我扯进屋，按在炕桌子上写作业。我学习效率很低，边学边玩，好长时间才能写完一科作业。李兴全和杨红旗有几次试图溜进院子里勾引我出去，都被我妈妈挡在了门外。我妈妈拒绝那些孩子和我来往，她始终认为无论大人还是孩子都是近朱者赤近墨者黑。再说小英。小英的确还是个不懂事的孩子，在房东女人鼓动下，没脸没皮地往我家钻，被我妈妈挡了回去。妈妈的严加看管，不得不使我心无旁骛地安下心来学习。期末考完试，开始放暑假，我妈妈为我制订了一系列学习计划，我的情绪似乎正朝好的方向发展，但意外的事情发生了，使这一计划最终没能付诸实施。那是一个再平常不过的黄昏，西边天上有一片火烧云，很扎眼，街上的人们都禁不住往西边天上看几眼，看着看着，人们发现有两个男人从火烧云里露出头来，继而又露出脖子和全身。俩人从西山上走下来，直奔我们这个村子，一路打听着，摸到我们家，神秘得叫人心里发冷。当时我爸爸骑着那辆除去铃儿不响剩下哪儿都响的自行车去公社领粮还没回来。那俩人进了我家屋，随手把门关上，看见坐在炕桌上的我，脸在大夏天里像被冰雪冻僵了似的呈现不出一点表情，又把门打开，让我妈妈把我劝出门外，然后开始了一场重要的谈话。

气氛的确有些紧张，连房东女人都看出来了，她借着做晚饭的机会，把眼睛贴在我家门缝上往里看，却很难听到屋里说什么。房东女人不死心，开始使劲儿地看，看累了，再换另一只眼睛贴在门缝上。过了好半天，觉得不过瘾，悄悄起身，踮起脚尖走到碗架跟前，拎起印有"斗私批修"红字的茶缸，踮起脚尖一步一晃地走到门前，把茶缸轻轻扣在门板上，这回她不用眼睛往门缝里看了，而是把耳朵贴在茶缸底上，细细听起来。我心生好奇，也把眼睛贴在门缝上，我看见妈妈脸色深沉，动作迟疑，她好像在我书包里寻找什么。其中一个人看明白了我妈妈的意思，从自己的上衣兜里拔出一支钢笔。那俩人每人左上衣兜里都插着三支笔，明晃晃，一看就不是一般的人。我妈妈拿着那人的笔，在炕桌上写着什么，那个递给我妈妈笔的人开始对我妈指手画脚，刚刚写了字的纸不得不撕掉，拿来一张新纸重写。

房东女人脸色骤然变了，她把耳朵从茶缸底上摘下来，又轻轻从门板上挪下茶缸，扯起我的衣领往后退，退出好几步远了，她松开手神色慌张地说："你妈是反革命。你听没听懂，你妈是反革命啊！"

我说："你才是反革命。"

房东女人说："小兔崽子，不准你胡说。"

不知过了多长时间，那俩人忽然开门从我家出来了，他们出了房门还和我妈妈同志式地握了手,拿出介绍信找队长要求安排食宿去了。

房东女人在我妈妈跟前忽然变得趾高气扬起来,她阴阳怪气地站在外屋说:"好悬我瞎了眼把小英给你家,这回你就是拿十头驴钱来求我,我也不干的。"

杨大一路小跑儿来找房东女人,他手捏着那张介绍信,不住地抖动,那俩人的身份的确非同一般了,他要把那俩人的食宿安排在房东女人家里。那俩人跟过来了,对杨大说:"我们不要给老乡添麻烦,我们要求住在小队部里。"

杨大笑着脸说:"谈不上麻烦,不麻烦。"

那俩人显然不高兴了,说:"听着,这是命令。"

杨大感觉自己有些不知好歹了,连连点头说:"是是是。"脸上的笑就那么僵着跑出房门。

房东女人急不可待地跟出去,追着杨大屁股后问:"你说我们家房客是不是反革命?"

杨大猛地站住了,转过头把肚子里的火全撒在房东女人身上,他说:"放你娘了个屁,你再胡说,我让你当反革命。"

房东女人委屈地说:"我是亲耳听到的。"

杨大说:"人家是上边派来的人搞外调,你一个老娘儿们别没屁硬挤屁放。"

我爸爸推着自行车回来,他明显感觉出院子里的气氛异常,刚想张口,被我妈妈用眼色制止了。我妈妈沉闷得什么都不肯说,她帮我爸爸搬下后架子上的米袋子,又到外屋抓了一把干柴,塞进灶坑,大锅里的剩饭热了,端过来让我快吃,吃完了让我脱衣服躺在被窝里睡觉。我妈妈不睡的,她要等我睡着了跟我爸爸谈一件重要的事件。他们究竟谈了什么,我不知道,我钻进被窝不一会儿就睡着了。

那俩人在村子里住了一个星期。他们白天按时到我家来,看着我妈妈写材料,一遍又一遍地谈话,稿纸写了厚厚一沓。最后那俩人让我妈在每页稿纸的勾勾抹抹处都按上手印,然后小心翼翼地收起那沓稿纸,各自摸摸夹在左上衣兜里整齐的三支笔,起身告辞。

这一星期，李兴全和杨红旗叫我三次，他俩正在搞一场恶作剧，很是刺激，赶紧来找我。我实在经不住诱惑，趁妈妈不注意偷偷跑出院门，来到小队部里。小队部有个马棚，里面有十多匹马，杨红旗观察了四周，见没人，蹑手蹑脚找了一把铁锹顶住小队部的房门，防备饲养员从小队部里出来。其实这都是多余的，我们已算好时间，赶在饲养员午睡的时候实施行动。李兴全对系马扣了如指掌，他来到一匹马跟前，那匹马正和十多匹站成一排，漫不经心地用嘴巴拱槽子里的食料，头一甩一甩地专找细料划拉到嘴里，又把粗料拱到一边，见李兴全靠近，警觉起扬起头，瞪着圆滚滚的眼睛一个劲儿地往后躲闪。李兴全轻轻拍拍马脑袋，让它安静下来，身子向上一跳，手拽住了缰绳头，再使劲往下一褪，儿马的缰绳刷地解开了。李兴全牵着缰绳示意儿马往后退，引导儿马来到雌马屁股后。儿马当然明白了李兴全意思，身下有了反应，前蹄腾空跃起，搭在雌马背上。雌马不干了，左右摇摆，想把儿马甩掉，儿马腾挪走靠一番，得逞了，也许动作太匆忙太不得要领，眨眼工夫从雌马身上下来了。雌马在安静中活动了身子，猛地后退叉开，尾巴扬起，一团白雾状的东西喷出来，如一锅大米粥泼在地上。一粒粒大米在地上鲜活地跳跃，惹得花母鸡白母鸡黑母鸡们眼快腿疾地从草丛中，从障子底下，从不同角落扎煞起翅膀子拼命地跑出来，蜂拥着钻进马棚你挤我我顶你地护着身下那占据的地盘一阵风抢。转眼间啊，地上那东西一点都不剩，连汤汤水水都没留下。

杨红旗说他爹杨大爱偷偷钻进马棚搞这玩意儿吃。杨红旗问："你们知道吃这玩意儿有啥好处吗？大补！我爹说的。"这回他也要亲自动手再搞一次。他来到另一匹儿马跟前，效仿李兴全开始行动了。我们刚才太紧张，都没过足瘾，我们有必须再目睹一次。这一次那种惊心动魄的场面丝毫没有减弱，看着看着，杨红旗忽然捂住小肚子蹲在地上，不行了，过了好长时间，他从地上缓缓站起来，夹起腿别扭地往家走，脸羞愧得不敢抬头看人。

受了马的启发，我们的性意识彻底觉醒了，我们开始想入非非，我们不但想小英，还想大英。大英多好哇，身上有一股香皂味，腿上还有两条别致的接腿裤角，但大英不是好哄好骗的，我们必须想个万全之策。

最后在李兴全的建议下，我们准备搭建一个窝棚，有了窝棚，就等于我们有了家，有了家就不愁大英不来。

我们搭建的窝棚在村后山下那条山沟里。那条山沟很特别，宽不到两米，深也不到两米，人走进了沟里，外面人很难注意到，而沟里的人能听到看到外面很远地方的动静。要是在沟里干点儿什么事，即使有人发现了我们，也有应急措施。据李兴全所知，以前村里有不少苟合之事，都发生在这条沟里。在平常季节，人们经常能在沟里看到散落在地上的麻袋片、草垫子，还有代表不洁的大团粉色的卫生纸。我们毫不犹豫选中了这个位置。杨红旗偷偷回家取来工具，他的罗圈腿走路也不再那么罗圈了，我爸爸那瓶钙片看来的确起了作用。我们砍下树枝搭在沟上面，再在树枝上盖上土，这样即使有人走到跟前，也不会发现我们的窝棚的。李兴全不愧为足智多谋，他说，窝棚搭建成了，还远远不够的，里面还要有铺盖，有诱惑人的食品。李兴全号召我们捐献。杨红旗说他妈烤土豆特别好吃，他要搞点土豆让他妈做饭时扔在灶坑里，烤好了给大家拿来。李兴全说他家只有青萝卜和胡萝卜，他可以从家偷点儿青萝卜胡萝卜。轮到我了，我说我可以捐献饼干。李兴全一拍大腿，霍地从地上站起来说，有了饼干，我们不怕没人来。

劳动远没有我们想象得那么轻松，一会儿工夫，我们各个大汗淋漓，掌心起泡，但一想到那即将到来的好事，我们又都干劲十足。我们对大英都有着同样的梦想和渴望，我们开始发挥想象，越想越成真事了，好像不久后的某一天，大英活灵活现地穿着那洗得发白的接腿裤子，笑盈盈地跟我们走进了这个窝棚，做一场惊心动魄的游戏。杨红旗说："前几天大英还摸到我的头呢！"李兴全说："她还拍过我的脸呢！"我说："那算啥，大英老早就拉过我的手。"我们每个人都觉得大英对自己好，因为大英，我们开始相互挤对起来。

搭建窝棚暂告一段落，我们精疲力竭回村了。我们装作漫不经心地走在街头上，竟然看见了大英。大英显然对我们心中的秘密一无所知，可我们心里还是怦怦跳个不停。大英可能到小队部办什么事，匆忙从我们身边走过，身后甩下一股好闻的香皂味。我的心渐渐平静了，我们从没有像现在这样关注大英，大英一举一动都在我们的视野之内。杨红旗紧跑几步跟上去，起脸皮问大英乐不乐意吃饼干。不知大英听明白了没有，狠狠在杨红旗腮帮上掐了一把，说："饼干谁不爱吃！"

我们听了，心里头那个痒啊。

这几天，王大河在大英的侍候下病情有所好转。好转的标志是他知道想喝酒了。以前王大河很少沾酒，这次有了病，突然要酒喝，总归是好事。大英的孝顺体现在对王大河的百依百顺上，她从鸡窝里掏了二十个鸡蛋，到公社换来一斤散装白酒和一包饼干，回家放进篮筐里，再腌两个咸鸭蛋也一同放进去，找了根绳拴在篮筐把儿上，往房梁上一吊，怕耗子偷，怕小英吃。王大河想喝酒，大英扯起绳子把篮筐从房梁上顺下来，倒上一二两酒，递到王大河跟前。咸鸭蛋，王大河舍不得吃，要是三口两口把那东西吃了，那可心疼了，王大河吃咸鸭蛋其实是吃那味儿，有了那味儿，酒就会顺顺当当从嗓子眼儿下去了。为此王大河吃鸭蛋有个特别的办法，用一根筷子插进鸭蛋里，喝一口酒，把筷子从鸭蛋里抽出来，呷一口筷子上的鸭蛋味儿。如此吃法，一斤酒喝完了，一只鸭蛋还完好无损，气得大英强迫王大河把剩下的咸鸭蛋吃掉。

大家都说，谁家儿子要是娶大英做媳妇，那可真是烧高香了。

大英对自己嫁娶的事也不回避，她早就吹出风声，谁要是甘心跟她一起受苦受累侍候她爹，她可以去见面的。风声是长了翅膀的，飞到媒婆的耳朵里。媒婆们往往赶在黄昏潜入到大英家里，跟房东女人扯上一阵家常，说谁家闺女又和谁家的小子搞上了，说谁家的媳妇又生了个大胖小子，话题自然转移到大英身上了。大英呢，也不避讳，屋里屋外出出进进，看着好像找什么东西，实际上是故意将自己让媒婆看呢。媒婆见了大英，都喜欢得不行，说这孩子要勤快有勤快，要模样有模样，真是可以的了。话要是再往深了唠，媒婆脸上又挂不住颜色了，说这孩子心高得没边儿了，只有公社书记儿子才配得上呢！

悻悻离开，头都不想回一下，直直地走出村子。

村子里出大事了。这是村里有史以来最大的恶性事件。平时社员们你偷我媳妇我干你的媳妇以牙还牙的事件没少发生，但导致流血冲突还是头一次。社员们都被这件事情惊骇了，他们的脸如血色的黄昏一个个暗沉下去，目光却又惊怵起来，惊惶地看着拉有李刚的马车在他们眼前飞奔而去。大英跪在马车中央，额头上的刘海散乱地耷拉下来，遮住了眼睛，也顾不上梳理一下。车怎么颠簸，她都能稳住身板，手抓起白面不住往李刚背后刀口上揉搓。当时村子里用的止血方式便是往伤口上揉白面。大英满头大汗了，头上脸上手上身上都是白花的面，还有血落在手背上胳膊上。李刚不知道自己刀口有多深，他脸色苍白地趴在马车上，一动也不动。大英问："你能坚持住吗？你一定要坚持住，我们很快就到县医院了。"然后又对赶车的人说，"能不能再快一点儿？"赶车的人说："车快了，更颠了，他能受得了吗？"大英说："你就尽量快点儿吧。"

另一辆车也把马套上了，车上坐着杨大，还有我爸爸。我爸爸将家里所有的钱揣进兜里，上了马车跟着前面的车一齐进县城了。

乡下的空气容不得任何杂质，一旦有了别样的气味，马上会有嗅觉灵敏的鼻子闻出来。王大河家去年秋天听说要搬来"五七"战士，就没打算把西屋收拾一下。我们家住进来，感觉四周透风，而且时常有麻雀不知从哪个洞里钻进屋里，在棚顶乱撞。我爸爸要赶在这几天农闲时节找大家帮忙收拾一下——也就是往墙上抹一层泥。人是头一天晚上通知的，为招待好前来干活的社员，我妈妈起早蒸了两大锅发面馒头，整整装了两大盆。我爸爸拿着好几个月攒下来的肉票，从公社割来二斤肥肉，拎回来递给我妈妈。我妈妈把肥肉切成丁，加上葱花酱油煮了一锅肥肉汤。其实问题就出在这锅汤上。汤的香味出来，无可阻挡地从门缝钻出去，不一会儿，整个村子都飘散着肥肉丁的香味。顺着这香味，社员们早早赶来，热火朝天干活了。大约快到中午，那香味又不知不觉顺着小风儿跑到丁家沟去。丁家沟住着二十几个知青，有十多个跟我爸爸有来往，他们扑着香味匆忙赶来。我爸爸见院子里忽然来了一帮知青，赶紧说："我们都是来自五湖四海，为了一个共同的目标走到一起来了。知青们啥话也没说，找来工具开始干活。院子里一下子增加了十多个人，这活儿说好干也不好干，大伙儿你挤我，我挤你的，干活的工具都甩不开。社员和知青本来就有抵触情绪，两帮人凑在一起，那别扭的场面可想而知，两帮人干着干着开始互相较劲儿了，恨不能马上把对方挤走。社员们不能走的，他们从早晨干到现在，就等着这顿美餐呢，怎么能快到中午饭都不吃就走了呢。知青更不能走的，他们认为这活儿本来应该归他们干，只是社员们死皮赖脸把活揽过去。我妈妈见来了这么多人，发现发面蒸馒头已经来不及了，赶紧揉面烙饼。白面袋子一下空了，那是我家攒的一年供应细粮，为了抹墙，全拿出来了，我妈情急中想了绝好的办法，往白面里掺玉米面，烙出的饼黄澄澄，特好吃。那锅肥肉丁汤加了水，加入了青菜，总算能应付过去了。那年月大家肚子里都没油水，别说一锅肥肉丁汤，就是一锅肥肉供大家吃那才好呢。中午吃饭的时候，社员们看见早晨还一锅油乎乎的肥肉汤，忽然加入了青菜，有些不高兴了。青菜谁家都吃，肥肉不是谁都随便能吃到的，他们来干活就是冲着那一锅油乎乎的肥肉来着，这回知青们竟跟他们争吃的来了。到了吃饭的时候，大家都顾不得寻思别的了，抓紧时间吃吧，只有把东西吃到肚子里才是真格的。那一刻，大家用筷子插上一个大馒头和一张大饼，有蹲有站，也有坐在门槛上的，满院子响起吧唧吧唧吃馒头声，滋滋溜溜喝汤声，此起彼伏，很不好听。接着两种声响混杂在一起，响成一片，别的声音都听不见了。吃的高潮慢慢过去，吃的渴望渐渐迟钝，人们有闲心互相观望了，基本是社员和知青两个阵营观望。有社员进屋盛汤，就有知青跟着去也照例盛汤，有知青去抓馒头，社员们也同样抓了一个，吃在这时已经另有含义了，大家虎视眈眈，剑拔弩张互不相让。我爸爸见事情有些不妙，让大家吃完饭马上离开，反正一上午墙已经抹完了，剩下打扫工作用不到别人。大家都很听话的，吃完了放下碗筷就往外走。院子里人都走光了，街上忽然喧哗起来，社员们和知青终于忍不住动手了。有个知青是有备而来的，兜里揣了一把电工刀，这刀扎向谁，谁都不得好。那知青没有丧失理智，社员们各个根红苗壮谁都扎不得，可刀亮出来，就要显出拿刀人的威风。那知青忽然从人群里认出不显山露水正在看热闹的李刚，李刚家成分有问题，他爹在旧社会是个地主，他家为躲避各种风波早早地成为这里的社员，这些知青们都知道。那知青眼睛一亮直奔李刚跑去，李刚见势不好，转身便跑，但还是迟了，那知青上前一步，把刀扎向李刚的后背。"

社员们顿时傻眼了，他们眼睁睁看着知青们向丁家沟方向潜逃，不会动了。我不知道大英为什么会在这时跑出来，她的反应好像比任何人都快，她拨开李刚血红的上衣，看着一股一股往外冒出的血，抬起头喊："快套马车。"杨大就跟着喊："快套马车。"大英喊："怎么止血？"杨大说："用白面。"房东女人端着一碗白面跑出来，大英抢过那碗白面扣在刀口上说："再来一碗。"房东女人又跑回去端来一碗。大英接过第二碗白面，不急于往刀口上扣了，她死死端着那碗白面，准备在路上用。

两辆马车从村头消失了。

一个星期之后李刚从县卫生院回来了，他的脸看上去很白，身体有点弱不禁风。大英架着李刚的胳膊一点点走下马车，走进他的家门。社员们闻声赶来围拢在李刚家门口，听从屋里出来的大英讲李刚的伤势。大英说："据大夫讲，那刀就差几毫米扎到肺部上，那刀要是扎在肺部，可就有生命危险了，幸亏……"

社员们都点头说："幸亏幸亏呀！"

李刚在家养伤，上午有时出门，坐在院子里晒太阳。李刚一时半会儿不能下地干活了，他在家里晒够了太阳，闲得实在没事，捡起一根树棍儿在地上乱画，画完了，又用脚底抹掉，起身回屋，翻出一张报纸，在废报纸上画画了。以前我们从不知道李刚会画画，他这一画，一下子惊动了我们。他画的是他家院子里的大公鸡，那大公鸡平时趾高气扬不可一世，被李刚画在报纸上更显得不可一世了。画终归是画，李刚画的大公鸡要比他家大公鸡大，比他家大公鸡壮实，脸也比他家大公鸡红。李刚把大公鸡挂在墙上，谁看了都不吱声，大家只是看，不瞎评论的。

大英没事便往李刚家跑，本来她是去小队部办别的事，可是走着走着又转转悠悠奔李刚家去了。村子里似乎只有大英敢对李刚的大公鸡开始说三道四，她说："你画的大公鸡，一点儿也不像你家院子里的大公鸡。"李刚并不反驳，他还要接着画，画他家的三个母鸡跟随大公鸡在地上抢食。李刚说，等他画完这三个母鸡，再画一个公鸡送给大英，当然要尽量像他家院子里那只大公鸡。

　　大英比以前更加漂亮了，那漂亮表现在眼睛上，眼睛也就比以前亮，比以前有了内容，看谁都像含情了。

　　我们无时不在议论大英，我们更加卖力地修筑我们的工程。工程已初见规模了，远远看去，如同一座暗堡，在细微的山风中悄悄潜伏在山坡上。剩下来的时间，我们从家里偷偷把东西拿来，集中在一起，放进窝棚里，我们又从村里搬来三捆干燥谷草，放进窝棚里，散开，铺好，躺在上面，那感觉太好了。我们不知大英什么时候才能光临寒舍，分享我们的快乐。李兴全说，我们光这么想不行，还应该探听一下虚实。李兴全派杨红旗出面与大英接触。杨红旗出发了。我和李兴全坐在草地上做短暂的休息。潮湿的地气烘烤着我的屁股，野草的气味沁浸我们周身，我俩屏住呼吸开始等待激动人心的时刻到来。这是一个太阳明晃晃的下午，我们曝晒在阳光底下，不觉得渴也不觉得累，只觉得时间过得比以往都漫长。李兴全从草地上站起来，发布最后一道命令，在今天天黑之前，一定把全部工程修筑完毕。

　　大约过了一个小时或者两个小时，杨红旗从山坡下冒出头来，他像从敌人后方匆匆赶回来的情报员，一路小跑奔向我俩这里。从杨红旗脸上，我俩看出我们的期盼没有白费，我们的汗水没有白流。

　　李兴全问："见到了？"

　　杨红旗说："见到了。"

　　李兴全问："怎么样？"

　　杨红旗说："超出我们的想象。"

　　我们成功了！

　　杨红旗说："我看见了大英，马上凑了过去，跟在她屁股后面问，你干啥呢？你猜怎么着，大英猛地转回身，脸腾地红了，还挺不好意思的,像心里藏着鬼,八成知道我们打她的主意。我就问她,你愿意吃烧土豆吗?你猜她说什么?她说愿意。我又问她,你愿意吃大萝卜胡萝卜吗?你猜她说啥?她说愿意!我又问她,你愿意吃饼干吗?你猜测她说啥?她说饼干谁不愿意吃!我说,我就请你吃!你猜她怎么了?她就伸手轻轻在我脸上掐了一把,就是亲亲的那种掐,然后说你这孩子可真逗!她还以为我们是孩子呢!我见她没答应,我又问,你想不想吃那些东西?你猜她怎么了?她就咯咯咯笑了,说我想吃!我心里乐得一下子不行了,想不到事情这么顺利,我约定明天领她到这地方来取!"

我们的想法未免一厢情愿。可悲的是我们还不知道是一厢情愿。大英正在陷入一场情感旋涡。那个叫爱情的东西,竟在我们村里演绎得如此轰轰烈烈,绝无仅有的。大英和李刚好了,似乎已不是什么秘密,这叫我们村子里的人见了多少有些气愤,你看多好的大英,怎么能看上李刚,李刚算什么东西,他根本不配和大英好。大英和村子里任何一个人好,大家都能原谅,唯独跟李刚,大家说什么都咽不下这口气。首先出面反对的是房东女人,她明确告诉大英要和李刚一刀两断,大英不听的,她似乎死了心要跟李刚好,为这事娘俩闹翻脸了,反目为仇。房东女人见看管不住大英,就去管李刚,她不准许李刚踏进大门一步,李刚要真敢把脚踏进来,她就把李刚的一条腿打断。好一对痴情男女,房东女人只恨自己粗心大意,到发现为时已晚。每天早晨或黄昏人们很容易见到李刚在大英家门前徘徊又徘徊,大英经常手扶窗棂泪眼迷蒙眼望窗外。房东女人站在院中严防死守,还是看不住大英偷溜出去和李刚会面。

按理说,这种事我们不应该不知道,可我们那时都被狂热的想象冲昏了头,对这事也真就不知道。第二天我们如期来到窝棚旁,曝晒在阳光下面浮想联翩。杨红旗又回村子里,这次是他自告奋勇下山回村的,对他的能力我们都没有质疑。杨红旗回来的时候,我们看见他的左脸上留下红红的指印,我们的心不住往下沉。我们等待杨红旗说话,可他一句也不说,手揉着带有红手指印迹的脸。他不说我们也能猜到,那红手指肯定是大英给他留下的。

李兴全说:"你详细说说,到底是怎么回事?"

杨红旗眼泪差点掉出来。

李兴全说:"你总得说话呀!"

杨红旗磕磕巴巴地说:"大英说,说咱们是一帮小流氓。"

都沉默了。但我们并不死心。我们看着窝棚口堆放在一起的食品,心想着,事情不能就这么不了了之。我们还想出第二方案第三方案,比如由李兴全亲自下山探听虚实,如果他吃同样的嘴巴子,说明我们真的没希望了,如果他没吃嘴巴子,说明杨红旗能力太差,以后有什么好事他得靠边站了。我们呆呆地坐在草地上,我们好像听到野草疯长的声音。听够了我们下山,在村里我们却意外地听到大英被锁起来的消息。这天吃过晚饭,村里的女人在街头聚堆儿,杨大的女人给房东女人出了个馊巴主意。说:"只要你用铁链把房门锁上,大英身上就是插上翅膀也飞不出你这个屋,她飞不出屋,再能耐也无法出门与李刚见面。"杨大的女人还说:"只要大英无法跟李刚见面,过了这个劲头儿,以后慢慢会好的,你说是不是?我年轻的时候也是这样的。"杨大的女人异常勤快和热情了,说着话,忙三火四地跑回家,给房东女人取来一条铁链子和一把将军锁。事不宜迟,房东女人把铁链子和将军锁掖在衣襟里回家了。第二天,房东女人出门时,黑着脸把房门咔嚓一下锁上,不管大英怎么喊怎么砸门,房东女人的脚一步不停。一连几天,大英和她的老爹王大河都被房东女人锁在屋里,这一锁,把我们所有的希望全都锁在了门外。这几天,李兴全和杨红旗不约而同地来到我们院子,看屋里大英趴在窗口的样子。我们试图也趴在窗口和大英说几句,只要我们和大英能说上话,就会心潮荡漾。可大英往往在我们靠近她家窗口的时候,转身离开了,搞得我们很尴尬。但我们并不放弃,我们总是在等待机会。等待是漫长的,等待需要耐心,等待越发激起了我们接近大英的渴望。

大英在屋子里慢慢安静下来,她好像习惯于锁在屋子里的生活。这一天,在房东女人出门之前,大英让房东女人烧好一锅热水放进屋里,她要给王大河剪指甲,剪完指甲她还要给王大河剪头发,然后用热水给王大河擦身子。这一切大英干得有条不紊,反正一天里她有足够的时间干这些事情。收拾得干干净净的王大河在午后出现了睡意，大英在炕上铺一条炕褥，扶王大河轻轻到炕褥上。王大河躺下了，大英从炕柜里扯出一条薄被搭在王大河身上，静静地坐在炕沿上梳理自己头发。好长好长时间，王大河喉咙里滚动起了鼾声，大英等了一会儿，听鼾声在喉咙里沉实了，悄悄离开炕沿，来到北窗下面。北窗比南窗小，比南窗高，刚好能探出一个人的身子。大英几天前心里就有了计划，从北窗逃出去，只是她在等待时机。时机终于来了，她搬来木凳放在北窗下面，脚踩上去，把窗框撬开了，窗框轻轻放在地上，大英又重新踩上木凳，把头和大半个身子钻出窗外，这时，她有些为难了，这样钻法儿，她无法落地的，大英想了想，又把头和身子缩回来，她必须先把两腿伸出窗外，这样她才能着实地把身子钻出去。大英费了九牛二虎之力才把一条腿伸出去了，可是另一条腿无论如何也抬不起来。大英决定先将身子挤出窗口，这样一想，又开始行动了，大英弯着身子使劲地往出挤，眼看着大半身子挤出去了，她的头发忽然被一双手紧紧抓住，大英顾不得那些，身子更加往外挤。头皮疼得冒火了，她感觉她的满头头发随时都要被那两只大手连根拔出去。

"拔出去。"

"拔出去。"

"拔出去！"

我们听到屋里噗通一声闷响，才趴窗看到这里发生的事情。王大河以少有的机敏让大英逃跑计划彻底破产。大英趴在地上绝望的痛哭声震荡着我们整个村子。

我爸爸又到公社去了。有人从外面捎了个口信儿，让我爸爸必须去公社一趟，那里有重要的事情要传达。我爸爸急忙骑着他那除了铃不响哪儿都响的自行车赶往公社，回来时已是晚上。他的脸色很不好看地罩在夜色里，我出奇地看见爸爸这次回来没骑车，他推着自行车从远远的山坡下来，身披星星，自行车后架上空空的什么也没有。我爸爸被悲伤击垮了，他有意不骑自行车。爸爸推车进院时，腿软得险些摔倒。他把自行车随手靠在障子根儿下，我问爸爸到公社买饼干没有，爸爸好像没听见，径直走进屋里要和我妈妈谈话。我爸爸说："宋为明同志去世了。"我妈妈眼睛顿时直了，整个人定在那里，呆若木鸡。宋为明是我父母的同事，他总戴深度近视镜仰脸朝天看人，他们在一起工作好多年，从没为私事红过脸。他是跟我们家一批下放的"五七"战士，下放前，他还去过我家多次，说出自己对乡下的恐惧，当时我爸爸背诵了报纸上的一大段话，对他实施了有力的批评，宋为明才认为自己思想出了问题，决定向我爸爸学习，放下思想包袱，迎接新生活的挑战。宋为明下放的那个村，离我们这里有四五十里的山路，我爸爸去公社领粮，偶尔还能在粮店里见上一面。有一次，他告诉我爸爸，为了解决烧火做饭问题，下放那天，他从城里带到乡下整整一卡车的煤。他的心眼儿也真够多的。现在问题就出在那车煤上，宋为明昨天晚上因煤气中毒死了。同他一起死的还有两个和我差不多大小的孩子和他的媳妇。我妈妈听到这儿，眼里出现了泪水，过了好长时间，脸上又出现了从没有过的轻松笑容。我妈妈说："这下也好，他不被煤气熏死，也会被人打死，那份材料肯定要他命的。"我想起前几天来我家那两个神秘的人物。他们原来是让我妈妈写宋为明的材料。宋为明不是因为妈妈那份材料而死，这对我妈妈多少是一种解脱。可生活中有些事情，我妈妈不是想解脱就能解脱掉的。

房东女人又来找我妈麻烦。她认为大英今天出现的问题，责任完全在我们家。如果我们家不抹墙，我妈妈不做那么多好吃的大馒头和肥肉汤，就不会把丁家沟的知青招来，丁家沟的知青不来，李刚也不会出那么大的事，李刚不出那么大的事，大英也不会跟李刚搭上边儿。这下可好，大英整天神情恍惚，待在家里什么活儿也不干，你说这事怎么办吧？我妈妈也不知道怎么办，她只有好言相劝，给房东女人送去二斤白面。

这几天，房东女人对大英的态度的确变了，这主要来自大英的变，房东女人不用铁链子锁门，大英也不张罗出去，房东女人把屋门四敞大开，大英也不迈出门槛一步。

我妈妈建议房东女人领大英出外走走,人得见人的,人要是不到外面见见人,什么样的人圈在屋子里都会出毛病的。我妈妈说得语重心长,句句在理,但她绝没想到自己会犯一个无法摆脱的错误。

房东女人很快采纳了我妈妈的建议,她到外面下地干活,随手把大英拉着,奔向那一群人中。大英很听话,房东女人把她拉到哪儿,她跟在哪儿,闷闷的,谁都不看。大家见房东女人把大英拉到地里,嘴上爱掏埋汰话的男人,都使劲憋着,低头干活,就感觉累,实在忍受不住了,死活蹲在地头耍懒不起来,嘴里的旱烟抽了一支又一支,提不起精神。

大家见大英这个样子,想劝上几句,话到嘴边又都噎回去。这事当妈的都劝不了,别人说什么也没用。大英也真够可怜,好好的一个人,怎么被李刚迷惑成这个样子?这时有人还想了,谁要能把李刚揍一顿,挽回大英的心,大家情愿揍李刚的,可大家知道问题不在这上面,是大英自己出了毛病,她心里怎么想的谁都不知道。

李刚可能发觉社员们的情绪不对头,他很少在众人面前露面了,也不知整天躲在家里搞什么名堂。

我们几个孩子听到大英的事,心里有一种说不出口的不好受,费了九牛二虎之力我们才发觉,人家大英心思根本没在我们这边。大英跟李刚好上了,我们在她眼睛里什么都不是,或者说大英眼睛里根本没有我们。我们多么可笑啊,我们精心修筑的那个窝棚和窝棚里的那堆食品成了我们可笑的见证。李兴全无可奈何地说,也许李刚给大英买了比我们更好吃的东西。地主家总会有我们没有的东西。

房东女人终归粗心大意了。她以为领大英出来三天没事,以后不会有事了。大英不想跟她一起干活,她也不愿意大英一步不落地跟在她屁股后面。大英离开她身边,那帮掏埋汰话的人反倒觉得轻松自由了。房东女人还能说什么呢,她干了一阵活儿,抬头直腰工夫,看见大英离她很远了,假使这时她招呼大英一定会把她招呼过来,房东女人没想招呼,也就低着头继续干活。当她再次抬头,已经看不见大英了,她心里忽悠一下提了起来,但马上又看见了大英,大英已经离她好几百米了，她正低头踩着垄沟往东面走，东面有什么呢？有菜地，有水泡子，有柳树苗，柳树苗上面是通向外面的沙石路。假使这时房东女人喊大英，大英也能隐约听到她的喊声的，房东女人没有喊，她奇怪地看着大英的方向，心里有点慌。

刚才出门干活时，房东女人感觉天气闷热闷热的，干活时她还不住扯起前襟，这天气让她有点喘不过气来。她抬头望望天，天忽地暗了，有葡萄粒大的雨滴凉冰冰地砸下来，砸在她的脖子里。房东女人忽然看见有个人脑袋从沙石路那面坡上爬出来，眨眼工夫露出整个人来，原来是李刚。她看见李刚推着自行车上了沙石路，慌慌张张的样子。大英看见李刚，又回过头看了他们这边一眼，然后掉过头去，疯一样向前跑了。房东女人说了声不好，也疯一样向前追去。杨大也反应过来是怎么回事，跟着房东女人向前追，杨大腿脚快，已经超过了房东女人，可毕竟离大英太远了，他们看见大英跑出了菜地，穿过了水泡子，爬出柳树苗，跌跌撞撞上了沙石路，社员们并不放弃，跟着杨大一起追，眼看着杨大跑出了菜地，穿过了水泡子，正从柳树苗里往上爬。李刚来不及骑自行车了，他推着自行车往前跑，大英不顾一切地跟在后面。雨滴把沙石路面砸得冒烟了，李刚和大英把那层尘土卷得更高，他们急火火地如接力运动员，如天塌地陷中的求生者，义无反顾地拼命地跑啊，跑出洪水猛兽般的追赶，跑出黎明前的黑暗。渐渐地，大英好像抓到李刚手里的自行车了，她有点跑不动了，绝望了，不能再跑了。李刚忽地骑上了自行车，让大英上来，大英做最后一次挣扎了，手抓住自行车后架，紧跑几步，身子一跃而起，屁股实实地坐在后架上。李刚的自行车七扭八歪地晃了几晃，又被牢牢地控制了，拼命地往前骑！

瓢泼大雨终于下来，天空忽闪一下冒出了阳光，雨水在阳光的照射下现出清晰的线路，丝毫没有减弱下去的意思。爬上路面的杨大再也跑不动了，他一屁股坐在地上，眼睁睁看着载有大英的自行车钻进了雨中。

房东女人早就跑不动了，她朝大英逃跑的方向跪下去，泪如雨下，她实在是伤心得不行，两掌使劲拍打着地面，把泥浆拍打起了，溅得她满脸满身都是黑糊的一片，整个一个泥人了。

这一天，我预感到会有什么事情要发生，只是不知道要发生的是什么事情。早晨起来，趁房东女人出门干活儿，我趴在窗户上看小英。小英一个人站在院子里，看了我一眼，脸很快转过去，不想理我，我向她打招呼，她还是没有理我。我离开窗户，下炕，穿鞋，跑到院子里。这回是我勾引小英了，我向她提出去那个小窝棚的要求，小英没说答应，也没说不答应，她这种态度实际上已是答应了。我拉起小英的手，走出院子，不担心有什么人会跟踪我们。

村后山坡窝棚静静地守候着我们的到来。我们一头钻进窝棚，扑倒在干草上面，干草的气味刺激着我们的鼻孔，我好像从来没感觉到这气味如此芳香。堆放在一起的食品开始发霉腐烂，已无法供小英享用，小英好像不在乎这些，乖乖地坐在干草上面，等待我给她脱衣服。天暗下来，窝棚里比外面还暗。小英说："天要下雨了。"我说："是要下雨了。"我们头顶噼噼啪啪响起了雨声，天像憋足了劲儿似的要把雨赶下来，雨终于冒着烟儿降临了，降临的工夫天空也就放亮了。雨还在下，我和小英赤条条抱在一起，接着雨水顺着水沟流进我们的窝棚，我们屁股底下的干草全都湿了，浸泡在雨水里，我们又动弹不得。我们听见一股巨响如滚雷般地从沟上面滚落下来，那巨响不由分说来到我们窝棚跟前，瞬间冲毁了横在沟上面的树枝。窝棚坍塌了，浑黄的雨水淹没了我们的身子，我们又无法从坍塌的树枝中挣脱出来，我和小英惊恐万状，无助地叫喊……

我在被送往县医院的途中，听杨大的女人议论小英，说小英太精明了，她这么点儿孩子就会做给大英和李刚通风报信的勾当。如果没有小英，大英和李刚无论如何也跑不成的。

这次事故，我和小英各折了两根肋骨。我们在众人面前丢尽了脸。

第二年秋天，饮马河发了一场大水，大水走到村边就再也不往前走了。不久我们听说方圆几百里村屯受灾的消息。大水过后，大英怀抱刚产下不久的女婴，带着生米做成熟饭的样子回到我们村里。大英回来没有给房东女人带来多大的情绪波动,这一切好像都是顺理成章的事,她已经习惯了这种生活。据大英讲,那天她跟李刚一口气跑到三十里地以外的卡伦镇,两人当天病倒在一个孤寡老太太家里,是老太太用两锅姜汤救了他们的命。这一年时间,他们一直吃住在老太太家里,不久前那老太太在一场感冒中离开了人世,大英住那里时常感到害怕,他们不得不回来。那女婴成天赖在大英怀里,又实在不省心,小英偷偷接过来,马上哇哇大哭。大英比过去白了,胖了,坐在炕梢喂养着孩子,墙上那只大公鸡形影不离地悬在她头顶上面,好像随时都会抖动起翅膀楚楚动人地走下来,打个漂亮的响鸣,昂首阔步寻找院中的母鸡了。

这一年秋后,我家要抽回城里了,我爸爸去了几趟公社,又去了两趟城里,然后是每星期回来一次。他说现在城里一天比一天好,很少有人折腾人的事了,我们有必要抽回去。社员们交头接耳,都知道我家要抽走的消息,杨大来到我们家,他向我妈妈要走了我爸爸那辆除了铃不响剩下哪儿都响的自行车。我妈妈说:"等几天吧,等几天我们搬走了,你们喜欢什么,尽管拿去就是了。"村子里唯一没有向我妈妈要东西的就是房东女人,她看着我家那些东西,一句话也不说,那样子又明显跟我妈妈亲近得很。我爸爸进城的那段日子,每天晚上我家窗口时常出现恐怖的叫声,第二天起来,不是窗框上挂着的那一串辣椒不见了,就是少了一件锄头和铁镐。我妈妈又陷入从前的慌乱,每天天黑,总是用棉被挡住窗户,但还是挡不住窗外装神弄鬼的声音。我妈妈不得不在半夜里求助房东女人。房东女人总是以少有的胆量拎起烧火棍,打开房门冲出去,她在院子里转了一圈儿,回来说,她什么人都没看见,院子里只不过有一团鬼火。

有一天早晨四点我家突然搬走了。那天我妈铁青着脸毅然决然搬走,假若我家这天不能搬走,我妈妈也许会疯。村子里没有人知道我家搬走了,房东女人披着衣服过来帮我家收拾东西,她好像不希望我家就这么搬走。东西先是由马车拉到饮马河边,然后装上一只小木船,船载到公社,那里有一辆老解放车等我们。房东女人扯住我妈妈的手,眼圈儿都红了,她忽然甩开我妈妈,转身跑回屋里,不一会儿拿着一双新布鞋跑出来，那肯定是她家压箱底的新布鞋，房东女人说，鞋是大了点儿，可过几年你儿子还是能穿的。

　　老解放车开动了，房东女人眼泪止不住地往下流，她紧跑几步，跑出院子，再次扯住我妈妈的手说："往后你家有什么大事小情，一定回来告诉我一声！"

单 位

　　侯处长是个很耐人寻味的一个人。他到了退休年龄回家，是很自然的事。

　　侯处长是局里财务处老处长。马大壮从妇联调到这个局时，侯处长就在这个处当处长。那时财务处急需调进来一个人，条件是既懂会计业务，又能担当起杂务活儿，申请报告交到了局里，局里把物色人选的任务落在侯处长身上。风声传出去，前来报名的人不少，侯处长除了看每个人的简历、学历，剩下的就是相面，看人顺不顺眼，是不是踏实听话干活的料。

　　相面这一关难住了不少人，因为侯处长对人的面相十分挑剔。他时常盯着人家的脸好半天不动声色，直看得来人心里发虚发毛，不理解侯处长良苦用心的人，会以为他有意刁难。尽管如此，在漫长的选人过程中，他还是在心里圈定了两个人选，其中的一位，学历达到了博士，人长得相貌端正，但鼻窝里长了一颗泪痣，侯处长看着那颗泪痣心里不舒服，权衡再三把这个人从心里剔除了。

　　还有一位，各方面都挺好，跟侯处长谈着话，忽然眼神向别处瞟了一下，当时他瞟的方向坐着一位女同事，侯处长顿时心生反感，认定此人心术不良，最后彻底放弃。

　　这时候，陆陆续续有不少托关系的来找侯处长，侯处长却一视同仁，因为人是他选的，选好选坏直接关系到财务处的工作质量和处里人员工作心情，绝不能顾及面子自己活受罪。马大壮就是在这时进入侯处长视野的。他按照常规翻看了马大壮简历、学历，看得比平时仔细。马大壮的学历很引人注意，名牌大学会计专业，简历虽然简单，大学毕业后到妇联，一直从事会计工作，经验肯定不缺，接下来侯处长盯着马大壮的脸看了两三秒钟，不说话，就是看。马大壮不知何意，微笑着向侯处长点头，微笑中的马大壮没有意识到，最终是他身体一点小小缺陷促成了他的成功。马大壮有点驼背探肩，他点头微笑时，显得格外谦虚，这正是侯处长所需要的。侯处长看马大壮看顺眼了，心里有了眉目，决定下来，就是他了。虽然心里这么想，侯处长并没有在脸上流露出来，他再看马大壮衣着，没什么不得体的地方，很符合机关审美，再不痛下决心，就很难找到这么合适的人选了。接下来，再挑选一位跟马大壮各方面条件差不多的人作为备选，形成材料，报给局领导考核审批。不久，马大壮顺顺当当调到局里，安排在侯处长所在的财务处。

在财务处，马大壮思路清晰，工作能力强，各种财务报表搞得井井有条，不需要侯处长过多地操心。更重要的是，马大壮每天早晨上班，首先去水房拿拖布将侯处长办公室拖扫一遍，然后再拖扫自己的办公室，为同事擦桌子整理物品。年节机关搞福利，马大壮一马当先，为处里的每个人照顾好分发的福利，有出差不在单位的，马大壮不辞辛苦送物到家。可以说，马大壮的到来，为处里增添了新鲜血液，增添了活力。侯处长也不止一次当着人事处长夸奖马大壮，无形中好像夸自己，有眼力，看人准，赶上火眼金睛了。

一晃，马大壮在财务处工作了三年，工作态度始终如一，每年年底机关评先选优，名额都责无旁贷地落在马大壮头上，马大壮当之无愧地显示了一个处室里正能量，正能量压倒一切小肚鸡肠蝇营狗苟，谁还有什么可说的？财务处还有一个显著特点，就是大家在一起工作时间长了，各种毛病都显露出来，相互之间争风吃醋挤兑争斗的事不可避免。天就这么大一块，大家的眼睛都局限在这里，想突围是件很难的事。当然争斗的目的也只有一个，那就是利益。侯处长人前背后不止一次发牢骚，他周围怎么聚集起这么一帮乌合之众。牢骚归牢骚，侯处长要想方设法把这帮人笼络在一起，不然这不是他的工作能力，没有能力的处长还能继续在这个处室干下去吗？马大壮在这些乌合之众中从没有在乎过蝇头小利，说明他什么事都能看得开。

有一天局领导找到侯处长，让他晚上陪外地客人吃饭，这本来是件好事，可侯处长却犯愁了，老婆这几天出差，他自己在家接送孩子上下学，本来忙得焦头烂额，哪有时间在外面应酬？侯处长的孩子是个女孩子，叫小玲，上下学没人接送总不放心，况且小玲放学后还上课外班，雷打不动。马大壮似乎看出侯处长有什么心事，想问又没法张口，他很想为侯处长承担点一些事情，就在侯处长跟前不停地转悠，既不让侯处长感觉心烦，又不让侯处长感觉空落，果然马大壮不断晃动的身影如一道闪电，触发了侯处长的灵感，他忽然灵机一动，停下长久的思索问："小马，你今晚有事吗？"马大壮的机会终于等来了，不，应该说是创造出来了，用无声的语言争取来了。他说："没事。"侯处长说："有一件事我想求你一下，下班后替我去学校接一趟小玲，然后送她去课外班，辛苦你了。"

晚上，马大壮骑着自行车接回了小玲，帮侯处长解决了大问题，虽然事小，却意义重大，他跟侯处长的关系由工作上的默契，转化为个人交往的私密，做得浑然天成，没有一点不舒服之处。从这以后，只要侯处长工作加班或在外面应酬，接送小玲上下学成马大壮下班后经常做的事情。侯处长甩开了家庭包袱，各方面的事情都得心应手。小玲从小学毕业到上初中，已经跟马大壮很熟了，她更熟悉马大壮那辆自行车，有时放学她看见马大壮手里扶着的自行车，会像小燕子似的撒着欢儿飞奔而来，叫了声"马叔叔好"，一屁股坐到自行车后架上，快活得像个无忧无虑的小天使。

有句话说得好，有福不用忙，没福跑断肠。这个福让马大壮赶上了，因为局里新设立一个处室，叫发展中心，是个事业编，有着很好的前景，由一个姓张的副处长牵头组建，具体工作人员还没到位，侯处长就迫不及待地忍痛割爱推荐了马大壮。马大壮来到了发展中心，工作不到半年，姓张的副处长没把握好自己，出了点问题，马大壮像被强赶鸭子上架似的主持一段工作，这一主持，副处长的位置又顺理成章落在了马大壮头上。由于经验不足，加上各项工作千头万绪，有一段时间忙得马大壮很少能见到侯处长，偶尔在办公楼走廊见到了，也匆匆打个招呼走过去。侯处长很理解马大壮，并没计较他的变化。有谁会想到，不久局机关进行人事调整，马大壮以副处长的身份又回到了财务处，给侯处长做起了副职。这事俩人自然高兴，毕竟原来有感情基础，工作起来能减少不少磨合，可高兴仅仅是几个月的事，侯处长发现马大壮想法太多，总是在处室里提出各种合理化建议，他几乎是被马大壮牵着鼻子干工作。

侯处长心里不悦，就有了警觉，马大壮再次提出什么合理化建议时，他都巧妙地否定一部分，保留一部分，事情发展到后来，他就否定多半甚至全盘否定。想想看啊，在单位里很多工作思路都是处长提出，副处长跟着干就是了，哪有上下不分本末倒置的事！马大壮像是挨扎的皮球——瘪了，不再提出任何工作思路，侯处长有了胜利感的同时，又有了一丝说不清道不明的心酸，感觉到马大壮跟他有隔阂了，虽然表面上友好，心里说不定有什么不愉快的想法，只是不说罢了。侯处长按住了马大壮，在手心里握住了马大壮，心想，小家雀再鬼也斗不过老家贼，看明白了吧！也就是说，在许许多多的日子里，马大壮在侯处长手下干工作很困难，很无奈，有时还搞得他抓耳挠腮哭笑不得。

有一天，马大壮来到侯处长办公室，有点主动打破生疏的意思，笑眯眯坐下问："小玲上高中了吗？"

侯处长说："哪呢，都上大三了。"

马大壮一愣，说："是吗？这么快，在我印象中，她还是这么高的小孩子。"马大壮抬手在半空中举起一个高度。

侯处长说："是呀，眨眼工夫，我都当了十几年处长了，老了，咋能不快。"侯处长转念一想说，"你不是光跟我唠这些吧。"

马大壮不好意思地说："我最近准备换换处室，不过事情还没定下来。"

侯处长提了一下精神问："往哪儿换？"

马大壮说："我想回发展中心。"

侯处长眉毛紧锁地说："是吗？哦——。"

马大壮说:"我一直是你培养起来的,所以有什么事一定要提前向你汇报,征得你的同意。"

侯处长严肃地说:"你不能走,我跟领导说说,决不能让你走,你想想啊,我再在这个岗位干个五六年就退休了,我退下来,这个位置就是你的了,你怎么能走呢。"

第二天,侯处长从局领导那儿听到了马大壮离开财务处的事。而且让侯处长出乎意外的是,马大壮不是简单的离开,而是被提拔为发展中心正处长,任职去了。侯处长脸色都变了,昨天马大壮哪是征求他的意见,分明是定下来的事,只是跟他打个招呼。想想这么多年自己一直待马大壮不错,马大壮却没把他放在心里,跟他玩起了心眼儿,暗藏心机,一转眼跟他平起平坐?侯处长有点受不了,真的受不了了。那滋味,像嘴里含着冰溜子吐不出水来,难受得很。

从此,他给自己制定一条原则,在办公楼里与马大壮相遇,如果不是马大壮主动跟他点头打招呼,侯处长决不主动吱声。有工作交叉,两个处室需要联系的时候,马大壮不主动打电话或者到他办公室请示,侯处长一律不予搭理。

侯处长很牛,他是局机关的老处长,掌握着机关各种人脉和信息,所有的人都高看他一眼才是,何况刚刚提拔起来的马大壮呢。

转眼间,侯处长所在的财务处的人退休的退休,调走的调走,只剩下两个整天打不起精神的大头科员。财务处需要增加新的人员,以备不时之需。新的用人选人制度与以往不同,要在网上报名,面向社会公开选拔,报名审核合格后,进行笔试,笔试合格后进入面试,面试后进行公示,一层一层筛选淘汰,像在砂石里找黄金,像于无声处响惊雷。虽然是为侯处长处室选人,面试考官包括人事处长在内有十多名,侯处长只是这十多名中的其中一位,侯处长不再一言九鼎,但对前来面试的人员依然很挑剔,轻易不给任何人高分,当然也不轻率地给人家打低分。面试结果出来,有位叫董天明的小伙子脱颖而出。侯处长想起董天明长着一张娃娃脸,皮肤白得像女孩子,一看就知道从小家庭生活不错,很符合高富帅选美标准。

董天明对侯处长来说算得上称心如意,正常情况下不会有什么大问题出现，可侯处长偏偏没按正常情况看待董天明，在董天明上班三天后，侯处长了解到董天明没有女朋友，他便动起了心思，因为女儿小玲已经到了谈婚论嫁的年龄，自己还不着急。她不急，侯处长急，前些日子他还四处托人给小玲介绍男朋友，董天明的出现，无疑在侯处长眼前亮了一盏明灯。侯处长计算了一下，自己还有两年退休，小玲目前读研究生，不能马上结婚，如果小玲跟董天明谈两年恋爱结婚，他退休回家，两人再结婚，可谓全其美了。况且这两年时间，足可以在局里为董天明铺平一条光明的道路，为未来发展打下坚实基础。在侯处长的意识里，决定一个人未来有没有发展，最初的基础很重要，趁着年轻，不声不响比同龄人先迈出一步，以后发展起来会一步赶上一步，好事会主动直往你脚面上砸，连老天都跟着帮忙。要是一步赶不上，以后步步赶不上，呼天喊地也赶不上，气炸肺也赶不上，只得认命。

董天明和小玲处上了对象，侯处长保密工作做得相当完备，相当于一级保密，机关任何人没有一丝察觉，随之而来的是侯处长心情非常好，人也比从前胖了，白了，一副志得意满颐养天年的状态。有一天他在办公楼走廊碰见马大壮，还保持很好的心情，马大壮就在他跟前停留了脚步，侯处长收起笑容问："你找我吗？"

马大壮说："我上个星期到南方出了一趟差，给你带回点新茶。"

侯处长严肃起来说："你这是干啥，还是你自己留着喝吧！"

马大壮说："我这是特意给你买的。"

这三四年里，侯处长头一次主动让马大壮到他办公室坐坐，马大壮跟着侯处长屁股后进了他办公室，将茶叶盒放在办公桌上。

侯处长问："你最近工作怎么样，顺利吗？"

马大壮说："还可以。"

侯处长说："什么叫还可以，明摆着好嘛，年轻人，有朝气，不像我这个老家伙，马上退休回家了，以后你们处室有什么事需要我，尽管吱声，我们处室有什么事，也需要你多加帮忙，前些日子我们处里刚招来一位小伙子，一表人才，还需要你多加扶持。"

说着话，董天明敲门进来请示工作，侯处长说："你来得正好，介绍一下,这就是刚才我说的刚招进来的新同志。"

董天明谦虚地跟马大壮握了手。

侯处长说:"马大壮马处长你认识吧,是咱们处的老同志,别看他现在是个处长,刚来时跟你一样。"

马大壮赶紧接上话茬说:"侯处长最爱扶持年轻人。"

这话说到侯处长心坎里了,侯处长得意洋洋,心花怒放,整个面容如同庙里的金箔泥佛。

事已至此该有多好,可好景不长在,好花不常开。董天明跟小玲处了半年对象,两人闹矛盾,吹了。这事气得侯处长火冒三丈,又不能对任何人讲,只能憋在心里生闷气。董天明也来了犟脾气,提出不在侯处长手下干了,要调到别的处室去。

侯处长说:"你往哪个处室调?你哪儿也不能走。"

董天明态度坚决地说:"不管你放不放,我必须走。"

董天明找局领导谈要调走的事,局领导说:"只要有处长接收,领导同意你的要求。"

董天明找到马大壮。

马大壮问:"你在侯处长那里干得好好的,为什么要调走?"

董天明不住唉声叹气,不愿说出其中隐情。

马大壮说:"你先回去,过后我跟侯处长商量商量。"

董天明不走,眼里挤出着急的泪水,泪水越流越多,不可阻挡。不一会儿双手也不住发抖,好像马大壮不答应,他就永远不走了。

马大壮想起当年自己的遭遇,他非常同情董天明,他知道这事没法跟侯处长沟通,他说跟侯处长商量,那是搪塞董天明,董天明态度如此坚决,他不能不认真考虑。

董天明调到了发展中心。这无疑是当头给了侯处长一记闷棍,气得他牙龈化脓牙根生疼。马大壮和侯处长头上刚刚有所缓和的气氛,再次笼罩上一层乌云。

侯处长操起电话,要对马大壮质问,质问什么呢?他要质问马大壮为什么抄他后路,为什么落井下石,为什么?为什么?你马大壮忘恩负义,狼心狗肺,想不得好死吗……

马大壮看着侯处长打来的电话，就是不接，任电话铃一遍又一遍响起。

侯处长来敲马大壮办公室的门，马大壮办公室的门紧锁着，人躲出去了。

侯处长有很强的消化能力，这事只有靠他自己慢慢消化吸收，慢慢平息情绪。

这时，有谁会知道马大壮正面临着人生的重要关口。已经是三年局领导后备的马大壮正向新的台阶迈进。侯处长当然知道，只是他现在内心被嫉妒、气愤塞满了胸膛，没有心情考虑如何调整他与马大壮的关系。

聪明的人一眼看得出来，这几年马大壮将发展中心搞得有声有色热火朝天，制造不少先进经验供人参观学习，其实都是为今天步入新台阶打下夯实的基础。

经过几轮群众投票，上级部门考核，马大壮如同耀眼的明星在整个局机关大楼里兀显出来，无可争议，众望所归的，他的人气指数不断飙升，人们心怀一团热火期盼着马大壮走马上任，甚至有人替马大壮着急，问任命文件怎么还没下来，什么时候下来？上级部门工作效率太低了。

三个月后，马大壮走上了新的领导岗位。

马大壮上任的第三天，侯处长出事了。早晨上班，侯处长还没有发现自己有什么异常情况，他在走廊里跟碰面的人打招呼，掏出钥匙打开自己办公室的门，然后随手关上。按照每天习惯，他应该收拾一下办公桌，拿拖布擦地、打水。这天他回到办公室什么也没干，坐在办公桌前觉得头晕恶心，他以为休息一会儿就能缓解，等了半天，不但没有缓解，还有点加重，天旋地转。一种不好的感觉出现了，他想起身打开办公室的门，整个胸部就翻江倒海闹起来，一口早晨刚刚吃过的食物无可遏制地喷射出去。恐惧的乌云密布了他整个身体。

如果没有人发现侯处长这种情况，他的办公室的门关上一上午没人敲响，那后果不堪设想。事情巧就巧在，侯处长命中注定跟马大壮有着某种必然联系，好像老天安排好的。

这天马大壮从自己办公室出来，走到侯处长办公室门口，很快走过去了，忽听见侯处长的呕吐声，马大壮心里一惊，停住脚步，折回侯处长办公室门口，他没有马上敲门进去，而是停留了一会儿，侧耳倾听。侯处长办公室里杳无声息，这时面对新提拔起来的领导马大壮来说，有两种选择，一是悄悄离开，继续做自己的事。二是敲门进去看看侯处长办公室里究竟发生了什么事。在他提拔的前前后后，侯处长所有反常表现，让马大壮心存芥蒂，很多事他跟侯处长都无法解释和沟通了，他们之间好像隔着万水千山。马大壮毕竟还是马大壮，他没有计较这些，站在侯处长门口，他总是有一种不祥之感，他必须敲响侯处长办公室的门。敲了两下，里面没有反应，再敲，仍然没有回应，他拧动了门把手，推开门，惊人的一幕呈现在眼前——侯处长倒在了呕吐物上。

侯处长患了脑溢血，送到医院抢救，他不知道自己昏迷了几天终于从死亡里挣扎出来。

病愈后的侯处长又来上班。他整个人变了，不再趾高气扬，不再颐指气使，而是脱胎换骨变成了一个格外温和的人。

他当然知道是马大壮救了他。按常理他应该到马大壮办公室坐坐，当面说说感谢的话，可侯处长又觉得难为情，多么感谢的话说出来，都丢掉了原有的分量，说不好还显得苍白、无味、虚假。不说，更不行，好像他侯处长心里还在跟他较劲儿，不能接受他。要是换别人，不说也就不说了，都心知肚明的事，可侯处长总觉得自己应该向马大壮表达出点感谢的意思。

就这么的，侯处长心情复杂地去找马大壮。站在马大壮办公室门前，举手敲门的瞬间，侯处长胆怯了，他感到马大壮门前有一股强大的气场把他罩住，他紧张、透不过气来，手还微微颤抖，不受控制。为什么会是这样？侯处长也不知道，但有一点他是清楚的，马大壮非同当年，现在的马大壮已是局领导，他正站在领导门前准备敲门，性质非同一般。侯处长放下颤抖的手，想缓解一下紧张的情绪，调整一下心态，马大壮忽然开门出来，猝不及防的，两人差点撞在了一起，都吓了一跳。

侯处长赶紧向后退了一步，点头示意抱歉。

马大壮纳闷问："你怎么在这里，身体有什么不舒服吗？"

侯处长说："还行，就是刚才走到这儿，赶巧头还有点晕，扶门框站一会儿，站一会儿。"

马大壮说："那你到我办公室休息一下。"

侯处长说："不了不了，你有工作，不打搅你了。"

马大壮说："坐一会儿有什么打搅的。"

侯处长说："现在好了，缓过来了，没事了，你忙你忙，我走了。"

日子一天天过去，一如平常。

一晃，侯处长收拾了办公室里的所有物品，退休回家了。

有一天董天明告诉马大壮，他要结婚了，女朋友是小玲，就是侯处长的千金女儿，他们又好上了。

马大壮惊喜地笑笑说："好哇，我首先向你们表示祝贺！"

土　鳖

一

这事要是被吴云知道了怎么办？

管她呢，先把事办完再说。

你以为吴云是那么好惹吗？

无非把天闹翻了。

吴林自问自答，满脑子想的都是吴云，唯独没想母亲，更想不到母亲会为这事出事了。

二

吴林天生是爱财的命，早年他在工厂上班，搞产品销售，天南海北地跑，不管哪里有了财路，马上跑到火车站，买了票走人。这种没有准备的出差，多半要遭罪，卧铺票根本不用想，能买到硬座票就算烧高香了，何况很多时候他总是买一张站台票，挤进车厢，在两节车厢连接处，找机会补票。如果是夜车，他会拿出一直夹在腋窝里的一沓报纸，铺在人家座位底下，蹲下身子，先头后脚地钻进去睡觉，虽然空间狭窄了点，但也不次于卧铺，只是两只脚还伸在过道上，有人走路不小心，猛地绊了一下或直接踩在他脚脖子上。

吴林早年挣钱很不容易，不付出一定的辛苦是挣不到钱的，即便他这么能吃苦耐劳，随着工厂的不景气，他的推销工作每况愈下，最后不但没挣到钱，还欠了一屁股债。好在推销给他最大的好处是让他在天南海北搭建起了人脉，在工厂即将倒闭的当口，他一脚踢掉了养活了他大半辈子的单位，到外面独立门户，进行了几年土鳖养殖，那是二十世纪九十年代，挣钱是件很容易的事，吴林钱没少赚，但也没攒下，他坑过别人，也被别人坑过，幸亏那些事都不大，没出什么娄子，不然他现在是个什么样儿还不好说。

如今，吴林快奔六十的人了，身体比过去胖了一圈，再让他往火车座位底下钻已经不可能了，即便能钻，他也不会那么做，自从养殖土鳖，他手里已经有了相当数目的钞票，每次出门，他都提前买好软卧，最次也是硬卧，总之，他的生活态度和生活质量已与以往大不相同，辛苦钱他基本不挣，他挣的钱完全靠开动脑筋，他的脑子像个大罗盘，每天都在飞速旋转，有些人也学着他那样转，可速度根本跟不上他，也就是说，他的脑子比一般人灵活好使，这即是后天摔打的结果，更主要还是先天的，从娘胎里带来的，谁都比不了。再说那大罗盘似的脑袋，说不定什么时候一停，两只手像两只大耙子张开，一搂，满耙子里面全是金灿灿的钱，看得叫你头晕。

能吃苦加上有头脑，这样的人大体错不了，可吴林总觉得自己这辈子活得很失败，他挣了那么多的钱，又觉得自己是个最没钱的人，他的生活虽然略有提高，但还是在低水准上游荡，不管买什么高档物品武装自己，掩饰自己，都无法将自己从整体水平上有个提升，干脆土鳖养殖就此中断。如今儿子长大了，结婚事宜摆在了议事日程，他更没心情考虑怎么提升自己的问题。老伴儿在他做销售的时候得了肠癌，去世了，他一直没找，如果找个女人在他身边，也许会改变他目前的这种现状，可这么多年他一个人习惯了，有个女人在身边，反倒显得累赘，折腾不起。

在跟亲家见了一次面后，吴林跟儿子商量，他自己一个人住这么大一套房子也没什么用，过几天他搬出去，到外面租房子住，然后将这套住房重新装修一下，当作儿子结婚新房。应该说，这是个比较切合实际的想法，既经济又实惠，当然他不会在儿子终身大事上节省钱，该花钱的时候还是要花的，比方婚宴办得阔绰点，好烟好酒也不能吝啬，办完大事后，把手头剩下的钱都给儿子，让儿子自行支配。可儿子被没过门的媳妇李芳菲洗了脑，脖子一梗，坚决不住这套旧房，他要到开发区买一套新开发的花园式住宅。吴林扭不过儿子，更主要的是，他不想在这事上惹儿子和李芳菲不高兴，决定跟儿子去开发区看看，一看不要紧，就连自己都看好这个地方，还有什么可说的，买房吧！

三

这片小区里根本没有小户型，最小的房屋面积一百五十平方米。按每平方米一万元计算，不算装修就得150万。吴林这辈子再能搂，腰包里的钱也是有数的。不过，儿媳妇李芳菲那边传过话来，她父母那边能拿出五十万。好像故意给吴林施加压力，如果再不掏出那一百万，他人前人后就没脸面，往后还怎么跟亲家相处？吴林狠下心，咬咬牙跟儿子说："你爹的情况你也不是不知道，一个人在外面很难攒下更多的钱，我顶天也只能拿八十万。"吴林回去就把自己住的这套旧房卖了，正好卖了八十万。儿子也算通情达理，剩下二十万也没再向吴林要，自己找了个地下钱庄，搞来了二十万，每月利息却高得吓人。吴林有些后悔，不如当初再咬咬牙给儿子拿出那二十万，如今儿子搞来了高息二十万，不好再反悔，那样损失会更大，他只好每个月从兜里掏钱帮儿子还利息。

那套开发区花园式的房屋用了吃奶的劲儿买到手，总该高兴吧，可吴林脸上整天挂着难以言说的苦笑，有点像被人打掉牙自己往肚子里咽的味道，什么也别说了，路还得往前走，生活还得继续，儿媳妇李芳菲忽然提出把房证上的名字写成她的，防止婚姻出现不测她也有个保障。吴林一听就火了，还没结婚呢，就想着离婚，这样的人还能跟她结婚吗？

当然不能。儿子在吴林的鼓动下，去跟李芳菲理论。李芳菲也是个犟种，面对儿子说法，据理力争寸步不让。两人僵持住了，婚没法儿结了，说分手就分手，十天半个月没见面。儿子结婚的事彻底泡汤了，吴林劝儿子不后悔，天下两条腿的蛤蟆难找，两条腿的人到处都是，还害怕这辈子打光棍儿不成？吴林开始四处为儿子张罗对象，见过的女孩子有十多个，竟一个也没处成。吴林不免有些慌神儿，有些着急，看来找对象并不像他想象的那么容易，不是儿子看不上人家女孩子，就是人家女孩子看不上儿子，有时两人都看上了，不是女孩子看不上他这个家庭，就是儿子看不上女孩子爹妈生活习惯，难呐！这期间，吴林找过李芳菲的家长，要求见个面，把买房子的钱算一下，总不能这么放着不解决问题，李芳菲家长正在气头上，不愿意见面，事情一拖拉，就是大半年。

这时，儿子和李芳菲又悄悄有了来往，干柴烈火凑到一起，突地燃起大火，熊熊火焰照亮了吴林心里黑暗冰冷的天空，看着两人好得整天难舍难分如胶似漆的样子，吴林不能强加干涉了，一切都顺他们去吧。李芳菲也放弃了房证的署名权，两人领了结婚证，住在了一起。吴林说："等你们啥时想举办婚礼，我从银行取十万元崭新的百元大钞，叠成一个个粉红色的玫瑰花，合成一个特大的花篮，摆在婚礼现场供人欣赏和采摘。"儿子不屑一顾地说："土豪吗？我看你是做梦吧！"至此，吴林一直为儿子悬着的心落了下来，自己干脆退掉在外面住了大半年的出租房，搬到母亲那里。

四

母亲房子比较宽敞，三间屋，母亲住一间，姐姐吴云领孩子住一间，剩下一间好像就等着吴林搬过来住。吴云在孩子两岁时离了婚，一直跟母亲住在一起，一来母亲年岁一年比一年大了，需要身边有人照顾，二来吴云离婚后不思进取，生活也没什么起色，整天靠着老人混日子。其实母亲外面还有一套房屋，吴林习惯于叫它红房子。红房子面积不大，也就四十多平方米，每个月能额外挣出一千多块钱的出租费。在搬进母亲家之前，吴林很想让母亲辞退租房户，自己搬到那里住，但吴云不同意，说那房子是母亲的钱匣子，母亲一个月少收入一千块钱日子肯定不好过。吴林只好便罢。有谁会想到，吴林在外面租房，滋味很不好受，房东今天说："房子租便宜了，要涨价，"明天又说，"所有人家都涨价了，就我没涨"。吴林好说歹说，房租虽然没涨，房东脸色却不好看，让他趁早找房子搬出去，她租下一个房户时一定把房租涨上来。吴林每个月为儿子偿还那二十万高息贷款很是心疼，再多花出一份租房钱实在不情愿，只能硬着头皮往母亲这里挤。

吴云说，吴林住的这间屋子实际上并没空闲，孩子每天都在这里睡觉写作业，既然吴林执意要回家住，她只好把这间屋子倒出来，让孩子跟自己挤在一个屋子。

吴林听出吴云不欢迎他。也可以理解，吴云长期住在母亲这里，早已把他排除在外，认定这里就是她的家，等母亲百年之后，这房子理所当然归她所有。吴林心里也认这个账，只是吴云排挤，让他心里有了一股反弹的力量，母亲还没怎么样呢，她就打起了这种主意，多么无耻的想法！吴林偏要回来呢，起码这房子现在还写着母亲的名字。父亲去世前，有过交代，外面那套红房子将来给吴林，这套房子给吴云，吴林当时很不满意，这种做法显然不合情理，为什么小房子给他，大房子给吴云？母亲的解释是："吴林自己有房子住，给这套小红房子你也算白得，起码比吴云强，吴云除了住我这里，她自己根本没房子。"吴林想说，吴云没房子，是她自己不努力，想不劳而获，我有房子是因为我辛辛苦苦挣来的，怎么就一下子归到你们那一套分配方案里去了？父亲去世后，吴林把那套红房子改成了自己的名，因为母亲健在，他还不好意思把出租费用归自己所有，就是说，吴林用自己的房子出租，给母亲零用钱，母亲这么大年纪能花多少钱？说白了，那出租房屋的钱，实际上是填补给了吴云。

吴林只能睁一只眼闭一只眼，将事情稀里糊涂蒙混过去。

五

心里有了不舒服，吴林白天就总不在家。每天吃过早饭，他一大早推起自行车出门。现在骑自行车的人越来越少了，外出上班办事不是步行，就坐公交车，再就是乘出租车开私家车。吴林外出必须骑自行车，他的工作是走街串巷，走走停停，一整天他都在城区有老房子的地方转悠，偶尔见到闲人，他会站下来，到处搭话打听有没有卖房子的。吴林买房子不是自己住，而是要转手倒卖，挣中间差价。

随着形势的发展，很多有钱没钱的人都躁动得急于改变生活环境，有人在新开发的小区里买了大房子，把原来居住的旧房子卖掉填补资金短缺。吴林很早就看到了商机，他脑子一转，想出了门路，别看有人买新房买得热火朝天，不是所有的人都能买得起小区新房，旧房还有很大的升值空间，吴林准备花二十万元买个旧房，放在手里几个月或者半年一年，等房价涨起来，他再卖掉。吴林心里早就有个算计，每套旧房不多挣，能赚个七八万他就卖掉，接着买房接着卖房。

但事情总不能按他预计的方向发展，吴林推着自行车在大街小巷转悠了一个多月，也没买到旧房，他始终没碰到急于卖房等着用钱的人，偶尔见到有几个卖房子的，也知道房价正在上涨，只是不知道涨到什么时候到头，轻易不出手，给出的价格，基本没有可挣到钱的空间，吴林不敢买，也买不起。

好在走街串巷成了吴林打发富余时间的一种方式，时间久了，吴林听到不少房子的信息，也发现了不少门道儿，在一个风和日丽的下午，他一口气喝掉一瓶矿泉水，扔掉空塑料瓶子，决定放弃每天的走街串巷，改为到开发区以外的城郊买平房。那些平房过去都是郊区农民居住，跟随城市的发展速度，那些农民早已不是农民，他们成了城市最底层的打工者或小商贩。吴林买房还不能从这些人手里买，这些人早就知道自己房子早晚会拆掉，叫棚户区改造，等着拿一大笔拆迁费，另找出路。吴林必须远离这些地方，到接近农村的地盘买平房，当然这些房子必须是正式房照，不能是农民的宅基地。那些人以为城市开发猴年马月也开发不到他们那里，又想将房子卖个好价钱，所以吴林手里的二十万能买到相当不错的砖瓦水泥结构的平房，这样的平房不过三五年房价肯定翻倍上涨。

六

想到这些，吴林暗自激动得手心冒汗，握着车把的手整天湿漉漉的，他到这个地方找房子，必须每天五六点钟出门，晚上九十点钟回家，每出去一趟，都累得腰酸腿软，回来什么也不想地一头栽到床上睡着了，少了不少麻烦和闹心事。这几天，他已经看好了三家平房，他在心里对这三家平房反复对比琢磨，评估了利害得失，终于在这天下午天黑之前选中一家。吴林天生就是做买卖的料，他不但能把眼光放远，还能把眼前的事盘算得异常精细。交了定金就算交易成功，接着吴林跑回城里，给房子更名，更了名交齐所有房款。卖房子的这户人家也是做买卖的，因为买卖做得大，需要到外地发展，这房子已经两年没人住了。吴林把房子买到手自然高兴，就像拣到了一坨黄金。卖房子的也高兴，这房子毕竟二三年没住人了，墙皮开始掉渣，能卖出这样价钱已经算不低了。

吴林第一次涉足这个行业，他很是小心，生怕吃亏上当。他有一种感觉，这回无论如何也上不了当的。事情说来也怪，自从买了这套平房后，不管他付出多少辛苦，跑了多少趟这个区域，再也没碰到称心如意的房子。吴林并没有放弃对房子的浓厚兴趣，他觉得这是一项很有意思的行业，一个大有前途的行业，现在他对这个行业了如指掌，称得上是这方面的专家了。只要听说有卖房子的信息，不管自己买不买，他都要好奇地骑车过去看看，打听打听。他对房子如此着迷连自己也没想到，有时晚上睡觉做梦还梦见看好一处房子，跟人家讨价还价，眼看着成功了，却发现手里没钱。懊恼地从梦里醒来，翻了几个身，叹了几口气，想接着睡，折腾半天怎么也睡不着，起床，穿衣服，推起自行车出门，到早市上喝一碗豆腐脑，吃两根油条，继续走街串巷。

七

这天晚上，吴林回到家，感到屋里气氛不对劲儿，母亲居然没睡觉，敞开卧室的门好像在等他。屋厅里的灯光也忽明忽暗扑朔迷离，好像有一个节能灯泡要出现问题。吴云在厨房洗碗，水龙头阀门紧，拧开时，水吱嘎嘎冲着水池狂吼，压下屋里所有不规则的声音。吴林在门口换拖鞋的工夫，母亲问："今天怎么这么早回来了。"

吴林说："早吗？我每天都是这个点回来。"

母亲说："我记得你以前总是半夜回家。"

吴林说："以前是以前，现在我就是这个点回家。"

母亲说："那好，你过来，我跟你说几句话。"

吴林真猜对了，家里要有事。他小心翼翼走到母亲卧室门口。

母亲问："你整天起早贪晚地往外跑，挣着钱了吗？"

终于问到了实质问题。不管母亲怎么想，吴林说："当然挣到了，至少挣二十万。"吴林把想象的数字当真事说了。

母亲听到吴林随口说出的数目，睁大眼睛惊讶地问："干啥挣这么多钱？"

吴林不屑地说："搞房产。"

母亲笑了一下说："看把你能耐的，今天我要跟你商量点事。"

吴林还没意识到事情的严重程度，漫不经心地说："有啥事你直说。"

母亲说："你已是个大人了，也应该为家分担点困难，从这个月起，你每月应该交点房费和伙食费。"

吴林惊愕地看着母亲，他还从来没想过这个问题，看来母亲早就不把他当成这个家里的人了，他是这个家的眼中钉肉中刺。吴林脸红脖子粗地挠了挠脑瓜壳，猜想母亲压根不会有这种想法，是吴云怕他跟她抢地盘，才鼓动母亲说出这番话来。

吴林心里很难受，忽然和母亲有了疏离感，陌生感。此时他竟无语凝噎了。

母亲说："你外面有房子，怎么说也比你姐姐强。"

吴林说："现在这房子还没改她的名呢，我就有权住这儿。"

厨房水龙头狂吼声戛然而止。吴云从厨房里走出来说："妈，吴林说得对，你就别难为他了。"

见母亲不接话茬，吴云走回自己的房间，轻轻把门关上。

吴林冷笑了一下，想吴云真会装好人。

八

各种迹象表明，房屋市场前景不再看好，街上电线杆上到处贴着出售房屋的野广告，都是中介公司贴出来的。房屋价格不涨也不回落，卡在那儿僵尸一样硬挺着。吴林有些上火，嘴角起了泡，化了脓，火就从脓包里释放出来。他担心郊区那套平房会烂到手里，把老本搭进去。市场开始紧缩，吴林的心更是紧缩，缩得没缝了，天也开始冷了，他也不愿出门了，整天猫在母亲这套房子里睡觉。从睡梦中醒来，躺在床上眼望天棚，他忽然想，母亲这房子不错啊，温暖舒适，充满了人气儿，以前他在外面忙来忙去的，怎么没在眼前的房子上动动脑筋呢，怎么没想过他守着一块大金砖，偏偏要到外面拼死拼活地讨食儿吃呢？

吴林好像有了大彻大悟，他一轱辘从床上爬起来，饭也没顾得上吃，急忙收拾一下东西，出门把那套四十平方米的红房子房证名儿更改到儿子名下。儿子是他的骨头是他的肉，是他全部所有，那层血脉关系谁也分割不开的，所有的财产放到儿子名下也是最安全的，所有的房子放到儿子名下才是最安全的房子。

吴林很快到房屋登记处办理了房屋更名手续。他马不停蹄地给儿子打电话,他想急切地见到儿子,亲自把房屋登记证交到儿子手上。

接电话的是儿媳妇李芳菲,吴林直截了当说了此事,李芳菲难以抑制喜悦,说儿子刚下楼到超市买烟,一会儿就回来,干脆你过来吧,晚上好好招待你一顿。

吴林就这么去了儿子家。李芳菲好像从来没对吴林这么热情过,她的热情有些夸张,趿拉着一双拖鞋在屋里走来走去,一会儿沏茶一会洗水果,真把吴林当一回老爷子供起来了。吴林坐在白皮沙发里,身体不住地往后陷,不自在了,他不停地调整坐姿表面装作无动于衷,心里被忽悠得热气腾腾。看来钱财真是个好东西,它能改变一个人的态度。吴林想起李芳菲跟儿子处对象时那一阵耍闹,也不一定全怪人家,还不是自己没钱没能耐?

儿子早就从外面回来了,接过房证,看了一眼就漫不经心地扔到一边儿,他显然不理解吴林的心思,更没有像李芳菲那样的面露喜悦。在他看来,这一切都平常稀松,请吴林回家吃一顿饭才是天大的事情。

九

在儿子家吃过饭,已经是晚上八点钟,儿子要留吴林住下,吴林坚决不同意。可吃过饭的身体有些懒,还有些困,连看电视的精神头都没有了,吴林真想就此倒在沙发上一觉睡到天亮。但他无论如何也不能这样做,儿子不把他当外人,李芳菲心里并不一定接受他,他必须自觉,必须有自知之明,更重要的是,他必须回到母亲那住,一天也不能落空,让她们知道那房子也是他栖身之地。

回家的路上,吴林满脑子都在转悠房子的事。夜晚的风吹拂着他的脸颊,吹着脑子格外清晰,再加上脚步的活动,更让吴林浮想联翩。现在他最担心的是母亲给吴云立了遗嘱,把房子全都交给了她,他一定要探听母亲的口信,进行进一步确认。他又觉得母亲给吴云立遗嘱的可能性不大,母亲毕竟健康,现在立遗嘱总显得不吉利,好像盼着母亲早早没有。

吴林回到母亲那儿，见吴云和孩子没在家，他坐在母亲房间里不走了。

吴林说："从今往后，我每个月按时交房费和伙食费，一分不少。"

母亲说："这就对了。"

吴林说："我额外还给你一些零花钱。"

母亲说："这才是我的儿子。"

吴林说："我在你这儿住也总不是办法，我想自己买一套房子。"

母亲说："我支持你。"

吴林说："买房子需要贷款。"

母亲说："缺多少钱我给你拿。"

吴林说："那倒不用。"

母亲说："那我能帮你做什么？"

吴林说："我想用这套房子做抵押。"

母亲说："那怎么行，我住哪儿？"

吴林说："你还住这里，抵押不是把房子给别人，只要把房证变一下我的名，我就能从银行拿到贷款，我拿了贷款就可以买房子。"

这天晚上，母亲很容易答应了吴林的请求。

等吴云知道了这件事，吴林早已利利索索办完了更名手续。吴云就闹，怎么闹也无济于事，吴林毫无质疑地成了这房屋的真正主人。

十

母亲回过味来，哭天喊地追着吴林把房证名字更改过来，吴林不紧不慢地打开冰箱的门，从里面拿出一瓶酸奶，插上吸管，一口一口地吸。这瓶酸奶他不知喝了多长时间，最后他放下吸干的空奶瓶说："我会更改过来的。"从此走出家门不回来了，不回家也罢，他还关掉手机，怀揣新房证缩头缩脑东躲西藏，过起了居无定所的日子。

有一天早上，吴林贼头贼脑从二十元一宿的地下室旅馆爬出来，想着母亲这两套房子至少能给他带来百万元以上的收入,便得意地抠掉积攒了一夜的眼屎,心满意足地去地摊吃豆腐脑,儿子这时气喘吁吁跑过来,说母亲昨晚脑出血住进市医院,让吴林赶快过去。吴林脑袋嗡的一声大了,扔下那碗豆腐脑就往医院跑。

在医院里,吴林看见吴云守在母亲床边,她已一宿没睡觉,眼球通红,不知是哭的,还是熬夜造成的。她见到吴林已没话可说,只能静静守在母亲床边。床边挂着吊瓶,大量的液体源源不断输入母亲身体。母亲闭着眼睛处在深度昏迷,不知是否还能再一次睁开眼睛。这时,吴林和吴云眼睛无意中撞在了一起,吴林看见那布满血丝的眼睛里面全是怨恨哀伤,意思是说:"看你把妈气成啥样儿?"吴林以同样的眼神将吴云顶撞回去。

再不回避,俩人说不定会吵起来。

十几天后,母亲离开了人世。让吴林想不到的是,在母亲去世第二天,吴云领孩子搬离了这套房子,到外面租房住了。她对吴林彻底心凉了,凉得连吵架的心情都没有。

经过这段时间折腾,吴林感冒了,鼻子里有流不尽的鼻涕,他一个人整天住在空落的大房子里,心比房子还空落。屋子里虽然有暖气,他总觉得比从前冷,没有一点活人的气息,还有一丝冷风总在屋顶诡秘不停地环绕,吴林找遍了屋里角角落落,也找不到冷风出处。他给儿子打电话,说了自己的感觉,儿子说:"干脆我搬过去跟你住一起吧,正好这段时间李芳菲表妹要结婚,找不到像样的房子,打算住我们那儿。"

儿子和李芳菲搬来时,吴林才知道,他那套改成儿子名字的红房子,也被李芳菲折腾给了她的表哥,她表哥住进那套房就赖着不走了。

吴林吃惊地问:"你说什么,你再说一遍?"

吴林觉得心冷,都冷到脚后跟了。儿子就是这么一个人,有什么办法?儿子在经济问题上一塌糊涂,简直跟他是两路人,他要是批评几句,儿子不愿意听,说他除了钱,六亲不认,土豪吗?

吴林一气之下,感冒加重,咳嗽,发烧,不得不住进医院。躺在医院病床上，吴林满脑子都想着被儿子折腾出去的那两套房子。他绞尽脑汁费尽心机搞来的东西，儿子却不当回事，真是伤心，伤心透顶了，他还想的是，要是李芳菲表妹住进儿子那套房子也赖着不走怎么办？他创造的一切，就这么被儿子败坏光了？

他看见儿子心就不顺，儿子看他也别扭，跑出医院躲着他了。吴林若不是躺在病床上，他恨不能叫回儿子抽他两个耳光。他跟儿子势不两立，不共戴天。

十一

吴林脑子烧得一会儿明白一会儿糊涂，他想起了姐姐吴云，他从吴云手里玩弄手腕巧取豪夺抢来了房子，搞得家里乌烟瘴气，让母亲过早离开了人世，结果他得到了什么？吴林很想吴云，想对吴云说对不起，让她搬回来住，一家亲人和和睦睦，比什么都重要。吴林眼里全是泪水，他感到自己快不行了，他要追随母亲，离开这个世界，他的泪水被人慢慢擦去，他恍惚感觉是姐姐给他擦拭泪水，他好像出现了幻觉，觉得吴云已经陪他两三天了，吴云脸色很不好，但还是丢不掉那份亲情，陪护他在医院里。吴林睁开眼睛，发现眼前的一切又不是幻觉，吴云真真切切在他跟前。

吴云说："终于醒了，你一直说胡话。"

吴林睁大眼睛，晃动了一下脑袋，对眼前的一切确定无疑了。

儿子和李芳菲也在跟前，看来他病得不轻。李芳菲喜出望外地对着他耳根子说："我想跟你商量点儿事。"

吴林压住火气说："我知道你想说什么，你想让我把房子也改成你的名吗？这办不到。"

李芳菲说："这是哪儿跟哪儿呀，你还真是烧糊涂了，你听我把话说完。我是说吴云大姑领孩子在外面租房子挺不容易的，你还是把房子还给她吧。我知道你在郊区买了一套平房，一直空着，你把钥匙给我们，这几天我们收拾收拾，咱们搬到那里去住，你看行不？"

找魂儿

在单位上了一辈子的班，说退休就退休了，就像公路上跑得起劲的汽车，突然减速偏离方向，驶出匝道，驶向自己应该去的地方，之后再好的风景都跟他没关系了。对于退休，侯处长半年前思想早有了准备，办公室的东西该搬回家的搬回家，该卖掉的卖掉，有些没用的东西，也被他三番五次扔进垃圾筒，等到了回家的前两个月，办公桌上的书呀报纸呀完全收拾干净了，然后悄没声息地离开单位。可在家待着没几天，他有些不自在，好像一身力气没用完呢，怎么说退就退了呢？他真想去一趟单位，看看自己原来待过的办公室是空着，还是有什么人坐在里面。但想归想，侯处长始终没踏进办公楼里。

侯处长家住在单位集资建成的宿舍里，宿舍小区是十几年前的规划，现在看来一点也不落后，当时集资时每平方米一千块钱，按今天市场价算，这个地段已升值为每平方米一万多块钱。侯处长住房面积是一百七十平方米，这样算下来，这套房子能给他带来二百来万资产。二百来万让侯处长很是得意，一个人工作了一辈子，靠的就是单位这点福利，有了二百来万的大房子，这辈子总算没白忙碌。转念一想，这事也没什么太值得显摆，这么大房子只有卖出去才能看到钱，卖不出去，它只是一堆钢筋水泥嘛。再说了，他要真是把这房子卖出去，还能上哪儿找这么舒服的地方住？所以不管怎么说，这房子资产一说只是空洞的数字，没事吧嗒吧嗒嘴自己寻乐罢了。

在住进集资房之前,侯处长房子是单位里分的宿舍,八十多平方米,一住就是几十年。当初侯处长为了分到那八十平方米的宿舍,跟同事争得脸红脖子粗,也跟领导吵了好几次嘴,才终于把房子争到手。这还不算厉害的,有人为争得一套住房,晚上下班拎着菜刀到领导家,吓得领导一口答应才算完事。侯处长搬进集资房后,原来那八十多平方米老房子没舍得处理,主要是地点好,能出租,每个月给他带来上千元的收入。后来房改,侯处长交了三万多块钱,房子产权就归他自己所有了。没退休前,侯处长手里有一定权力,求他办事的人不少,虽然工资不高,他却生活得很滋润,到哪儿都有人喜欢围前围后,他不用动脑就可以随意对某人发号施令,又随时给人以恩惠,即便是有钱的大款,见到他也是低眉顺目百般顺从,虚假恭敬,真情维护。退休后侯处长原有的滋润没有了,本来不多的工资被削去了一部分,生活赤裸裸地回到了本真,外孙女幼儿园的费用得他掏,女儿小玲是个月光族,他每月还要补贴她两千块钱,还有生活中的柴米油盐,礼尚往来大小红包,要不是多出那八十平方米房子的房租,日子说不上多么紧巴。面对着这些,侯处长时常自卑,在位时那些荣耀不仅是过眼烟云,还有些浮夸,有些泡沫的成分在里面,现在他是这个城市最普通的人,走在街上没人看他一眼,没人认出来他当年可是机关里显赫多时的老处长。

唯一叫侯处长比较满意的是他目前这套集资房,在市中心,临近儿童公园,算是闹区的一个幽静处。也许是离公园太近的缘故,以前侯处长很少在大白天进里面走走,他没觉得这里有什么特殊的地方。如今退休了,在家闲不住,不得不钻进公园里。早晨侯处长骑着自行车送外孙女去了幼儿园,整个一天的时间都属于自己的了,他很想到外面找点活儿干干,填补内心的空虚,又觉得在机关工作了一辈子的人,除了会摆弄人,无一技之长。再者,接送外孙女去幼儿园已经成了他每天必须完成的任务,风雨无阻,根本无法脱身。外孙女正值讨人喜爱的年龄,他心甘情愿为外孙女做事。特别是外孙女脸蛋上那两个小酒窝，看着就从心里往外喜欢，喜欢得什么愁事都没有了。

再说儿童公园。这里以前是收门票的，从"文革"时的几分钱，涨到改革开放时的几角钱，后来园林部门拆掉千疮百孔的围墙干脆不收钱了，游人随便出入。侯处长没在白天来公园的原因是，儿童公园马路对面有个牡丹园，他习惯于晚上穿过儿童公园去那里散步，这样的路线正好达到锻炼效果，然后轻轻松松回家。

这天，侯处长走进儿童公园，发现此地比任何地方都热闹，有打羽毛球的，有像赶火车赶飞机一样疾走的，每个角落的长条椅子上都坐满了打扑克、下棋的人，还有腰间挂上扩音器拉琴唱歌的，有人嫌吵得不够，闭着眼睛很投入地冲天发出怪异的长嚎。

侯处长背起手，迈着方步，冲一堆又一堆人打量，看有没有熟悉的人，看有没有自己感兴趣的东西，没有，走掉，继续找。就在这时，侯处长不知怎么浑身皮肉紧了下，一种奇特的声音在噪声中钻进他的耳朵里，顺着脑神经分布他周身。侯处长冷丁儿停下脚步，看见一只花蝴蝶在眼前翻飞，看见一只松鼠贼头贼脑一闪而过，他仔细辨别，这声音好像从身边哪片树叶中传出来，又好像悠悠地从远古传来，从云彩缝里冒出来，就因他的出现而响起。侯处长身上的汗毛逐渐地一根根竖起，他着实打了个冷战，有些不相信自己的耳朵，但这声音实实在在地在公园的某个角落时起时伏。

咚，叮叮咚
啊咚——咿呀咿……
老仙家，我来到儿童公园，
为你唱一段啊，
……

侯处长支棱起耳朵，小心翼翼向那声音靠近，他几乎屏住呼吸挪动每一个脚步，生怕喘气的工夫，那声音会猛地溜走。就在这时，他觉得那声音离他远了，飘忽在风里，很快被噪声掩盖。他赶紧停下脚步，转身往回走，那声音又顺着细风隐约回来了，他心跳骤然加快，浑身的汗毛又要一根根竖起，他不顾一切追逐起那声音，那声音好像很懂得侯处长的心思，很理解侯处长的心情，越来越清晰地荡响在空气中，飘忽在细风里，清脆，有力，犹如神的召唤，直达心里。侯处长加快脚步，几乎要小跑起来，还没辨别出那声音的出处呢，还没听出子丑寅卯呢，忽然那声音竟戛然而止，像故意捉迷藏似的没有了。侯处长木桩一样站立不动，一秒两秒，三秒过去了，那声音一直没有响起，侯处长不甘心，依旧像木桩那样站立，生怕挪动一下脚步错过捕捉声音的机会。十几分钟过去，那声音彻底没了，像跑回了远古，像跳回了云彩缝里，没在空气中留下一丝痕迹。

这是一种久违的声音。这声音五十多年前曾深深印刻在他的大脑中。那年他八岁，住在农村土坯房里。他记得那天黄昏，母亲在外屋不停地往灶坑添柴，浓烟迫使母亲打开房门，那浓烟翻卷着舔向门梁钻入空中。家家都在做晚饭，村子里到处是炊烟的味道。火坑热得已经烫人。他躺在火炕里，身上盖着两条厚棉被，却冷得不行。高烧了一天的他开始说胡话。母亲说，那些话说得很吓人，全不是人说的话。父亲已到外村请跳大神的了，大人们一致认为，他是被鬼魂附体，只有请跳大神的来赶走鬼怪。母亲一边烧火炕一边向外张望，外屋的烟雾早已散尽，父亲还没回来。母亲向灶坑里再次添满柴禾，再次起身向门外张望，不知什么时候，母亲惊讶地喊了一声，回来了。这一声，让屋外的天一下子黑了，让他从胡言乱语中醒过来。父亲满头大汗跑进里屋，他背后跟着一个身披黑氅直立行走的大神。他看不见大神的脸，大神的脸被散落的长发遮住，只见黑氅一抖，伸出一只手，翘起莲花指，撩了一下那散发，露出一双直勾勾的眼睛，闪动起蓝光。他赶紧把脑袋缩回被窝里，鼓声响起。

  咚咚，叮叮咚
  啊——咿呀咿
  大神我今日已来到
  捉小鬼又捉妖

> 我看你能往哪里跑
> 跑到灶坑火来烧
> 跑到柜底柜压折了腰
> 跑到缸里水来浇
> 你无处躲无处逃
> 你老老实实别乱闹别作妖
> 看我怎么把你收拾掉
> 咚咚，叮叮咚

那仪式在舒缓中慢慢进入高潮，鼓点急促密集，整个房屋震颤起来，棚顶灰尘瞬里啪啦落下，糊在泥墙上焦黄的报纸脱离墙壁哗哗哗鼓动，他的嘴在厚棉被里喘不过气来，不得不把脑袋从被里伸出，看见大神抽搐着闭起眼睛，不停地甩动着脑袋，散发像一根根钢针扎煞着，这当口，大神开始在屋中央上蹿下跳开始捉妖，房梁的蜘蛛网被大神一把撕掉，水缸底跳出一只癞蛤蟆被大神一脚踩到，突然，炕柜缝里钻出一条黄鼠狼，像一道黄色的闪电跳出门外，大神长叫一声，仰面朝天口吐白沫横倒在屋地，一时半会儿没醒过来。

这天晚上他安睡了一宿，汗湿了整条棉被。第二天早晨，身上的烧退了，他捋着湿漉漉的头发，睁着圆眼睛蒙头转向爬出被窝，感觉身子里面五脏六腑都空了，整个人像纸糊的，轻飘飘，惊得父母一阵狂喜。

父亲说："是跳大神救了你的命。"

母亲说："我给孩子吃了药，都没有跳大神来得见效。"

破四旧那会儿，跳大神的销声匿迹了。侯处长再也没见过这种仪式，时间如河水一样慢慢流淌，又如瀑布一样飞快地飞泻，眨眼工夫面前的景象全都改变了。退休前十年，侯处长到满族自治县出差，看过一次跳大神表演，称之为萨满文化，有点文化搭台，经济唱戏的意思在里面。那次也是个黑天，院子里烧起一堆火，他看见一位老萨满在鼓声中进入一种非常状态——哆哆嗦嗦，不能自控。那鼓叫"抓鼓"，扁平，如锅盖一般大小，里面挂有一串铜钱，握在左手里，右手捏起鼓槌，咚咚咚敲击鼓面。鼓面用薄薄一层小牛皮制成，敲击时，那串铜钱配合鼓点，连接起唱词，犹如天籁之声，摄人魂魄。不知不觉中，老萨满取来一根牙签一般粗细、筷子一样长的银针，横在眼前。空气在这时凝固成透明的膏脂，有静静的烟雾丝丝缕缕飘来，附贴在膏脂之中不动了，人们屏住呼吸看见那银针刺入老萨满的腮部，在缓慢进行中，只见银针从另一侧腮部钻出来，用手接住，腮部不见针眼，不见血迹，面部完好得叫人匪夷所思。

这之后，侯处长宁肯相信有这种奇特的事情存在，也不愿在百思不解中大伤脑筋。

公园里的那种声音，抓肝挠肺似的折腾着侯处长的心思。第二天早晨送外孙女去了幼儿园，他迫不及待奔向儿童公园，背着手，看似心不在焉，耳朵始终保持一种警觉状态。他希望那声音能够响起，又害怕那声音来得突然，他忐忑不安地踱着步，那声音竟然一直没有出现。他很纳闷，很想向人打听这里是否有搞萨满的。他盯了好几个人，都觉得从他们嘴里问不出什么，决定在公园里耐心地靠下去。侯处长有点百无聊赖了，他慢慢悠悠凑到一伙人跟前，见是下象棋的，就将脑袋挤进人群，研究起了棋子的走向。在机关工作了一辈子的人，他唯一养成的爱好，是中午下象棋，有那么几年他对象棋迷得不行，每天不到中午，不停地看表，看楼下食堂什么时间开门，只要吃饭时间一到，他第一个冲进食堂，简单吃几口，马上回办公室，从柜子里拿出棋盘，摆好棋子。机关里像他这样对下棋着迷的有三四位，他们中午下楼吃饭并不比他晚，可吃完饭回来，只要比别人差半步就摸不到棋子，唉声叹气站在旁边当起了观众。观众这个角色很不好当，因为他们的心也同样投入到棋盘，棋子却不归自己摆布。谁下棋都有自己的一套思路和想法，有时眼看着心里着急又不能多说话，话说多了，人家听你的还好，不听，抬头呛你几句，弄得双方都不好受，还得忍气吞声，犯得着吗？等明天早点下楼吃饭，早点回来，抢到棋盘，痛快地杀他几盘，什么都有了。侯处长的棋艺和他的官职一样，刚开始几年每天都有长进，可到了一定程度，再也提高不起来了，总在原有的水平上打磨磨，怎么挣扎都是个初级水平。眼看着周围人棋艺由科员进步到主任科员再到副处正处，突然某一天上升为副厅水平，侯处长对下棋失去了兴趣，绝望了。按理说，在一个省级城市里，下棋能下到正处级水平，实属不易，已经算是高手了，到哪儿都能拿得出去比划两下，脸面上也能说得过去。要是下到厅级水平那简直是凤毛麟角，已不多见，到了省部级呢，那已是大师级的人物，侯处长这辈子想都没想过。

  侯处长的脑袋从人群中抽了出来，四处望望，眼前有点花，他想看看是否还有更好看的东西，却什么也看不清。刚才他看了这盘棋，马上明白那两个排兵布阵的人也就是个科级水平，远在他之下。想一想，整个公园里有几个正处级呢？这样一想，侯处长精神头马上上来了，他又把脑袋挤进人缝里，准备选择一个弱者支上几招儿。还没等到侯处长张嘴，看热闹的人七嘴八舌参与上了，把两位下棋的都吵得不知所措，根本没了主见，挪动了几步棋子，其中一位见大势已去，将手里的棋子往棋盘上一扔，不玩了。另一位显然为胜利者，摇头晃脑还没过足瘾，抬头看众人问，谁来谁还来？侯处长抬头看看周围人的脸色，见没人接应的意思，立即拨开人群，挤了进去，坐在那胜利者对面，默不作声摆起了棋子。那人看了看侯处长，知道善者不来来者不善，也就收拢心神不声不响摆放棋子，气氛有点紧张了，一场新的厮杀即将上演。因为双方互不了解，侯处长始终泰然自若一言不发，棋子是最好说话方式，有了棋子的走动，什么话都是废话，都不得人心。侯处长棋子走了五步，还有五步装在脑子里，对方已经看出自己不是侯处长的对手，又想扭转局面，停下来深入思考。侯处长有了闲心，抬头扫了一眼看热闹的人，刚才还吵得一塌糊涂的观众，现在都鸦雀无声。侯处长得意地看着棋盘，好像找到了失去已久的感觉——操控局势，驾驭对手，出奇制胜。侯处长看着对方举棋不定，有些不耐烦，想催促几句，又觉不妥，只有耐心地等，如此一来，反而给对方更大的心理压力，让其彻底乱了分寸，无法做出正确的判断和选择。侯处长再次抬头看观众，观众看出侯处长这几步棋走得刁钻，轻易不敢给对方支招。沉默，不在沉默中消亡就在沉默中爆发。突然，从头顶密集的树枝中掉下来一泡鸟屎，重重砸在侯处长这一侧棋盘上，如浪花四溅。大伙一齐抬头看天，一只惊恐万状的小鸟摆动着翅膀飞走了。大伙低头看向棋盘，发出哄笑。多亏侯处长刚才抬起了头，不然这一泡鸟屎肯定砸在他的脖子或脑袋上。鸟屎的出现似乎对侯处长有着很大的讽刺意味，你一个堂堂正处级把一个科级逼进了死胡同，算什么能耐？连鸟都看不起你，真正的臭手不一定是对方，而是你侯处长这边，有什么可得意的？棋不能再下了，侯处长放下手中吃掉的棋子，起身挤出人群，让所有看热闹的人目瞪口呆。

　　公园里最大的魅力不是让侯处长来下棋的，今天的行为显然与最初的愿望有所偏离。他很想知道搞萨满的人为什么到这个时候居然没有一点动静，难道这帮人故意跟他作对，跟他捉迷藏，躲避着侯处长，戏弄着侯处长？这样想也不对，人家知道你贵姓大名，又怎么知道你对这种事情有着特殊的敏感？说起来，侯处长的户口本上写着满族，东北是满族的发祥地，他对老祖宗的东西有着血脉相连般的亲近。那清脆的抓鼓声，不同寻常的腔调，很像是带着神的旨意，带着一种空旷与苍凉，将侯处长的魂儿深深抓去。萨满在东北这块广袤的土地上生存了几百年，从流传到失传到今天悄悄兴起，总是有着它神秘气氛。八岁那年高烧让侯处长记忆犹新，那种恐惧至今残留于心，他想再次看看萨满，了解萨满，解开他心中封存已久的迷惑。

　　真是鬼使神差了。侯处长整个精神头儿都被萨满纠缠进去，不能自拔，他越是找不到那种声音，那种声音越是在他心里无限地发酵，整整一上午侯处长像丢了魂，神情恍惚，他不得不失望地回家，打开电脑百度萨满词条。此时，好奇心促使侯处长仔细阅读有关萨满的文章。他以为今生退休在家会无所事事虚度光阴，没想到生活还会给他新起点，新发现，他像经历一段恋情一样专注于对他魂牵梦绕的萨满的研究。他有一种无可扼制的想法，既然在公园里找不到萨满，为什么不亲自去一趟满族自治县，那里肯定遍地都是萨满仪式。他要亲临他们身边，以一个平民身份，像唠家常似的打听他八岁时那次发烧为什么神奇地消退，是药物的作用，还是真有其他原因，那老萨满的银针为什么穿透腮部不留痕迹？

晚上，从幼儿园接回外孙女，他给女儿小玲打个电话。小玲以为孩子出了什么毛病，神情慌张接听了他的电话。侯处长心情复杂地说出了自己的想法，小玲长长地松了一口气，她说："我以为出了什么事呢，你既然想出门，今晚我把孩子接回来，明天我送孩子去幼儿园，你安心走就是了。"

侯处长说："晚上不用你过来，明天早晨我照常送孩子，送完孩子我再走，只是明天晚上你去接一下。"

小玲说："那好吧。"

侯处长还有些不放心，说："你千万记住接孩子的时间，不能忘了。"

小玲说："你放心吧，我忘不了。"

第二天送完外孙女去幼儿园，侯处长赶往长途汽车客运站，买了一张前往满族自治县的车票，上了长途客车。经过两个小时旅途奔波，在满族自治县客运站下了车。出了客运站，忽觉眼前一片茫然，这里景象和他想象得完全不一样，除了一排排新建的楼房，看不到一点萨满迹象。不仅如此，这一路折腾让他吃尽了苦头，此时，他像街头流浪的老人，毫无目的沿着空旷的大街向前走。退休之前，他每次到这个县出差，都是车接车送，当地领导带着一干人在高速路收费站口迎接或告别，那种待遇足以把他从地上捧到天上去。如今风光已不存在，他只是街头一个孤独的行走者，尽管此次出门对困难有了大概的估计，还是没有想到如此不容易。侯处长有些累了，站在路边叫了一辆出租车，上了车，他问："哪里有搞萨满的？"

司机说："这里搞萨满的有好多，你想找哪个地方？"

侯处长说："你随便把我拉到一个地方就行。"

司机问："你是研究萨满文化专家？"

侯处长说："不是。"

司机说："我们这里来过好多萨满专家，县里非常重视，每次那些专家来,县长都出面接待,根本用不着自己坐出租车。"

侯处长说:"所以我不是专家,我只是对萨满感兴趣。"

司机说:"说萨满,太文化,说得直接点吧,你也是跳大神的?"

侯处长问:"你看我像吗?"

司机转过头看了他一眼说:"像。"

侯处长忍不住笑了。

出租车停在了一户人家门前,司机告诉他,这家就是。侯处长下了车,出租车调头走了。这是一家普通住户,看不出与平常人家有什么不同,侯处长的心一下子悬了起来,他带着一股好奇心,还有那么一点神秘感,深一脚浅一脚踩着凸凹不平的土地,走近这家住户大门。这家院子里有一条黑黄大狗听到陌生的脚步突然一阵狂叫,将侯处长搞得心神不宁。紧接着,院子里鸡鸭鹅全都张开翅膀扑腾地欢叫起来。侯处长停下脚步,见屋里有一张脸在晃动,一个老女人赶紧推门出来,吆喝住儿狗叫,说:"你今天来得不巧,我家二神①起早去长春了。"

侯处长问:"你怎么知道我来找你家二神?"

老女人说:"这还用问,来的人都是找我们家二神。"

侯处长问:"他去长春干什么?"

老女人说:"做萨满啊。"

侯处长问:"在儿童公园吗?"

老女人说:"千真万确,你怎么知道?"

侯处长说:"猜的。我昨天还去了那地方,怎么没见到?"

老女人说:"昨天他在家。他隔一天去一趟。要不是隔一天去一趟,一个星期怎么也去一次。"

南辕北辙了。侯处长大老远地跑来,人家今天正在公园做仪式,真像是老天跟他开了个不大不小的玩笑。

女人说:"你第一次来,我以前没见过你,你家立堂了吗?"

侯处长说:"什么叫立堂?我不懂。"

---

① 与神相通之人。

女人说:"不懂不要紧,回去你就懂了,你大老远跑来一趟也不容易,我先帮你立堂,我家二神回来,帮你请一下神就可以了。"

说着话,女人转身挑起布帘,进了一间屋子,那屋里黑暗,没有窗口,也没点灯,女人进屋很长时间,听不见动静,侯处长一个人站在屋地当中,不知如何是好,女人悄声细语地说:"你可以进来了。"

侯处长试探着脚步,走进黑屋,屋里点燃起一根白蜡烛,女人展开一块三尺三红布,上面用毛笔写有一副对联。

右联:在深山修心养性

左联:出古洞四海扬名

横批:有求必应

侯处长还想看两联中间写着什么,女人将红布叠起来,吹灭蜡烛,在黑暗中摸出草纸,左一层右一层包上红布包,神秘地说:"出了这屋门,你千万不能打开。晚上拿到家里,放在你家里西侧,摆上供品,我再给你拿三包香,回家点上,这堂就立上了。"

侯处长心里有一种本能的排斥,有一种说不出来的不自在,他还没想好呢,怎么就稀里糊涂地收下这个东西?想拒绝,已经不可能了,他忽然觉得这东西散发起鬼魅之意,把他压抑得喘不过气来。

侯处长走了,有些不甘心,他站在马路边,想叫一辆出租车,再找一户搞萨满的人家,亲耳倾听那鼓点之声,亲眼看看那种古怪仪式,而不是参与其中。他不相信全县所有搞萨满的都去了长春。马路上大卡车嗡嗡驶来,又嗡嗡驶过去,脚底麻酥酥一阵颠簸,粗暴的灰尘像故意欺负人似的遮天蔽日向他席卷而来,又扬长而去,侯处长抱着脑袋挨过这样几次侵袭之后,已足足在路边站了半个小时。这里远离县城中心,看来不会轻易有出租车了。侯处长心里没了底,要是再不来出租车,他怎么回去?那家院子里的大黄狗在远处有一搭无一搭有气无力叫唤几声,就没影了。身后来了一辆拖拉机,开拖拉机的是个二十多岁小伙子,车厢里蹲着刚才他见到过的老女人。拖拉机在侯处长跟前停下来,老女人说:"我看你在这里站了好半天了,你等到天黑也等不到车的,我让我儿子开车送你回去，你去哪儿？"

侯处长心里热乎乎的，他说："太谢谢你们了，客运站。"

外孙女又病了。晚上小玲把孩子接回自己家，外孙女见不着侯处长，一直哭闹，饭不吃水不喝，半夜十二点高烧三十九度。小玲给侯处长打了电话，抱着孩子去医院。折腾了一天的侯处长身体里的骨头像散了架，不到十点就躺床睡觉了。小玲的这个电话捅到侯处长的心里柔软的地方，一股急火上来，他再也睡不着了，起床穿衣服，想起那三尺三红布还没展开，他对神灵太不敬了，要惹麻烦的。侯处长哆哆嗦嗦赶紧拿出那个草纸包，小心翼翼打开，摆上供果，烧上香，请求神灵原谅，不要伤害他的外孙女。侯处长变得神情恍惚，他不相信这些东西，可面对着这样一个夜晚，他又不能不信。香烟忽然飘动了一下，好像向他点头致意，表示知道他的心意。做完这些事，侯处长赶紧出门上了出租车赶往儿童医院。夜晚的街头见不到几个人，就连路灯都闭眼睡觉了，医院里却灯火通明，人满为患，侯处长在人群里东瞅西看好不容易找到外孙女，脚步错乱地扑过去。外孙女在小玲怀里睡着了，小脸红得像炭火，脑门上贴着一块胶布，吊瓶悬在头顶上，药液一滴滴缓慢地顺着针管流进血管里，直叫侯处长心疼。

侯处长说："今晚打完吊瓶，你跟孩子都到我那住吧。"

小玲说："医生让慢点打，估计打完这个吊瓶也就天亮了。"

侯处长说："都怪我，没把出门的事跟孩子说明白。"

外孙女的高烧来得快，去得也快，眼看着体温降下来，小玲摸摸孩子脸蛋，心情放松了，剩下的只是靠时间打完这瓶药。侯处长看四周打吊瓶的孩子，看哈气连天的孩子家长，心里也闲下来。有刚进医院忙不过来的，侯处长欠起屁股帮助一下，换回一句谢谢。这时他隐约感觉嗓子发痒，像生了小毛毛虫子，空气中高密度的病毒开始侵害他身体了。用劲咳嗽两声，嗓子竟有些痒，侯处长出去买了一瓶矿泉水，喝下去，回来上了一趟厕所，嗓子仍不见好转。当着孩子的面，侯处长又不敢多咳嗽，他尽量忍，实在忍不住了，扭过头咳嗽两声。

有了这两声,咳嗽反而止不住,涨红着脸再次没完没了地咳嗽,嗓子里像冒火,像有成千上万个虫子在里面爬。小玲见侯处长不舒服,劝他回去睡觉。侯处长说:"没事,我再喝一瓶水就好了,又到外面买了一瓶矿泉水。"

天亮时,侯处长回家睡了一上午觉,中午醒来,头疼、鼻塞、发烧,彻底病倒了。

侯处长在家病了十多天。病好时,生活又恢复了常态,早晨送外孙女去幼儿园,外孙女说什么也不愿意,经过一番劝导,最终还是侯处长无奈地妥协,他又陪外孙女在家待了一个星期。外孙女这次有过病,更加粘着侯处长,侯处长走到哪儿,她跟到哪儿,几乎寸步不离身,还比以前有了更多的娇气。尽管如此,侯处长还是坚持要送外孙女去幼儿园,不然孩子在家跟他粘在一起,他的一些不好的生活习惯会影响孩子,不利孩子成长。侯处长狠狠心,咬紧牙关,决定送外孙女去幼儿园。外孙女见侯处长这次动真格的了,不停地哭闹,摔打,蹬踹,侯处长顾不了这些,手忙脚乱将外孙女穿戴整齐,领出屋外,在他即将锁门的时候,外孙女双手捂住门锁。侯处长心软了,想妥协,可不知怎么,一股狠劲儿又上来了,他斩钉截铁锁上房门,抱着外孙女往外走。外孙女蹬腿踢他的肚子,用小手抓他的鼻子,捂他的眼睛,他全然不顾往外走。到了幼儿园,放下外孙女,头也不回地离开,走了十多米,他内心坚硬的堤坝突然崩溃了,有洪水一样的东西翻江倒海涌向头顶,他鼻子一酸,转身跑回幼儿园,想重新牵起外孙女回家。可是,这时外孙女已被老师眼巴巴领走了,侯处长站立在原地,不管心里多难受,也不能反悔。他像傻了似的,不知接下来干什么。

侯处长后来想,要不是为了这天急于去公园,他也不能做得这么决绝。侯处长走进公园一片松树林里,见一位七十多岁老头冲着一颗粗壮的松树伸展两臂来回抓挠,心生好奇,停下脚步观望,这位老头见他看了好半天,紧握两拳转身向他走来。侯处长后退几步,老头笑了,将两拳在他鼻子跟前展开,问:"你闻到了什么?"侯处长摇摇头,他什么也没闻到。那老头又转回身去,冲那粗壮松树抓挠两下,握紧拳头，跑过来让侯处长再闻。侯处长认真闻了闻，没吱声。老头说："这回闻到了吧，我这是从松树上采来的气，松树的气味。"侯处长点点头，说："你这本领不小。"老头说："我这功法练了十多年，祛病养生，效果极佳。"侯处长说："我看你就像一棵不老松。"老头像找到了知音或自己的粉丝，话匣子就此打开了，他问："退休几年，原来在什么单位上班，退休时给了什么级别？"侯处长说："刚退，职位不值一提。"老头说："我都退休十五年了，在位时是个副厅长。"侯处长头一次在公园遇见比自己职位高的老头，听上去却又很无聊。不管怎样，这事跟他没有一毛钱关系，都退下来的人了，还比什么官职，有意思吗？侯处长忽然对这种人产生了少有的蔑视，但没从脸上露出来，借此问了一句："你知不知道这公园里有做萨满的？"老头说："什么萨满？不就是跳大神的吗？早走了，都跑到牡丹园那边去了。"

　　侯处长心神很快出现了转变，他快步走出儿童公园，穿过宽宽的人民大街，刚进入牡丹园，隐约听到清脆的鼓声。那鼓声他是那么熟悉，每一个鼓音，都像一只小锤重重敲打在他的心上，让他心醉，让他痴迷，让他忘乎所以不能自已。他的脚步随鼓点变得无比的轻盈，富有节奏和弹性，他健步如飞了。

　　就在这万分激动时刻，侯处长看见黑压压的人群，他的脚步不觉庄严神圣起来。听不清唱词，可他却听清了那鼓声里每一个音符。咚咚，咚隆咚咚。侯处长一点点挤进人群，遭受着诸多白眼和躲闪，胳膊上的汗液不知蹭到哪里，身上又散发出别人身上冒出的汗味。侯处长终于在前排了，他站稳脚跟，稳下心神，又觉得有什么地方不对劲儿，难道这就是萨满？分明是二人转嘛！侯处长脑子里还在往萨满那儿想，可二人转的唱词和腔调都出来了，还有什么可说的，侯处长再傻，也能看明白。人群的汗液的气味，让他难以忍受，备受折磨，心中刚刚燃烧起的热情完全消耗殆尽，他颓然地挤出人群。

　　侯处长慢悠悠去了农贸市场，买了一斤黄瓜，二斤西红柿，还有半斤猪肉,准备回家做饭。回来的路上,他穿越了儿童公园,这是他回家最直接的路线。他做梦也没想到,进了公园没走几步,耳朵里就响起叮叮咚咚的声音。此时,侯处长脚步很稳健,并没有因这声音改变现有的步伐。来到公园中央,那声音更加大了,好像对侯处长这种排斥心理进行强有力的牵引,由不得侯处长不抬头向那声音方向望去。这一望不要紧,他看见湖心岛上有一堆黑压压的人群,像萨满仪式刚刚开始。

侯处长不由自主地来到了湖心岛。

大神①是个五十多岁的女人,她身穿蓝色神袍,腰间两侧佩挂长形铜铃,低头闭目坐在一张条椅上,哈气连天拍着手,慢慢摇晃脑袋。一块浮云像一块遮阴布挡住了太阳,岛上的天空暗下来,如雨滴即将来临。

咚咚,叮叮咚

二神手抓牛皮鼓唱:

> 日落西山抹黑了天
>
> 遮掩住房门呐门上了闩
>
> 行路的君子投奔客栈
>
> 鸟奔山林虎归山
>
> 鸟奔山林能藏身
>
> 虎奔深山才得安
>
> 十家倒有九家锁
>
> 只剩一家门没关
>
> 鸣炮三响请老仙呐
>
> 唉嗨唉嗨呀
>
> 咚咚,叮叮咚

侯处长感觉身上一阵阵哆嗦,似有一股冷风直抽脊梁骨,阴森地

---

① 动物或鬼魂附体之人"。

发凉,他不禁打了个寒战,又强忍住自己。大神面色如土,浑身上下颤抖不停,腰间铜铃哗哗作响,蓦地,头发猛地散开,甩成扇面,侯处长的心提到了嗓子眼儿。二神唱:

芝麻开花节节高
稻谷开花压弯了腰
玉米开花一肚子毛
今日难得老仙来到

你或是"狐"或是"黄"或是"张"帮兵①眼神不好使,还请老仙多担当啊……
咚咚,叮叮咚
大神唱:

今日我来到灶王爷身旁
灶王爷本姓张
家住上方张家庄
大哥叫张天师,二哥叫张王黄
剩下老三没啥事,宁愿下房当灶王
灶王爷把头低
里仙别把外仙欺
灶王奶奶把头抬
里仙放进外仙来
叮叮咚,叮叮咚
……

大神疯狂地甩起头发,僵尸一样从条椅上站起身,双手举过头顶使劲挥舞,浑身抖若筛糠。这回,侯处长头皮又一阵发紧,身上的骨

---

① 二神谦称。

头像被绳子捆住，忽然眼前就出现了一只黄鼠狼，在他脚下绕了一圈，放了个响屁，不见了。

众人骚动，哗然，继而躲闪开一条通道，侯处长被人搀扶来到二神面前，旁边有人喊："'来神'了，又有人'来神'① 了。"

远处湖心岛外传来柔软绵长的歌曲：

空山鸟语兮，人与白云栖
潺潺清泉濯我心，潭深鱼儿戏
风吹山林兮，日照花影移
……
我心如烟云，当空舞长袖
人在千里，魂梦常相依，红颜空自许
南柯一梦，难醒空老山林
听那泉水叮咚叮咚似无意
映我长夜清寂

不知过了多长时间，侯处长像喝了迷魂汤，在另一个世界里走了一趟，莫名其妙睁开眼睛，发现自己全身暴土地坐在地上，像刚刚在地上打了滚②。他看所有人，所有的人都看他，他手里的黄瓜西红柿还有那半斤猪肉扔得到处都是，沾满了泥土，不能拎回家了。天似乎黑了，他一个激灵彻底醒过来，想起幼儿园里的外孙女。他怎么能把接外孙女这么重要的事情忘了呢，侯处长脑袋都大了，嗡嗡作响，耳朵里听不到任何声音，起身就跑，跑了几步就跑不动了，他气喘吁吁不敢停下脚步，改成了快走，耳边响起外孙女焦急的哭声和渴望见到亲人的小脸。这时幼儿园老师肯定下班了，他不知道外孙女现在在哪里，会不会出什么事？侯处长的魂都吓飞了，心里除了外孙女，什么

---

① 民间指动物或鬼魂附体出现的奇特现象。
② 有萨满文化研究者指出，由于人过于专注和信奉萨满，在特定情境之中，激发起潜意识而出现此现象，称之为"动物"或"鬼魂附体"。

都没有了，外孙女是他全部的魂啊！

终于到了。幼儿园大门紧闭，侯处长心里一阵下沉，哭声都有了，他扑过去，想从外面打开门，收发室里出来一个人问："你干啥？"

侯处长说，我要接孩子，我忘了接孩子。

收发室里的人说："开什么玩笑？你看看表，离放学时间还早着呢？"